阿寶 著

女農討山誌

二十週年經典版

目次

II 揮汗

III 百味

IV 激盪

V 守護

VI 瞻顧

新版推薦序

重新鏈結消費者與土地之間斷裂的紐帶

郭華仁　臺灣大學農藝學系名譽教授

《女農討山誌：一個女子與土地的深情記事》於二〇〇四年問世，旋即得到當年博客來網路書店圖書年度推薦，以及中國時報開卷版美好生活書推薦，次年更榮獲金鼎獎文學類圖書媒體推薦，短短四年內就已十幾刷，可見受歡迎的程度，所造成的旋風必定有相當大的影響力。

作者李寶蓮（阿寶）嚮往古人隱居山林的境界，而成為負重的登山者。目睹梨山種果樹的破壞環境，於一九九九年租下果園，期望在向山討食的同時，也可以貢獻於土地的復育。對沒有耕作經驗的一介女生而言，討山是何等艱辛。出身中文系的阿寶在操勞之餘，寫下這本書，詳述其務農開端、各項實際作業，以及下山銷售的經驗，夾敘夾議地道出她對農業、環境的關懷與心得，常被返鄉青農視為必讀。

本書出版後，阿寶的環境關懷逐漸擴展到平地，特別是家鄉宜蘭。她在二〇〇九年籌組「友善耕作小農聯盟」，推動共同銷售無農藥、無化肥耕作的產品，也參與社會大學的食農教育，並且成立「宜蘭大宅院友善小農市集」來接觸消費者。看到糧食自主的重要性，她從二〇一〇年開始雜糧傳統耕作，更於二〇一四年推動「守護宜蘭工作坊」，希望能阻擋農舍濫建。

在宜蘭推動友善農業的過程，擴大了阿寶對於農業的眼界與思考，這些新觀點，都呈現於《女農討山誌》的新版上。

初版分為五章十八節，新版則在最末增加一章，若干標題換新，部分文章也變動其位置，而其中十一篇都添加了二十年後的回顧。

新版的最終章「瞻顧」詳述中橫沿線農業開發始末，經營者從榮民到平地人、原住民，產業由果樹而蔬菜、高山茶，寫出高山農業對於山林的破壞、政府回收超限利用地的困境。阿寶理解到這問題的複雜性，難以單純用離農返林來解決，因此呼籲透過里山倡議來舒緩，而建議用國土計畫來維護農地的流失與濫用。

新版的重量級改變是把〈有機的迷思〉改寫為〈從有機到友善〉，並新增一節〈食安與農安〉。

忝為《有機農業促進法》起始版本的起草者之一，我想藉這寶貴的空間回應作者對有機農業的重要貢獻。

初版在二〇〇四年寫下〈有機的迷思〉，正是有機驗證即將於二〇〇七年入法的時刻。西方有機農業出現於一九四〇年代，約同時在日本則有自然農法的倡議，不過近代的里程碑是一九七二年成立的國際有機農業運動聯盟（International Federation of Organic Agriculture Movements，簡稱 IFOAM）。經過該聯盟的推展，全球有機農業逐漸興起，有機食物消費者日眾，卻也常發生商店造假的情事，有損大眾對有機的信心。對此，**IFOAM** 著手探討有機驗證，啟發了民間驗證，各國政府也在一九九〇年代以後陸續將驗證有機入法，此後全球驗證有機的面積緩慢上升，可說是有機2.0；不過到了二〇一六年，全球面積僅占總耕地的一．二%，速度實在太慢。此外，驗證有機的基準乃是各種另類農法的最大公約數，重點在於不用化學肥料與農藥，對於四〇年代有機1.0照顧生態環境的初衷並沒有太多著墨，引發不少的批評。

因此IFOAM在二〇一七年提出有機3.0的概念，希望在改進有機法以契合有機精神的前提下，積極擴張有機農地，以有效解決農業無法永續的危機。

回到臺灣，日本岡田茂吉協會（MOA）的自然農法於一九九〇年引進我國，並在一九九六年公布實行臺灣版MOA自然農法執行準則，首度進行驗證工作。政府則在二〇〇七年通過《農產品生產及驗證管理法》，將有機農產品賦予法律的位階，各種農法若未通過驗證，都不能以有機的名義販售。

常會聽到或看到這樣的說法：驗證有機並未能照顧到環境、生態。阿寶也認為有機驗證屏除了從事不用農藥化肥，而採納生態原則但沒申請驗證的有志農家，因此於二〇〇九年倡議小農「友善耕作」一詞，用來補驗證有機的不足。

我從二〇一一年開始參與游錫堃院長領軍的有機農業立法，了解了前述生產驗證法對有機農產品定義的「專賣」（本書用語）局限，力主在促進法中加入有機農業的定義，納入「基於生態平衡及養分循環原理」的基本要義，才能照顧到未驗證的廣泛有機農家。因此，農委會（現今農業部）在提出驗證有機的獎勵與補貼政策時，就取得法源納入了友善耕作的三年獎勵辦法，讓有機3.0有機會在臺灣落實。

「泛有機」農法包括三〇年代的生物動力農法、有機農法、自然農法，以及八〇年代之後的樸門農法、生態農法、再生農法等，這些都對環境友善，都有人參與有機驗證，也有不參加者。也就是說，驗證只是讓消費者有所信心，來取得銷售管道，與從事前述哪種農法無關。

就消費者而言，取得好食物的信心，除了依賴政府管控的第三方驗證外，還可以有第一方（生產者）心證、第二方（消費者代表）查證，以及第三方查證。從事友善耕作的農家都可以選擇一個以上的方式來增加銷售管道。消費者也宜下功夫了解食物的來源，例如透過直接接觸農家、農民，或者透過各種管道來了解生產者及其農法，對生產者取得信心，進而直接採購。

《女農討山誌》新版提到的期望之一是，讓生產者與消費者直接面對，重新鏈結消費者與土地之間斷裂的紐帶，這展現了作者由土地關懷開始投入農業，一路來身體力行、擴張視野、發想卓見的過程，實屬難能可貴，因此樂於推薦這本歷久而彌新的好書。

新版推薦序

履行一個對土地的承諾

金恒鑣　社團法人亞熱帶生態學學會理事長

一個人，在其生產力鼎盛之年，憑藉一個理念和一股熱情，獨自戮力於僅僅一件事，如此默默堅持了七千多個日子，這不是尋常之事。我想知道這個故事的結局。於是，我就到這故事發生的現場，印證這個女子把果園還諸大地的作為。

故事的起頭記載在二十年前出版的《女農討山誌》這本書裡。如作者阿寶所言，這是一個女子與土地的深情記事。書的封面是當時為作者所擁有的梨山地區一片高海拔山坡的地景，為作者之手繪圖。圖顯示：較為平坦的地上種了果樹，最陡的斜坡地是樹林，而介於果樹與樹林間的是作者特意栽植的原生種小樹苗。我們常說「十年樹木」，如今兩個十年的時間過去了，土地之景想必大為改觀。

過去的二十年裡，我們人類這個超級物種的各種惡行，全反映在地球的環境上。在這二十年裡，先是人口增加了約十七億；熱帶林總共破壞了約二．四億公頃。將二〇〇〇年與二〇二〇年做比較，化石燃料（煤、石油、天然氣）的年總消耗量提高了約三七％；二氧化碳的年排放量增加了約四六％。二十年來，這個地球增溫了攝氏〇．五八度。地球許多地區的環境丕變：高溫與熱浪、乾旱與缺水、洪汜與野火四起，我們和其他數百萬種的生命愈來愈難適應這個行星的環境了。許多研究指出，把人類占領並開墾的林地還諸自然，恢復為樹林，或許不失為部分解決人類所造成之環境破壞與生命滅絕的惡果。阿寶想在梨山的既存果園，憑個人之力試著實踐化果園為樹林的理想。她遵行古訓：不以善小而不為！

在今年的元月上旬，我約了幾個關心梨山現況的朋友，探訪阿寶的果園與梨山的高冷菜園。我們一大早從臺北市出發，在宜蘭轉上臺七甲線。阿寶告知，過了松茂後四公里就會抵達她的寶地。上午十點鐘車子到了大同鄉南山村，車窗外一片平坦雪白的蓬鬆雲海浮在山巒谷地，我們無緣窺視雲海下的地景。再車行約一小時後，阿寶就在路邊等候著我們。並未寒暄，阿寶遞給我們樹枝當手杖，直接領我們下坡到她的「家」。那個稱為家的建築，比我在野外調查暫棲的小屋還簡陋。如果拆掉寒風自由進出的屋頂與薄牆，活像野外的一塊野地。踏出房門，便是一片樹林。進入眼裡的先是兩株長得很近，卻為不同的樹種：紅檜與臺灣櫸，兩者樹幹的彎曲度一致，但粗細差異很大。樹幹均呈英文字母的「J」字形。這兩株樹的基部，向下坡傾斜約一公尺後才往上生長。這樹形說明了樹根近地表的土壤不穩定，在樹苗期的樹幹向下坡緩慢移動。原來是生長的土壤，因下坡開闢小徑時，鏟走土壤的緣故。生長在坡地的樹形是該處土壤穩定性的生物指標。這兩株樹的粗細相差巨大。在近地表一公尺處的臺灣櫸，其直徑大約二十五公分，而紅檜才十公分粗，且被斬斷過。在折斷處附近往上長出一根細細的枝幹。在這裡，這株針葉樹紅檜明顯地競爭不過闊葉樹臺灣櫸。

我們又去看看其他栽植的樹苗，以二十年的時間而言，長得都不夠理想，但至少已無果樹了。栽種的原生樹，除了要選對樹種外，其生長環境也很重要，且要像果樹一樣加以細心照顧，樹才有希望長得好。我們走到地勢較高處，俯瞰阿寶的整塊園地，它是比相鄰的土地有較多的樹木。放眼看去是起伏的梨山坡地，嵌鑲地分布著落了葉的果園、剛採收的高麗菜殘株田、翠綠的高山茶園與青蒜田，直到山頭。眼前曾是雲霧繚繞、蓊鬱蒼翠的連綿樟櫟群叢，不過半個世紀，如今是一塊塊果園菜田、茶園、房屋斑駁錯落的山景，有如一大塊潦草縫綴而成的破舊拼布。同行的森林生態學者林朝欽博士說：「顯然自然演替停滯，或是種源播遷路徑已經中斷。」我們皆無言以對。

回頭的路上，我沉思阿寶二十年前對梨山果園的承諾，並目睹她實踐退耕還林的心願與成果。這二十年來在阿寶的實踐願望中，我看到她那塊梨山園地如孤島般屹立於整個山頭的集約開墾地中，對整個梨山農業地區的生態可能並未產生重大的意義。然而，從她實踐承諾的過程裡，我看到她的前面有另外一條更寬闊的保護山林之路，那就是她走入群眾，以更廣闊的視野、更實際的方式把她二十年來的心得傳授給農民，推行友善農作，使更多人更友善地對待土地，走向可永續地經營農業。如此，她不再孤軍作戰，而是結合了在地的志同道合的戰友，展開對農地的新承諾與新行動。

依我看來，阿寶退耕還林的成就在於她在這二十年與土地的親近中，看到個人可發揮的力量不應只集中在這塊地的生態上，而應將所見、所聞、所思，以及對策儘可能快速地擴散出去。果然，機會來了。為了兼顧老邁的母親的起居，她有些時候住在山下的宜蘭。她從孤軍奮鬥的女農，開始結交理念相近的人，共同散播重視環境正義的概念與友善農業的經營。她深知，惟有著眼於農人的福利、農作的變更，農業的友善才能讓農地的生產力可持續，農田地景具生態性。

阿寶對「農地農用」的倡議著力最深。這本二〇二四年版的《女農討山誌》最後的〈瞻顧〉一部有較詳盡的介紹。她的訴求值得讀者——特別是讀者中的政府決策者——參考。

姑且不論她的見解與建議的內涵，她關懷農夫與愛護農地的心意表露無遺。

法國作家讓．紀沃諾在《種樹的男人》一書裡寫道：「要真正看得出一個人是否品行出眾，你得花數年、有好運氣、有機會觀察他的作為。如果他的行為沒有私心，動機無比慷慨，心中不存回報的念頭，還有，他在大地留下明顯的印記，這樣，說他是一個品行出眾的人，大致錯不了。」那麼，阿寶在梨山果園地區，種下三百株樹，看守了二十年，算得上是個品行高尚的人吧。我們能不以臺灣有一個如此無私深愛土地的女子為榮？

新版推薦序

從討山到越過高山

馮小非　上下游新聞市集共同創辦人

暌違十年再見到阿寶，在旅途中，準備去支援內觀課程的路上，停了我家一站。

說是再見，其實也不是真的曾經真實可見，而是在編輯檯上，處理新聞時，處處看見她的身影。為了護土在梨山耕作，為了護土在宜蘭疾呼，二十年來，她以堅毅的女戰士形象深植人心，今日終於真實見到的她，是個生命的旅人，在我家桌前，向我述說，從討山至今，心情有了何等轉變。

二十年前，阿寶起心動念討山，將自己的人生作為一場實驗，「如果能用我認為友善的方式來耕作，然後也可以活得下去，且最終可以讓這個土地回歸自然，那我才有一個立場去說，高山農業的轉型有沒有可能。」

阿寶的實驗的確是成功的證明，這條道路是可能的，但更深刻的體會是：「我發現，那個關鍵並不在於那條道路有沒有可能，而是『人』願不願意做那樣的選擇。」

攸關於選擇的關鍵因素，是收入。對阿寶來說，養土護樹的農法，收入已經足夠，然而對世人來說，那樣的收入遠遠不夠，因為大山不是他們要長久安居之處，而是年輕力壯時的開墾之處，賺足了金錢，養活下一代，整家族就離山離農，這是完全不同的人生道路。

二十年來，上山務農者更迭，唯獨阿寶依舊獨行，在她設想的「另一條路上」。這樣，不挫折嗎？阿寶說：「其實不會。因為我知道在這裡的事情，並不是白做，它不在當地開花，但是在其他地方開花了。」

阿寶續說，討山這事，首先讓自己看清楚了，一個務農者要用什麼方式去對待土地，那不是她個人的決定，是整個消費市場的決定，是整個社會大眾所謂的共業，看清楚這個東西的時候，就覺得，「要一廂情願的去改變一個農人的觀念或做法，其實是不切實際。首先要改變的是消費者。」

這也是《女農討山誌》誕生的緣起，阿寶說，「這可能就是我的天命吧，就剛好有一個人一手拿著鋤頭，一手還可以拿筆，那我就做了這個事情。」這天命，指引著阿寶在梨山獨行，也指引著她，以每季水果的銷售向消費者訴說山的價值，每顆梨子都是一封書信，透過五感去閱讀季節的心意。

許多人尊敬阿寶隻身一人在山上的堅韌，也有人感謝她以身護土，然而就在書出版多年之後，回頭看自己，阿寶有另一番的恍然大悟，「應該是說這個土地在滋養我，其實不是我在照顧那個土地。」

阿寶抬頭以澄澈的眼光看著我，說著：「其實是我需要用這樣的方式來成就自己的生命，我一直在用這一塊土地自我療癒。」

到底有什麼東西需要療癒這麼久？阿寶回：「我跟自然之間的衝突。應該是說生命跟生命之間根本的衝突，就是你為了要存活，所以你必須某程度的去侵犯自然的領域，為了生活上所需所用，但最後的代價，都是環境來付出。」

為了療癒這份衝突，阿寶試著找到「對自己說得過去，對自然也說得過去」的方式。這個療癒的旅程，進行了二十年，也進行在往後的每一天。

例如，阿寶每兩個月付了八十四元的電費，儘管低到猶如不在塵世，但阿寶還是自覺「在地球暖化的議題上，我不是局外人」。於是在此時，阿寶可以告訴自己，「我種起來的樹，已經抵掉了那個碳稅。」如此這般，對得起自己，也對得起自然。

然而，為何環境跟自然這些課題，對阿寶是這麼扎心？阿寶說，這很難解釋，就如她的長年吃素，也是一個意外的起始。在她十五歲左右，一天清晨，她聽見附近人家抓豬殺豬的聲音，當晚回家，阿寶就是下不了筷子，這些是與自己內在的碰撞，不來自任何外在的理由。

擁有一個與環境共振的身軀，無論在哪裡，都難獨善其身，因為自然的聲音無聲卻響亮。

阿寶討山十年後，被另一個更大的聲音召喚，讓她有數年下到平原，為了整體國土規劃奮戰，一場一場的記者會，一次次的組織座談，對照山上那個幾乎整日「無話可說」的阿寶，用她的話來說，「變成一個很喧囂的人」，反差極大。這又是一段什麼樣的因緣？

阿寶說，因緣來自要安頓母親，在宜蘭租了一個鄉下老房子，就在水田中央。整理房子還不到一個禮拜，就聽見外面一直傾傾框框在挖那個田。「我就眼看著，他們把那個土整個挖到旁邊，堆成一座山，底下被刨出很深的一個坑，回填一些建築廢棄物，當時搞不清楚是怎麼回事，只是覺得心很痛。」

這份心痛，讓她有種幡然悔悟，深感過往「目光如豆」，只看見高山農業問題，但直到此刻，才深刻感受，「高山農業的問題，其實只是整個台灣農業問題的冰山一角，然後再往下深思，台灣的農業問題，其實只是整個全世界糧食貿易當中的冰山一角。」

這番悔悟，讓她梨山宜蘭兩地穿梭，討山之餘進行一連串的社會實踐，與宜蘭的農民如賴青松等人，以及其他社會團體連結，那些年，她感受到自己對社會運動的熱切，讓她無法安然只待在梨山，不願未來的農民無田可耕，不願看到農地由活土變死地。

入世進行社會運動，讓原本平靜的心浮動，讓沉靜的阿寶「喧囂」生氣，然而，憤怒也是一份動能，儘管是一種負能量，但也是凡人的「正常」，阿寶怎麼看待這些擾動？阿寶回答：「我們就是個凡人，在這種正能量與負能量的輪轉之間啟動，不然生活會是一潭止水，所以也沒有什麼不好。」

雖然沒有不好，然而這一局畢竟不只是自己家前的一方山林，而是一個無法掌控的大局勢，的確容易失衡，甚至厭世，阿寶有意識地走向禪修，因為向內安靜可以平衡社會運動後的擾動，看清自己，這就是世間的一個遊戲，對起起落落別太認真。

二十年來，阿寶在轉變，山也在變。在阿寶下山從事社會運動的那幾年，梨山造林的樹愈長愈高，園子裡的果樹遮蔽了日照，能收成的果園幾乎就荒了，阿寶的體力也不如以往。事隨境轉，也就在此時，有草藥收購商向阿寶提議，說要找原始自然的地契作草藥，恰好草藥多是不愛日照，就這樣，果農阿寶，就成了草藥農阿寶，依然討山，但換了方式，也換了心情。

我問阿寶，二十年來，覺得自己改變最大的是什麼？阿寶回我，「對於農業的視野愈來愈寬，然後也越過了高山農業給我的局限。」

她沉緩地說著：「以人口這麼蓬勃發展的整個地球來說，我們其實沒有那個條件去說什麼地方適合農業、什麼地方不適合，我們只能問，什麼樣的方式是對當地最好的。」

阿寶二十年前，帶了一個答案上山，二十年後，阿寶在山上，向世界提了一個大哉問。或許無人能答，但，我們可以試著解解看。

新版推薦序

七分憨膽第一勇

凌拂　自然寫作者

正值我方方重新住進荒山之際，《女農討山誌》將出二十週年紀念版。我第一擊掌，出版社太有眼光。

於山中整理內務，居所亂的如蔓草，但「女農」這本書我未曾陌生，輕易自萬亂叢中取出。

二十年前此書就大大震盪我，一直是我書架上恆時常記，未曾忘卻的水波漾盪。這些年我搬家無數次，架上的書輪番汰換，先先後後捐贈了上百餘箱，獨獨未曾忘情「女農」是事實。此書一直隨我遊牧移行，無論居於何所總在我的架上。我亦是嗜山嗜水之人，可是她非同小可。震動我的當然不僅只是行文之素樸、文筆之真切。奇異人中龍，箇中情懷究情究底，「女農」對土地的全心，潛藏之勤懇真切，氣魄與格局，那內裡，她說是七分憨膽，卻是我度盡此生亦終不可達之境。

二十年多少生死，山水大地，倍見艱辛，核災、海嘯、戰爭，瘡痍無盡時。

世人愛山愛水，大抵不出「女農」所言，浸潤山水、平衡、昇華，我們一方靠自然強大的修復力量，鬆弛、洗滌、陶冶內在；一方安於物質文明，享受種種無度的需索與便捷，對優渥生活的企求，我們都是屈服於經濟的侏儒。

昔年讀「女農」，就神羨入心，她挑破虛偽，於今仍欽慕不已。

我夢想山居，領受大自然的明淨深邃。閑看芒花、水麻，綿纏糾葛，藤蔓淒厲洶洶，野物爭鋒，各有專擅，我只安於靜觀、汲取，徒託於來自知識的夸夸其言，比起「女農」的豪膽出格，奇峰險峻，我總覺此人是「天女」。「天女」者，老天疼養之女，粗得細得幽閉得清婉得，浩闊的上天無邊。凡事不算計太深，實踐力行，她的一向任性也託天眷顧，行於困頓也諸多無往不利，水到渠成。她挑破虛偽，我人喜愛大自然，而她就是自然，無盡而豐富，細密而多元，弱極也強極，深深之情，透過她，何為真實不虛？《華嚴經》云：「從行境界法智生」，我向內叩視自己，她是我的無盡意。

人類離不開大自然。沒有大自然就沒有人類。

謀生與保育永遠交織著衝突與矛盾、艱辛與衰變。

土地倫理是人類失去土地之後，很後來的反省。然而因循的「知」與「行」相異太遠，舔嚐著文明的便捷與享受，縱有憂心，其實誰人不虛偽的懷著無辜，隱藏在利益的面具之後，生計與理想，相繼雜沓，糾結著共犯結構，互相指斥永遠快過設身處地。

二十年裡，個我的生命與世界都經歷了幾番解構與重組，自然耕作，土地成為顯學。顯學彰顯的是更惡質的環境。再度展讀「女農」，個中之精神，更令坐索寒衣之人望塵莫及。

冥冥中的牽繫，在我的各種閱讀裡，好書無限，但此書依然是我誠心奉列為一級平台的書。相形於我們打了折的愛山愛水，「女農」的實際印證，勤懇真切，更顯光華不曾褪色。面對山河大地，一如「女農」書中所言—「我就為了自己而來」。無有虛驕，無有高調，面對大自然，桶底脫落，徹頭徹尾它是我再一次精神上的齋戒沐浴。

新版推薦序

把自己像植物一樣種下來

楊語芸　上下游新聞市集總編輯

寄居在阿寶（李寶蓮）家的日子，日日沛雨，果園農事被迫停擺。一天下午，我們步行到梨山街上採買。在臺七甲線上徐行約一公里，回頭往山坳處望去，「妳看，那個白色屋頂就是我的工寮」，她用手指引領我的目光，「快要被森林掩蓋了。」阿寶的口氣中有滿滿的驕傲。

廿四年前，阿寶在梨山租下一片面積七分多的果園，開始她「退耕還林」的討山大計。時至今日，她或租或購已有三片合計近兩甲的土地，其中七成已是森林。臺灣櫸、紅檜、肖楠、烏心石撐出的一片綠蔭，讓那片「宜林地」（地籍上都是宜農地）一步步回歸林地。什麼樣的傻瓜會以「只留足夠養活自己的果樹，其餘皆植樹」為終極目標，拿青春換一個沒有掌聲的舞臺？以身家換一片沉默的綠林？

• • •

壯遊，尋找自我實踐，一步步踏訪臺灣山林，「轟轟烈烈、至今不渝的山川愛戀」……她不斷用自己的雙腳去浪跡天涯，為自己找生命的答案，更希望對關懷的環境議題有所作為，於是選擇把自己像植物一樣種在土地上，過「流汗低頭、向土地索食」的生活。

她借貸百萬，租下一片果園，要用自己的方式，跟山討一碗飯，然後逐步把自然還諸恩典，把山林還給山林。

阿寶「愚婦還山」的計畫是這樣的。她租的果園共有兩百多棵果樹和柿苗各若干。第一年她種下五十棵肖楠樹苗，第二年又種下三百棵紅檜、赤楊、華山松等苗木，由於苗木長大需要時間，阿寶可以專心照顧果樹，以收成還清借貸，養活自己。

若有自然淘汰的果樹，她便補上原生種苗木，這樣漸次汰換，只保留足以維持生計的果樹數量，讓森林漸次蔓枝，直到全面退耕還林。廿四年過去，果園內現在已有七成多的土地滋養著原生種樹木，說阿寶的家在一片「果園」內，不如說在「森林」中更為貼切。至於什麼叫做維持生計？阿寶的標準很有哲理：「我沒有賺超過我需要的，但是我需要的都可以賺得到。」

真正務農之後，阿寶體悟到勞動中體現生存的腳踏實地的價值。她說因為想過一些事，所以選擇了這種生活，同時又在這樣的生活中繼續思索，真正是「我思故我在」。她友善土地的種植方式、她書寫的《女農討山誌》以及透過販售水果傳遞出去的訊息，對環境的影響至深至遠。

在梨山勞動廿四年，以農養山的阿寶一度回到家鄉宜蘭，對於臺灣農地被開發利益侵吞、農民收益不足維生等狀況甚為憂心，於是她放下原先隱山的生活，做起入世抗爭的社運人。阿寶認為，放在WTO的秤盤上較量時，臺灣的主食、雜糧等作物的確沒有競爭力，然而蔬果因為有保鮮的需求，尤其是在地蔬菜，比較不會受到進口商品低價的威脅。因此，她推出「友善耕作」的訴求，一方面有別於傳統有機的思維，是一種更加照顧地球的作為；二來為小農規模找到不可取代的市場價值，畢竟站在地球的尺度上，產地到餐桌的距離愈短，應該愈有競爭力。更重要的是，當每位消費者都帶著環境意識消費時，就能夠從小我的改變解決大我的結構性問題。她把自己從一個風花雪月的文科生，變成積極參與的社運人。

二〇一六到二〇一九年，阿寶將關懷的重心轉到國土計畫上，要從根源處替未來十年、廿年、卅年的臺灣抓好方向。只是這樣的擘劃需時甚久，雖知事情該如何進行，但她也知道可能沒有後繼者。阿寶說，沒有人可以單靠理念而活，一路走來沒有放棄的人，都是因為看到前方有光。原本以為正義像陽光一樣真實，像指南針可以辨識的方向，但《國土計畫法》的挫敗，讓她只能在羅盤裡無助地旋轉。或許有人可以扮演更好的推手，但那個人不是她。

阿寶年輕時比較容易有「捨我其誰」的氣概，但她現在知道，要給社會時間，要和不成熟的社會一起承擔後果。畢竟所謂公民社會，每個人都只有等值的一票。環境和土地正義不是有人登高一呼、其他人拍手叫好就可以的事，不能只等待英雄帶頭衝鋒，其他人卻不跟隨上來。要知道對英雄最好的崇敬，是跟著英雄的行徑，讓自己也成為英雄。

•••

暴雨如傾如注，雨聲鳴金擊鼓般打在鐵皮屋頂上，雨下得各個集水桶盆滿缽滿，阿寶說這晚可以燒水洗澡，不必精省用度。汽油桶攔腰對切，一塊薄磚權充灶門，燒鍋看來很有點年代，煙囪更是快要支解，但她以木片、竹枝和報廢的水梨套袋，三兩下就生起了熊熊烈火。不像別的農園會將套袋當垃圾，阿寶總是小心地回收紙套袋，趁閒一一拔去釘書針，一一整平如新，方便下個季節再套一次。我在工寮裡就看到一大箱整理好的套袋。一個蠟紙袋的成本不過〇．三元，就是因為如此廉價，一個採收季就有幾萬個套袋被丟掉，農民丟得毫不心疼。

整理好的套袋一季兩季三季重複使用，直到不堪用了，阿寶家的紙袋才會撲撲飛進爐火，燒成灰燼，她再收集灰燼施用在果園、菜園裡，從大地伐木而製的紙張又回到大地成為養分，一種善的循環被阿寶使得酣暢淋漓，讓人打心底欽佩。

阿寶說整地建屋時，她特地挖出最上層的有機質表土，把它們移到他處，心中就是不忍直接鋪上水泥。那個當下，那個不忍，她明白了土和土壤的差異。肥沃的土壤是農人的第二生命，她自發地收集土壤，正是因為身為農人對土壤自有不必言說的感動與珍惜。「就是那個時候，我確認自己是個農人。」她說得臉上熠熠發光。

●　●　●

阿寶的果園中，準備收成的是紅肉李，待套袋的是水蜜桃和奇異果，甜柿正在著果。這些果樹的林下生態甚是豐美，相較於鄰近施行慣行農法的果園，地上全無雜草，阿寶的果樹下是一張張由百喜草、小木通、魚腥草織就的綠毯。這些草本植物不止涵養土地的水分，而且稍加整理後也頗為美觀。百喜草拉出了優美線條，小木通對生的複葉秀氣別致，至於那萬綠叢中一點紅的，是香甜的野生蛇莓。因為植物豐美，竹雞、斯文豪蛙等紛紛進駐，阿寶還在烏心石上看到一隻首次現身於果園的紅嘴黑鵯。

原來還山於山，還了森林的蓊鬱，也還了萬物的生機，紅山椒抖著奼紫嫣紅的彩羽，紫嘯鶇「嘰－嘰－」的求偶聲迴蕩在雲朵裡，竄高鑽低的是松鼠，誤觸蛛網的是鳳蝶，蝸牛則窩在腐化的草堆裡。至於那戴笠荷鋤的阿寶，自然是其中最謙卑的身影。

阿寶的果園面對雪劍山列，「聖稜線」的西半段，它的日常始於山巒，也終於山巒，時間在破曉和夕照之間踱步，果樹上長滿了地衣，森林在年華裡茁壯。阿寶總是靜靜看著那片山林，用她如松樹般正直的靈魂，做她願意為山而做的事。至於未來，阿寶認為每個時代都有每個時代的問題待決，我們既不必責備歷史，也無須過度擔憂未來，只須清楚自己的行為可能造成的影響，負起當下的責任便是。

• • •

西瓜李出清後，桃、梨即將問世，那是大地支付的工酬，阿寶謙卑歡喜。收成有起有落，農人也該在自然規律中學會臣服：盡己之力，其他的就交給天地。

我在下山前又開車到可以遠眺阿寶工寮的地方，期許那白色屋頂很快會被鬱鬱蒼蒼的樹冠，完全遮蔽。

◎本文摘錄自〈與土地戀愛廿一年——女農李寶蓮上梨山，務農安慰受傷大地，勞動實踐「愚婦還山」〉以及〈與土地戀愛廿一年——隱山女農李寶蓮為國土奮戰，盡己之力，其他交給天地〉，二〇二〇年七月刊載於上下游新聞市集。今略做修訂。

新版推薦序

農為國本，持續二十年的耕地守護

田菁&茶 月見學習農園生態照護者（宜蘭小農）

認識友善農耕的生態農法是從《女農討山誌》開始，而認識阿寶則是從並肩倡議守護農地運動，才深刻感受到阿寶小小的身軀，充滿巨大的能量與關懷。不煽情、不計聞達，只求做實事，溫柔而堅定地做公民教育。

阿寶愛山，曾任職國家公園解說員，對於各種林相的功能和生態涵養如數家珍。阿寶愛遊歷，曾浪跡國際，走訪許多自然和開發思維共融的城鄉，凝結了重要觀點，守護著臺灣急欲走向城市化的過程中，所揚棄的價值。那是本於自小土生土長在後山的濃厚情感，阡陌桑田、潺潺溪流的大地畫布，是深植人心的印記、宣揚公民意識時的背景音樂。

當陽光愈耀眼，投射的陰影也就愈深邃；當社會主流極度往貨幣經濟傾斜，就會有另一群傻人不著迷於貨幣，而追求著更永恆的價值。還地於山林，就是個小小的、卻持續了二十年看到具體成效的行動。

持續，說來簡單也不簡單。人生短短數十載，每個人因著自己的出身而有不同經歷，文字的力量讓讀者可以窺看或感受不同的視界，而這本《女農討山誌》，並非一般的寄情散文或虛構小說，是縱橫古今，持續生活的現代桃花源。

至於農為國本的耕地守護，則是尚未止息、揚湯止沸的進行式。有賴更多傻人持續堅定地拉扯土地利益的「價值」，分辨與土地價格的差異。

初版推薦序

《湖濱散記》（二）

徐仁修　荒野保護協會創辦人、現任荒野基金會董事長

一本真正的好書，一本有思想、由生活結晶出的著作是很不容易一口氣讀完的，因為你不知不覺會停下來咀嚼其中擲地有聲的精髓，沉思那不凡的見地。這本《女農討山誌》就一再讓我因為內心激動而中斷，因為感動而模糊了眼睛，每一篇章都讓人沉吟不已，我以臺灣有一位這樣真實的女性而驕傲，我可以譽她為廿一世紀的亨利・大衛・梭羅，這本書也堪稱為「《湖濱散記》（二）」。

梭羅是我最敬佩、也是影響我最大的人物之一，他寫的《湖濱散記》（Walden）不只指引著我的思想，也深深影響了廿世紀。我拿《女農討山誌》與《湖濱散記》相提並論，足見這本書給我的震撼，從書中我們能感受到她：理想、勇敢、堅毅、勤勞、簡樸、誠實、含蓄、細膩、體貼、熱愛生命，又懂得反省與感恩，幾年辛苦深入的果農生活，不只結出了甜美的人生果實，也凝結出生命的花蜜。

我出身農家，也曾是農業專家，我非常能了解討山生活所遭遇的辛酸挫折。我是荒野保護協會的創辦人，也能體會在使用農藥除草殺蟲與自然生態保護間她所面臨兩難的抉擇，更能對她堅持有機栽培與欠收間無可奈何的淚水感同身受。我個人非常佩服她能在如此困頓的生活中享受孤獨以及融入自然所生出的喜悅。

梭羅在《湖濱散記》中寫道：「我到森林去，因為我希望有心的過生活，只去面對生

活的基本需要，看看我是否學到生活要教授給我的東西，免得臨死的時候才發現自己根本就沒有活過。我不想去過那不是生活的生活，因為生活是這樣可貴……」《女農討山誌》的作者阿寶算是真真實實地實踐了「有心的過生活」，多少臺灣人口口聲聲說要在退休之後退隱田園，但我打賭這些人大多做不到，因為沒有勇氣去過完全不同或不熟悉的生活。又有許多人說等到他們賺足旅費就要去異地自由旅行，也大多沒有兌現，因為有太多的理由縮回腳步。而寶蓮用極少的經費，在青藏高原到尼泊爾、喀什米爾旅行了令人震驚的一年半……

我讀到阿寶獨立建房子那一段時，腦海中浮起梭羅在華爾騰湖畔獨自造屋的情景，梭羅說：「我們為什麼要把建房子的快樂讓給工匠呢？」阿寶真的把這快樂留給了自己。她也像梭羅那樣善畫與測量，看她的插畫讓我這不善畫的人羨慕不已。

生活有千百種，我們為什麼一輩子只過一種生活呢？甚至連一種都算不上，心思成日在股票、鈔票與帳單上，其餘的時間被所謂的現代文明捆綁著，眼睛被螢幕（電視、電腦）所固定，耳朵被耳機塞住……

人生是生命的一段歷程，歷程一定要多采多姿，有些人過著所謂一種幸福的生活，其實那跟沒有活過差不多，因為歷程就這麼一點點。以我的角度來看阿寶的人生，正符合我時常奉送給朋友以及讀者們的一句話：「人生精采」。

初版推薦序

對土地的承諾

金恒鑣　前林業試驗所所長

如何能親近土地而不傷害土地？其實並不太難。梭羅在他的著作《湖濱散記》與《種子的信仰》中做了驗證。然而，大部分親近土地的人總會傷害那片土地。農夫剖開大地的肚膛，切割大地的表皮，播下種子，不時還在大地的傷口撒下鹽（無機肥料），然後等待收成。你能說農夫不親近土地嗎？但毫無疑問地，農夫也傷害了所耕耘的那片土地。

世界上六十多億的人，都靠土地生產的糧食生活，但是有多少人知道人類與土地的倫理關係。李奧帕德於一九四九年發明「土地倫理」一詞，並在《沙郡年記》詮釋「土地倫理」是人類與土地及其上動植物的關係，這層關係不止限於經濟性。上天並未賦予人使用土地與動植物的特權，反而是人對土地有責任與道德上的義務。反觀今天，我們心中若有土地倫理的概念已非易事，若想親身遵守更是難上加難。

今年春節前張老師文化出版社送來一份該社即將出版的《女農討山誌》影印清樣，囑我寫一篇推薦序。除夕晚餐後家人各自回房，我拿起這疊影印清樣，一口氣看完，想不到臺灣還有這樣的人，她想把土地倫理一肩挑。

《女農討山誌》的作者阿寶，我有點印象。二〇〇二年九月十七日（星期二），我收到一個朋友的傳真，介紹我梨山可郵購有機水果，我與研究室的同仁合訂了五箱福壽梨，賣主便是阿寶。想不到二〇〇四年的元月，她要出書了，竟要我寫序。這回我看了她的書，知道她是個愛自然又善待自然的人。她在國家公園當過解說員，是素食主義者，更是環保主義的實踐者。三年來，她在梨山實現她要善待自己生長的土地的願望。她租下一處七分的山坡果園地，希望逐步恢復它為自然的山林。她的做法是將陡坡地（尤其接近山溝的陡坡地）連同其上栽植的梨、桃與李作為緩衝帶，並任自然去管理，她不橫加干涉。另一區為碎石坡地，她種了三百棵樹苗（紅檜、赤楊、華山松、臺灣杉與臺灣櫸）。緩坡地上有二百六十餘株果樹，她要在果園空隙地上植樹。在頭幾年所植之樹還小時，維持果樹經營，水果收入抵租地的投資。如此打算需十年的時間，讓樹木慢慢長大，再放棄果園管理，還諸大地給自然。她經營的果園不用除草劑與化肥，採用有機管理。

作者的作為極似我在一九九五年讀過的一本書。那是一位日裔美國人第三代投筆（加州大學柏克萊分校畢業）務農，接下家產的果園經營事業的故事。這本書的中文版於一九九九年三月在臺灣問世，書名為《桃樹輓歌》，出版時期正接近阿寶上山種果樹的時期。《桃樹輓歌》的作者大衛・增本也是一位嘗試順服自然意志的人，他配合自然的力量經營他的桃子園與葡萄園。他採用有機耕作法，不用劇毒農藥殺蟲，不用除草劑控制莠草。他不但經營桃子園與葡萄園，也為許許多多的昆蟲與小生物營造一個家。

阿寶與大衛・增本一樣都得面對果樹的病蟲害與野草蔓藤的問題。臺灣夏季的颱風會吹落秋收的果實，而加州的初冬大雨讓葡萄乾起霉。然而，支持阿寶的理想的一句話是：「我想找個善待土地的耕作法。」這點她已起了個頭，她當然能堅持下去。

初版推薦序

像山一般的思考

王鑫　前臺灣大學地理環境資源系教授

許多年前，阿寶就是我心中想像的現代梭羅。

《湖濱散記》的作者梭羅，為了證實一個人可以摒棄世間俗務，過著簡樸生活，因而獨自一人移居到華爾騰湖畔，融入大自然的懷抱，在天人合一的境界裡，品嘗人生的真諦。

阿寶住到山上，已經是那以後很久的事了。她不斷地尋尋覓覓。這本書記載了她最近期的實驗。她向山問，你看見了什麼？請告訴我。

正如同《沙郡年記》的作者李奧帕德（生態學之父）告訴我們要能像山一般的思考，阿寶也想像山一般的思考。她住到山上向山討教。在山的懷抱中尋取滋養。她耕種、她收成，看著果樹長大（注：我吃過她種的水果）。她和她的生活同伴——無論是人、是土、是植物、或是動物，都傾心交談。從肉眼的觀察到深層的思考，歸納出人和地的緊密互動故事，也轉訴了人和地的交纏糾結。

愛恨情仇總是故事中的情節。故事的發展也總是沒有結局的。但是明天該何去何從，卻明朗了起來。

初版推薦序

生命可以短暫，美麗卻要永恆

孟東籬　作家、簡樸生活者

寶蓮，是一個常常讓我驚嘆卻不可企及的人。

朋友間，叫她阿寶。她到梨山「討山」之後，就稱她為梨山「阿寶」，以別於其他也叫阿寶的人。

第一次聽說阿寶，是在陽明山平等里紀淑玲家。聽說她曾一個人騎單車住帳篷在歐洲漫遊好幾個月，以賣自己沿途寫生的畫作維生；聽說她曾冬天在北極圈內的小木屋裡獨居好幾個月；聽說她曾獨自一人，從四川到拉薩再到尼泊爾、再到印度，不搭飛機，卻搭長途公車，又搭公車，步行，買驢，騎驢，失驢，又買二手單車，騎車，推車，夜間睡人廊下，用了好幾個月的時間才到拉薩，再從拉薩以此方式翻山越嶺到尼泊爾，轉往印度……於今，住在橫貫公路支線外的竹村工寮。

這些事情，聽聽，好像不似真的，好像只看到了一個霧中的身影，只是驚嘆：怎麼會有這樣的人！

及至淑玲拿出阿寶在旅途中寄來的寫生畫，又驚嘆她怎麼畫得這麼好。雖是寫生，卻有一種扣人心弦的東西在，那東西不止是出自被寫生的景物，而是出自寫生的那個人，出自她的心，出自她的眼，出自她的手。

我開始對這個人很好奇。

大約五年前，我跟幾位朋友從橫貫公路的迴頭彎步行約四個小時，到竹村。一方面是好玩，一方面也是想去看看阿寶其人和她的生活狀況。那時她還沒有到梨山「討山」，而是借住在竹村榮民水泥工寮中（如她書上所說，那時每個月用不到五百元，有時接連好多天只吃地瓜和地瓜葉與野菜）。她附近方圓幾里之內，只有一位年近九十的老榮民畢伯伯。畢伯伯說，阿寶不在，大概到梨山打工去了。我們從窗外向內窺看她的房子，房子除了一張硬板床、一個小桌子和兩三把鋤頭之外，可以說什麼都沒有，比「寒窯」還寒吧。看到了她在門外種的菜和她在附近一棵高大的樹上用樹枝搭的臺子。臺子大概曾是阿寶「棲息」的地方吧，但那時已經爛了。

又隔了一段時間，才在淑玲家第一次見到阿寶。她身高中等，皮膚黑黑的，應該是細緻的，但沒什麼「油水」。不大說話，抿著嘴的時間多。像果仁一樣，包在不甚引人注目的殼中。

後來，她清唱了一段曲，聲音清麗醇靜，讓人為之動容。我問她唱的是什麼，她說是《楚辭》〈山鬼〉。又隔了一段時間之後，聽說她在梨山租了一片果園，想用漸進的方式，把梨山還給大自然！

對這種「愚公『還』山」的心願和方式，我其實沒有設身處地去了解過，只是讚佩這阿寶又在做一件絕大部分人不會做也做不到的事。讚佩她就是那種身體力行的人，而不是徒託空言的人。

然後是有時看到她騎「野狼」機車到平等里來——從梨山騎到宜蘭，再從宜蘭騎到臺北！而她是一個不粗不壯的女子！後來，看到她開一輛舊舊的「瑞獅」貨車，車上有甜美多汁的梨。

我跟一個朋友曾到她梨山的果園紮營過一夜。那時她的竹屋剛剛搭好骨架。我們不但沒有幫忙做工，她還休了一天假，陪我們到木蘭溪上方看野生的威氏帝杉幼苗——就是她想移植到她的果園，想把果園還給它們的樹種之一。

我一直不知道她吃了多少苦，受了多少委屈。她的理想，我聽了雖然點頭稱是，但也總如耳邊風，過了即忘。

她，雖然如她母親所說，是「敢死第一勇」，那走在我前面，讓我不可企及的身影，卻總如在霧中。

她來平等里時，有兩三次說話讓我驚動。

我喜歡她的畫，也知道她畫了不少。問她畫稿放在哪裡。她說，有很多都丟了，另一些放在一個潮溼的破屋子裡。我說，那不是會壞掉嗎？她說，壞掉就算了。

又有一次，談到男女之情（你總覺得她這個人「不」浪漫，沒有濃情蜜意，有點「太上忘情」），她說，如果你所喜歡的人去喜歡另一個人或被另一個人喜歡，那不是很好嗎？因為，你喜歡一個人，就是希望他幸福、快樂。如果他喜歡別人或被別人喜歡，他因此得到幸福、快樂，那不正是你所祈求的嗎？

又有一次，我跟她走在平等國小後門的臺階上，提到她因勞動和寒冷而僵硬了的手，我說我之所以不肯去做粗工，原因之一是還想學鋼琴。她則說，她已越過了精緻藝術……我聽了，汗顏良久。

大概是那天，我發現她的頭髮好黑好長好濃，只是她雖弄扁舟，卻不披髮。她總是紮成一條長長的辮子。

農曆年前幾天的一個傍晚，我在淑玲家又見到她。她從梨山開貨車下來，準備在士林跟媽媽和姊姊過年。晚飯後她拿出這本書的清樣，說要做「功課」——校稿。書中的插畫大多是她自己畫的（只少數幾幅出自馬丁），畫得那麼好（此時我還未看她的文稿），又是讓我驚嘆。我一方面是讚嘆、一方面是疼惜的去握她的手。黑黑的，有點瘦，但相當柔軟，沒有粗糙生繭的感覺。她說是因為最近沒有做工。大概是多半時間都在寫書吧！她寫起書來一定也是六親不認的，聽說她寫書的這一年，既不見朋友也不見情人。

她的指甲沒剪，不大整齊，裡面還藏了些泥垢。她略略縮回一些，說，是從梨山匆匆下來，來不及剪。

這雙手，真是「物盡其用」的手。刺繡，騎單車，攀山越嶺，用割草機割草，開搬運車，騎重型機車，吹直笛，搭房子，種菜，剪枝，套袋……現在，是寫書！

過年前後，我都在看她的校稿，我覺得發現了寶藏，她真是一個多麼有心的人啊！（她是一個「爬山沒有心臟」卻從小就非常有心的人）

她真是如她自己所說，是一個「才華洋溢」的人！她從小就傑出，從小就有別於常人，從小就心思細密而專注，做起事來都捨命以赴，對事物的思考深入而踏實，但她的心又是多麼柔軟，多麼敏銳，多麼容易受傷！而她自癒的能力又是多麼強！

這本書，不但記述了她討山的緣起與經歷，還回顧了她成長過程的梗要，使我原先所看到的霧中身影漸漸明晰起來。我看到一個優秀心靈的成長過程與自我錘鍊，我看到這樣一個人在靜靜看著世界，在走進這個世界，做她願意為世界做的事而成敗無悔。

這個世界有幸有這樣的人，我為有這樣的人而感謝。

我沒有看過阿寶中學時代為日本和服做的刺繡。我相信一定繡得很好。我看過她的畫，她的畫有很好的品質。我看過她竹屋的基本架構，我喜歡。我聽過她唱歌，聲音醇靜。

現在，我看到她寫的書——是一本散文傑作。她那因勞動而僵硬的手，可能無法拉小提琴，卻無礙於她投入另一項「精緻藝術」——寫作。

敏銳的感受，精準的捕捉，化為簡潔、優美而雋永的文字！我們有幸增加了這麼一本山林田園文學，不論就反省的深度還是就人跟自然的呼應，都不亞於梭羅的《湖濱散記》。

這麼豐富而美好（也令人痛心）的內涵，不需我多說，就待讀者去細細品嘗吧！能為這本書寫序，是我的榮幸。

新版自序

第二十個春天

女農出版，轉眼二十年！好像應該高調說些什麼，但心卻空空如也！

這幾年，想說的話愈來愈少，也愈來愈不會寫字了～不就是過日子嗎？不就是工作、吃飯、看山看雲……？不就是日升月落，春去秋來……紅塵笑淚都等閒過了，瞻顧，不過就是用青春暗逝，流年無聲，註解一道萬古不變的生命定則嗎？當烏絲侵霜，心趨於沉靜是好事吧！靜靜對著青山綠樹，靜靜啜飲半百人生，靜靜化去初老的尷尬，靜靜笑對耳順之年迎面而來！

如果不是務農，不知哪裡還有這麼大的空間，任我從容處理這麼多內外在的糾結與衝突？始終清楚的是，這是一條自我追尋的路，實在沒有高調的理由。人活著的每一刻，都在對環境索取——為了生存所需的一切，以及並非生存必需的一切所想，美好環境在人聚集之處不斷消失，包括寂靜。所以，也感謝身心漸趨靜默的必然。寂靜是大美，如果有一天，無力再對人世有所貢獻，留下寂靜也是一種美好！半百之後的人生，我如斯學習！

這些年，許多人催促、期待著討山續集，我卻遲遲不敢應允，最重要的原因，或許是二十多年來，除了自己的園子愈來愈天然，放眼周遭這片土地，卻始終沒有太大變化，心虛吧！

眼看著租地農民來來去去，土地一手轉過一手，果樹砍了種高山茶，茶園難顧挖掉種菜，生雞糞、各式肥料成噸成噸往山上運，碩大豐美的蔬果一箱箱往山下送，農藥瓶廢棄物舊家具……垃圾一車車往山谷傾倒……

每當想著自己到底為這片山野帶來什麼改變？確實只有汗顏！二十多年歲月無聲流逝，當年的壯懷，隨著春去秋來，隨著無止境的體力活，隨著不輕不重的柴米油鹽，不深不淺的哲學思辨，一年一年化入平淡的日子，再不想張揚了！

曾經，故鄉蘭陽的變化讓我心驚——原來土地的苦難不只在高山，問題的根源更不在受難土地的現場，而是距離遙遠的都會——人們的生活方式！我由心驚而血熱，由山居而入世，要問世人視農為何物?!

於是組了「友善耕作小農聯盟」，辦了「大宅院友善市集」，去社大開課倡議校園食農教育，發起「守護宜蘭工作坊」阻擋農舍濫建……在紅塵中衝鋒陷陣，在高山與平原之間頻繁往返，果園半荒！當然，我的網路讀者也徹底遭到冷落：電子報有一搭沒一搭，網站留言久久沒人回應，連訂購水果都沒有太熱情的服務……我有著不怕流失客戶的膽氣，自認為客戶對我的支持，不應該只用來成就一個農夫的安穩，而是要在生活無後顧之憂時，讓這些支持的力量發揮更大的社會影響力！

然而，那些年義無反顧的奔走，贏得環運推手的聲名在外，也換來五勞七傷的身心在內，回頭看這座餵養我二十多年的山啊……有沒有讓它比我來時更好？我為山下的農業奔走，卻對身處的地方保持沉默，原因很是糾結……

我居於斯業於斯，觀念差距太大，顧念在地鄰里關係，我總對保育話題三緘其口，盡可能低調——了解在這裡討山的人都是過客——土地不能私有，不是常住久安之所，在一塊朝不保夕的土地上談所謂永續經營，需要的道德情操也太高！

打從決心務農的那一刻起，早已不知不覺把自己一寸寸種進這片土地，在勞動域界中品味出一種文化，對這種文化生出一種景仰與眷戀——討山人也有一種風骨！當《女農討山誌》出版，媒體熱烈報導，接著幾年颱風頻頻重創梨山，國土脆危，山林保育與人為開發再度強烈對峙，退輔會農場逐一收回放租的土地，國有林也紛紛提起訴訟，砍（果）樹造林；彷彿只要把人逐下山，問題就都迎刃而解！我承租的是原住民保留地，雖然絲毫不受政策波及，但隱隱有一股深沉的不安，收復國土還諸森林，不正是當初上山來的目的嗎？這股不安緣何而起？難道是因為自己也在環境正義的大纛下所驅趕的名單中？還是心中也有一種肯定：有人生活的山，也有值得經營的價值？

當一年農事又緊鑼密鼓催人來，肢體勞動中，原本模糊的思緒一一清晰起來：山確實不需要人，但只要人有需要山的一天，山與人的完美關係就絕對不是「全面退耕還林」一那樣簡單！這本帳，在退耕一派的計算中，農業產值相對於環境代價不成比例，因而主張高山農業應該完全退場。然而，高山農業絕對不是一道簡單的數學題，其間有許多細緻的脈絡需要梳理，我的擔心，是一刀切的政策，同時也將抹殺人與山之間許多美好的紋理！生命活著，就一定會改變環境，人類可能是有史以來破壞環境力量最強大的生物，但也可能是唯一懂得從環境中學習、反省與自律的物種！土地與生態是人類的維生系統，當這個系統面臨威脅，我們如何學會明智利用，給予土地應有的尊重？而這樣的尊重如果只是知識層面的理解，和法令規章的約束，終究無法帶來真正的行為改變！

當人的生活與大自然的距離愈行愈遠，對自然的了解來自各類資訊，而不是生活於大地的直接感動，那麼行為的自律就不可能徹底！依賴法令規範往往無法治本，人們的生活、消費習性將依然故我，甚至因為桎梏在過度人為的環境中，而必須靠無止境的消費填補心靈空虛，雖然沒有直接做出破壞自然的事，但總有許多雙無所不能的白手套會為我們去搾取掠奪，或將問題轉嫁境外！而我們看似無辜的日常生活，正強而有力地支持了這些翻雲覆雨手！

如果是這樣，那麼，保護環境的根本做法，也許不是把人趕出大自然，而是引導更多人在自然環境中營造生活，從天地萬物深刻學習，才能提煉出與自然共存的真智慧。正如寫出保育聖經《砂郡年記》的奧爾多·李奧帕德，因為在原野中領略風雨，垂釣溪流，逐獵榛雞，品嘗野莓，伐木劈柴享受營火……從身體到靈魂都浸淫著自然的恩典，才能終身甘於簡樸，並有無比強大的心靈力量為守護原野奮鬥不懈！也正如他書中所言：「我們如果表明自己是在奮鬥，就意味著我們最初就明白，所有需要的事物必須來自內心。單純依靠來自外界的力量，不足以推動人們為某個理念而奮鬥。」在自然中磨練生活的本事，勤勞四體，領略天地的豐厚賜予，獲得感動與信心，人才有可能具備從物質文明出走的勇氣，謙卑自律地做自然的一份子。

此際，就在發文的前一刻，心中還是忐忑猶疑，深怕文字中的哪一段會被斷章取義地曲解，或簡化歸類成ＸＸ主義……高山農業是一道全民的課題，有中央層級的國土規劃，地方層面的發展願景，一線執法的心態與效率，各方民代的政治利益，地方盤根錯節的勢力，還有每一個個人的公民意識；最後是不同立場的各方陣營如何開啟理性對話，為未來世代留下美好環境與生存資源。人與自然的關係需要從生活中一再反芻，不是簡單的非黑即白！我也仍不斷試著從平凡生活的角度重新審視自己在自然中的位置。

二十年，我日日老去，林木卻年年茁壯，蔥蘢蓊鬱，或許是它們給的沉靜與安定，我心愈來愈悠然，需要拚搏的工作，也愈來愈少，一切似乎都那麼剛剛好，剛剛好的體現此生的信念：江山是主 人是客！

I 勇氣.

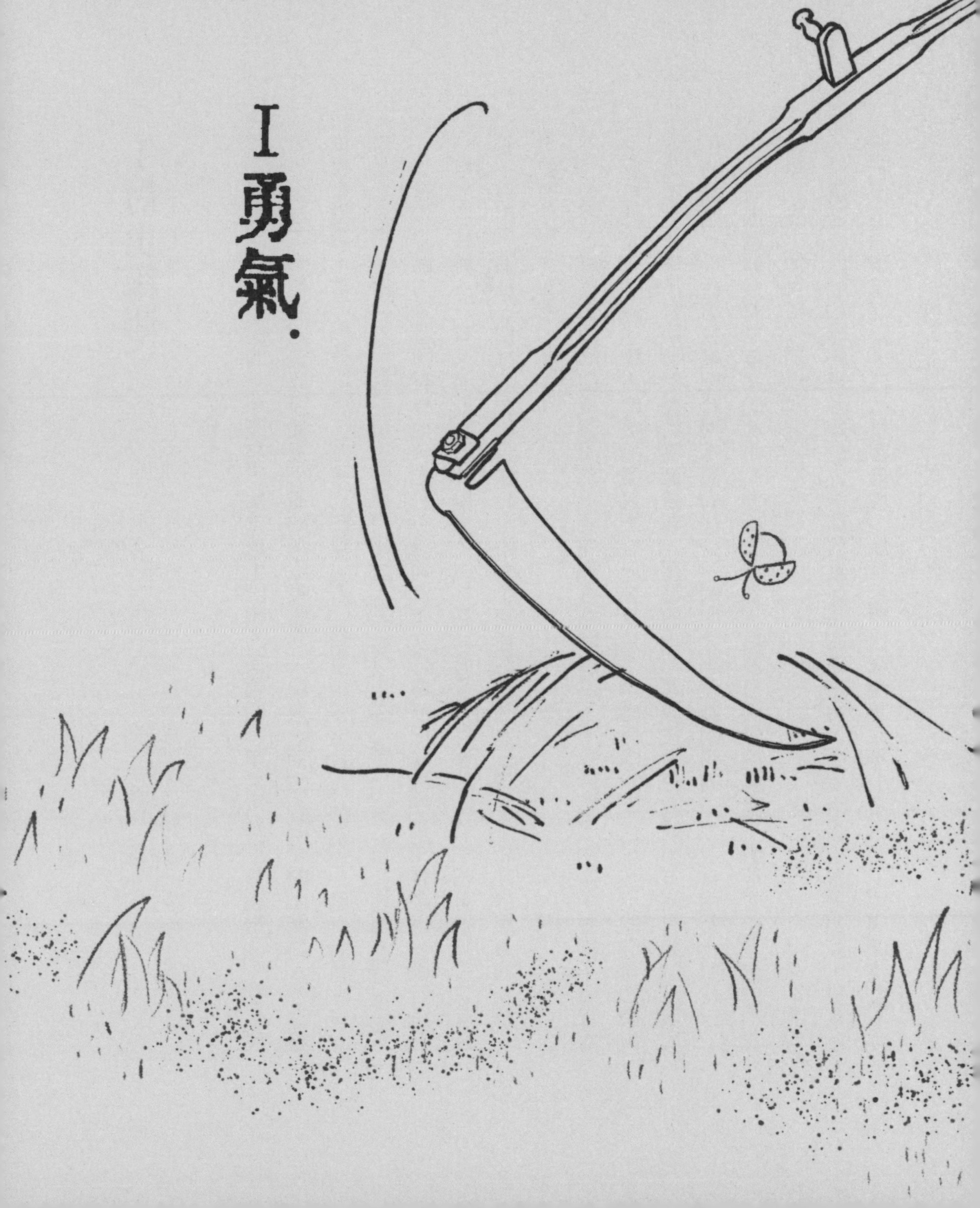

1 討山緣起

臺灣高海拔山區的土地開發，始於民生困頓的民國四〇年代。為了豐饒物產、富裕民生，也為了安頓隨國民政府播遷來臺的退除役官兵，中央一面大刀闊斧鑿山開路，一面延集專家勘議土地的開發政策。於是，路跡所至，資源盡出，斧鋸伐林在先，鋤犁墾耕在後；沿著北、中、南三大橫貫公路，高逾海拔兩千五百米，中高海拔山區的墾拓浩浩蕩蕩展開。

這片山區大多是國有林地。先是由退輔會成立農場，正式做農業開發之用，繼而援引「租地造林辦法」將果樹列為造林樹種，由林務局將伐林過後的山坡地招募退除役官兵開墾，再租與造林，使林地農用合法化。而有了交通的便利、溫帶水果和高冷蔬菜的利誘，也使原住民保留地一路跟進。

曾經，這些山區的溫帶蔬果為這個亞熱帶島嶼增添了不少珍罕的物產；曾經，這片處女墾植地安置了數千飄洋離鄉的榮民榮眷，也富裕了僻處深山的原住民。但開發伊始的銳意急進，忽略了對環境問題的高瞻遠矚，開發的土地連峰披嶺泛漫開來，沒有釐定水域的保護範圍，以緩衝農藥肥料對水源的汙染（例如大小溪澗兩側若干公尺以內禁止墾伐），也沒有限制開發的坡度，防範土石沖刷於未然，更沒有適當的廢棄物處理規劃。政府引民耕墾在先，而收拾一路迸發的問題在後。

隨著一九七四年德基水庫建立，緊接著民生富足之後，環境意識也普遍抬頭，集水區水土保持、環境汙染、自然景觀破壞，以及生態保育問題逐漸引發關切。民間保育人士奔走疾呼，喚起社會大眾關心青山綠水即將變色的隱憂；政府當局開始勘測耕墾地的坡度，以仍無水土保持之虞的緩坡地為「宜農地」，坡度過陡的為「超限利用地」或「宜林地」。

一次又一次地回收造林政策，掀起一波又一波的農民抗爭。不甘謀生立足的土地就此失卻，不願血汗掙來的生計就此斷絕，官方數度明令執行，民眾多次集結抗議，始終依法回收的土地有限，而強制執行的成效無期。

一度，我是個負重登高、穿林撫雲的愛山人，山林樹石曾為我推開生活的新窗，水雲曠野大幅鋪展我生命的視野，愈是感念這一切，就愈是對這一切的衰變痛心惋惜，深切希望政府的回收造林政策早日落實。偏偏我也曾在這些山區揮汗工作，舔嘗生活的艱辛，對這群胼手胝足的人們不忍苛責，更難只做一個打零工的過客，對環境的問題不想太多。漸漸地，對是不是可以繼續安於實質上過物質文明生活而精神上嚮往自然的狀態，愈來愈不確定。

那些獨自在深山曠野中愉悅澄淨的日子，和無數次出入山野民族，體驗貧乏艱困的生活實相的經驗，激盪出一些潛藏的矛盾——我儘可以深入荒野享受至高無上的自然宴饗，體驗極致的性靈昇華，但背後支持我的，總是一個龐大複雜的文明社會，那個社會挾著無與倫比的勢力衝擊著自然，迸濺出許多過剩的殘屑，我靠著這些殘屑，輕而易舉在大自然面前做出無求的姿態。

這點心虛多年來一直都在，我不能否認人與自然間存在著極大的衝突，但我總喜歡以無辜的面貌來到自然的懷抱，想與祂和諧交心。終於有一天，那點被刻意忽略的心虛大聲說話，連自己都被嚇一跳！它說，我也不是那麼無求、無辜，那麼能與自然和諧，只不過一向都把索求和衝突交給別人面對罷了！這聲音如此清晰，我像個被當眾揭發的偽善者，驚慌失措，無法迴避，從此不能再懷著這種心虛過日。於是，在人與自然的關係裡找出自己的定位，成為我年過三十之後最迫切需要解答的命題。

人與自然間的關係，到底有沒有和諧的可能？如果有，它的界線又該劃到哪裡？保育輿論偏愛詠嘆和諧、指斥衝突；而一向站在衝突最前線的開發者卻認為，人與自然的和諧是優渥有餘的都市文明人奢侈的夢，為了這種奢侈，眾口喧喧要他們放棄賴以維持的生計或辛苦掙得的利益。

我在羊群中長大，慣聽狼族的種種邪惡，始終不敢離開牧犬的衛護，面對這樣的指陳，看不清是不是真的？多希望它不是，想證明它不是！最後我打破羊群的禁忌，踏上這片備受爭議的土地，希望得到一些新的啟示。

我既關切高海拔山區的開發問題，又沒有能力分析大局、譏評時事，或鼓動人心造成勢力，只有用自己的方式試圖深入自己關懷的議題。既然覺得別人利用土地的方式不夠好，自己來做管理者是不是能創出一點新意？緩和一些人與自然的衝突？期望別人拋捨利益，如此困難，自己是不是願意拋捨看看？我可不可以先放棄成見來做他們的一份子，過他們所過的日子，做他們所做的工作，經歷他們所經歷的一切？

租下一片果園，我開始試驗自己的想法。這塊七分多的山坡地屬於原住民保留地，三十多年來一直放租給平地人經營，其中緩坡陡坡兼具，又臨著一條小山溝，正符合我的構想。因為沒有足夠的金錢將它買下，我必須用果樹的生產來奠定經濟基礎，再一步步朝理想邁進。

我首先將鄰界山溝的部分放棄耕作，再將陡坡的部分逐年植樹造林，或任其復原，繼續經營的緩坡也改變原有的耕作方式：停止殺草劑的使用、植草護坡減少表土沖刷；盡量使用有機質肥料，避免大量的化學肥料在暴雨期間溶入水源。至於果樹的栽培管理：如何剪枝、如何施肥、如何判斷果樹營養狀況、如何打藥、開搬運車……十八般討山武藝一一從頭學起。

果園交接時有梨樹兩百五十三棵，桃樹十棵，蘋果樹三棵，以及柿苗若干。林務局收回放租果園的造林方式是先將原有果樹砍除盡淨，我則保留果樹，在空缺處或樹下植苗。由於苗木成活長大需要數年時間，這期間可以持續照顧果樹，收穫果實，待樹苗漸長就逐步縮減果樹，最後放棄經營和採收。水果的收益用以支付地租，購買設備、農藥、肥料及必要時僱工的工資，結餘的部分則積攢下來，希望最後能將土地買下，或租下更多果園納入合理化經營。

一九九九年，加入世界貿易組織（WTO）的運作如火如荼，我大膽假設十年之內國際貿易的開放將大幅衝擊臺灣農業，屆時梨山地區的土地勢必面臨一場動盪，不論買賣或承租都將輕而易舉，我若能提前幾年在此奠下基礎，到時政府回收造林的政策順利落實最好，否則要以個人的力量將大片山地還給森林似乎也不是不可能。我即思即行，沒有太多掙扎。通常對別人而言，需要冗長爭議的事，對我而言，只想做了再說。至於莽撞行事之後的功過，由於只是一己的嘗試，影響不致太大，不須太過在意。況且這片土地的開發已是既成的現狀，而政府無力收復失土也是眼前的事實，我的介入想不至於將問題弄得更糟。

一向覺得，一生中要有一段日子，流汗低頭向土地索食，生命的過程才算完整。只是一直捨不下紅塵中諸多誘人的事物，捨不下自詡的才華，捨不得不去經歷多采多姿的世界。也許是年歲漸長，也許是那些盡情行腳、放懷天地的歲月，滌蕩我目迷五色的欲求，雲遊的經歷內化沉潛，淬煉出沉靜自省的能力，我開始看清以往看不清楚的矛盾，聽出內心紛雜交錯中最重要的聲音，我甘心流汗低頭的時刻到了。這時恰也結合了我對高海拔山區土地開發的關懷，再不放手一搏更待何時？

我何嘗不知一己力量的薄弱，所能改變的現狀有限；然而，這不是使命，是藉著身體力行的實踐，平衡內在精神的動盪。既然選擇一條政治以外的路，要的就不是革命，而是安頓自己因焦慮無力而憤懣不平的心。山河大地自有它深奧的法則和不可思議的力量，來平復或反擊人們加諸它身上的創傷。大自然何嘗需要人去成就它什麼？只怕是人需要一種信念來成就自己！

幾年來的腳踏實地，這段日子已是我生命中最豐實的一頁，而他日懷著不同信念的人來到這塊土地上，這塊土地想必也將毫無偏私地去成就他／她的信念，回報他／她的努力，那不也很好？

耕耘、耕耘！三年多的埋頭躬耕，不自覺也將一片心土愈耕愈深。有一天驚喜地發現，那裡也有了果實，想或許也值得將之收穫，與人分享，我開始提筆寫下一路過來的點點滴滴。

◎**回顧：**

二十年後回看這段文字，我笑了！

笑的是，一個初生之犢，竟竊盼面對農業危機，會讓在此拚搏多年的老江湖挺不過，而自己可以勝出——不是太自大，就是太無知！

人面對困境自有其百折不撓的應對之道。早在一九七九年，作為外交籌碼，開放美國蘋果進口的事件中，討山人已經經歷了一次重大洗禮，一九八一年臺灣超越加拿大，成為美國蘋果最大的買家。一九九〇年，在加入GATT（關稅暨貿易總協定，WTO的前身）的籌謀中，進口蘋果的關稅與進口國的選定，再度成為國際經貿談判的工具，原為梨山農業產值最高的蘋果，在進口蘋果的衝擊下一蹶不振。梨、桃、甜柿逐漸成為主角。二〇〇二年正式加入WTO，當時想像的災難效應，後來雖然發生一些影響，但整體高山農業的走勢，卻如滔滔江水在叢山之間轉折迴環，奔流向前勢不可擋。開頭的幾年農友們確實叫苦連天——市場進口水果充斥，品類繁多價格親民，既有日、韓等高緯度國家的同類產品競爭；又有人力、土地成本都極低的東南亞國家分潤，更有生產規模讓臺灣難以望其項背的美、澳、紐強勢壓境……亞熱帶島嶼中，拜地理條件所賜的溫帶水果優勢不再；加上九二一地震之後，中橫西線柔腸寸斷，貨運往返繞行合歡山，市場價格下降，運輸成本又增加，我可說是在一個最壞的時機進場！

然而，隨著兩岸關係緩和，臺灣茶葉掀起一波陸客熱潮，高山茶在對岸成為社經地位的表徵，價位隨海拔高度拉抬，善於審度時勢的農友紛紛砍果樹改種高山茶，賺得盆滿缽滿。這波隨政局擺盪的商機猶如潮汐起落，前浪未息，另一股扶搖直上的淘金熱潮已經來勢洶湧——高山高麗菜的暴利，把土地租金推向史無前例的新高，各種整地機具和技術，又把山形地貌翻了一番。其間農業缺工也曾一度成為隱憂，但東南亞移工很快填補了這個缺口，還順勢降低了勞力成本，如今高山從果園、茶園到菜園，移工已成為主要勞動力。

二十餘年見證高山農業的峰迴路轉，這個勢，在政治、經濟與社會的多重作用下不斷被揉塑，卻始終長盛不衰，讓人不得不重新審視高山農業之於臺灣的地位，和與自己潦草的夢想藍圖漸行漸遠的人生軌跡。

2 貴人

逐一個自己都沒有把握的夢，原不敢冀望有人同行，可是一路上貴人不少，每到關鍵時刻，總有人為我平添勇氣。

開始向朋友們談起「討山計畫」時，老實說，心中存著很大的疑懼，最害怕的莫過於農事中有許多極為粗重的部分。一介女流，雖不孱弱，卻也不算真的健壯，何況過往三十多個年頭，從沒真正拿過鋤頭，這像一個沒有游過泳的人大聲向周遭的人說：我要跳水了！

就在我按住狂跳的心臟不斷深呼吸，眼睛閉了又張，雙腳顫抖不敢離地時，有人拿著救生圈在我眼前招搖——一個人高馬大，職業自由的朋友拍著胸脯說要來幫我打工。這還不算，他還有把握說服兩個壯丁也加入。我原本就是個三分本事七分憨膽的人，老媽就常說我：「敢死第一勇！」這下看到這張救命符，還不立刻「潦」下去才怪。我二話不說，真的「下水」了。

果園易主，都在一年收成過後。冬季果樹進入休眠，主要的工作就是剪枝、下肥。剪枝是高度技術性的工作，需要長期學習；下肥，則是果園工作中最吃重的勞務之一，也是我操持農事的第一大考驗。因為不打算使用太多化學肥料，靠有機質肥料供給養分，需要量十分龐大。第一年，我對肥培管理沒多少概念，只知道多用有機物就沒錯，於是選擇下雞糞、蔗渣和石灰，全園總計約十公噸。

肥料來了！我親顧茅廬，到臺北延請這位後援部隊隊長，他問：「大概要幾天？」實在心裡沒準，打量他壯碩的體魄，估計工作效率不會太低，如果還有他的兄弟……於是回答：「可能兩天吧！」「兩天？那妳自己下就好了。」

我遭了一記雷擊，說不出話來。一向不是個輕易開口向人求援的人，是我自己要下水的，這時去翻他當初承諾的舊帳，也未免太沒擔當，我又二話不說，回來處理自己的問題。

肥料借貨運行的棚子，堆了將近一個月，冬季山上工作不多，除非長工，臨時工人都下山去了，於是託朋友小馬找他們相識的工人，說是人找到了，也給了對方我的電話，若有空就和我聯絡，但接到這人電話時是三個月以後的事。

還好，最後馬丁來了。可憐這位養尊處優的地理學博士萬里而來，第一件工作就是扛雞糞！這些乾燥雞糞每包足有四十公斤，貨運棚在公路旁邊，我們先得從公路旁一包包扛上搬運車，載到果園，再一包包扛到每棵樹下。山坡陡斜，兩人合抬不好走，得獨立搬運，我們一人一包，足足花了兩天時間才全部配置完畢。雞糞是未腐熟的生肥，怕滋生病蟲，先用發酵菌灌注，放置半月以上再挖溝埋進土裡。馬丁等不到我下肥就要回國，剩下的工作只好自己來。灌注發酵液的雞糞，又在露天淋足了雨水，比原來的重量增加一倍，我一面晴天剪枝，一面在下雨的空檔一鋤一鋤地開溝掩埋，下完這次基肥，一件護腰整整半年不能離身。

這位當初舉著救生圈在我面前搖晃的朋友，七個月後來到我的果園，還是朋友，還是聊了許多想法，只是他的話，我從此想盡辦法讓它左耳進右耳出，不敢放進心裡。而此後仍有許多第一次上山來就豪氣干雲地說要來工作的人，我都含笑稱謝表示歡迎，心中卻不曾真正指望。果然也十之八九都是一時爽快，我不由得愈來愈感謝這位給我勇氣下水的人，有了慘烈的第一課，後續的狀況都是小兒科了，而過了這一關，往後的粗活也不過兵來將擋，嘸蝦米！

3 精神夥伴

雖然當初助我臨門一腳的另有其人，但一路真正伴我走來，給我莫大精神鼓舞的，還是我的至親友人。

弟妹是個慧心巧手的女子。混著旗人血統的她，五官精緻小巧，透著俊俏，和帥氣的老弟，是一對人間龍鳳。

結婚前，弟妹已是某大婚紗攝影公司的主攝，收入不菲，前途燦爛，卻甘心為愛情走入家庭。這人和我一樣都有敢做白日夢的天賦，胡鬧的本事也一流。兩人在一起，世界就變成卡通；一起鬨，天下就沒有正經事。這樣善於幻想的個性，使她多年來一直夢想去過山居生活，做了兩個孩子的媽，依然本性難移。

在正式成為我的弟妹之前，我們感情就不錯，那年老弟派駐韓國，臨出國前我也正準備第一次的大陸之行，受老弟之託，帶著未過門的弟媳同行。兩人的旅行經驗都很貧乏，卻又都大膽隨興。我是和一票崑曲迷同赴上海看崑劇，但除了待在上海的兩個星期，我們完全沒有明確的行程計畫，含糊地和家人說好大約一個月回家，卻任性地玩了兩個半月。當時兩岸通訊尚不發達，電報是最快捷的傳信方法。在雲南邊疆地帶就更加不方便了。而我們過大理，到麗江，盤過虎跳峽，蜿進玉龍大雪山的雲杉坪……只覺得愈來愈不想回去。

我一向離家獨行慣了，老媽神經已經被我磨粗，她的父母可急壞了，三番兩次向老媽逼問女兒的行蹤，只差沒上門要人，兩頭尚未結親的親家，險些為了我而翻臉。

那年連袂同遊，我們都正值青春年少，只是我一副男人婆的德性，她卻是一襲披肩長髮，還是時髦的蓬鬆大波浪，臉龐身姿，怎麼看都太惹眼。我一路擔心，和這樣嬌滴滴的女子同行，會不會自找麻煩？偏巧她又在黃山鬧胃痛、腳抽筋，在瀘沽湖爬山時走不動。我對她的印象，就一直定格在嬌嬌女的形象上，後來幾次聽她說想要去過山居生活，也就當她隨口說說。

直到那年，我在梨山打工套袋，她獨自帶著兩個小孩來找我，老大剛學會走路，還在吸奶嘴，老二尚在襁褓。看到她一雙兒女背上揹著，手上牽著，嘴裡哄著，我突然發現，那個多年前讓我一路擔心的嬌媚女子，幾時已是一個穩健的母親、兩個孩子全然依賴的屏障、一個可以為孩子補天的女媧！那股柔婉中掩不住的堅毅，連我看著都有幾分敬愛。就是這個女子，在我決意上山時，第一個舉旗呼應。

結伴上山後的頭兩年，我食宿簡陋，反而是她照應我的地方多，我和老弟一家子躁硬脾氣，埋頭工作時六親不認，在拓展新生涯時面對千頭萬緒，諸般不順遂，總虧她的溫言婉語，不時將我們拉回生活的溫情面。

老弟，是七個兄弟姊妹中的老么，我則是倒數第二，年齡相近的我們從小打到大，一言不合就是拳腳相見。隨著年紀漸長，我打贏的機率愈來愈低。也不記得是最後一次敗得太慘痛，還是長大懂事了，總之，某一天開始，我們不再打架。而且在兄姊紛紛成家立業、出外就學之後，還有過一段短暫相依的日子。

就在我高三而老弟國三那年，想是我們都急於解除自己為並不寬裕的家庭帶來的負擔，竟不約而同地決定報考軍校。老弟順利考上空軍通校，後來還以優異的成績保送專科，從此踏上軍旅生涯。我卻一試寫下生平奇恥，事隔多年，才有勇氣提起這件事——我的智力測驗低於六十分，而軍校的入學資格是一百二十分，這樣的智商，會做傻事也不足為奇了！

木蘭壯志難酬，只好繼續向大學聯考低頭。眼看老弟從軍去了，我竟有一股前所未有的落寞，挑燈苦讀的深夜，常忍不住翻看他入伍前老媽破例帶著我們到照相館拍的合照，思念之餘，常熬夜寫信，只是在一個不善表達情感的家庭長大，怎麼也寫不出「想念」兩個字。

有一天，他說要結婚了，我歡歡喜喜幫忙慶祝，心裡卻又出現一分似曾相識的落寞，彷彿又走到一個人生的分歧點，又要分道揚鑣，而這次好像要離得更遠更徹底——他從此不再是這個家裡的「蠻仔子」，而是另一個家的一家之主。然而，世事難料，命運一朝峰迴路轉，又把我們帶到同一個地方，這回我們並肩作戰！

原本職業軍人已是一只鐵飯碗，老弟一生似成定數，誰知他一副質樸耿介的天性，終於難在官僚體系中折腰。就在取得「終身俸」資格的前兩年，率然退役，放棄豐厚的終身俸祿，轉入職訓局從頭學習水電鉗焊，矢志自力謀生。人生跑道從頭轉換，依然難掩優異稟賦，老弟入訓三個月就開始參加考試，尚未結訓已在職訓局中兼差助教，一年之內考取水匠、電匠、瓦斯匠、室內配線技術士、自來水配管技術士、特定瓦斯裝修技術士……全身掛滿牌照，加上鉗工、焊工，以及退職之前自學的木工，皆臻精湛，一身武藝只待笑傲江湖。

就在我大談抱負，指劃江山的時候，弟妹的老毛病又犯，吵著也要上山，老弟正從軍職脫去羈絆，一時找不到藉口，正好婦唱夫隨，雙雙攜兒帶女，同來討山。我作為前驅斥候，先來物色果園，糊里糊塗簽下兩塊地，一塊沒電沒寮，路況也不好的地留著自己管理，一塊交通較方便，水電工寮俱全的果園可以安頓老弟一家四口。原以為這是善意的分配，不料老弟那塊果園難以維生，一年後就覓地他徙。

上山之初，老弟一雙兒女才四、五歲，都沒上過幼稚園。考慮一家的生計，自然不能像我這般孤注一擲，他們暫時不做太多不切實際的規劃，果園只能各做各的，但有他們一家同來，我更加有恃無恐。原以為兩人可以相互照應，誰知彼此都是生手，臨到許多緊要關頭，常常自顧不暇，到頭來都得獨力作戰。幸而我也一向不慣依賴，主意既定，就開始學習諸般討山技藝：搬運車、重型機車（野狼125）、手排汽車（在此之前我曾擁有的交通工具，除了腳踏車，就只一雙腳），乃至簡單的水電修配，老弟權充教練，一一調教，我臨陣磨槍囫圇上陣。

這個全盤扭轉自己生活軌跡的決定，從起心動念到付諸實行，不過數月時間，一九九九年夏天，我最後一次以自由業臨時工的優閒心情造訪瑞士，參加男友馬丁在Aletsch冰河區帶領的寫生營。這是一條全阿爾卑斯山最壯觀的冰河，瑞士全國最大的綠色團體Pro Natura（德文，亦即For Nature之意）向當地政府長期租下冰河附近的大片山地，以制止過度的遊憩開發和到處氾濫的觀光纜車，並買下十九世紀一位英國皇族在這裡蓋起的一棟休養別墅，作為環境教育中心，舉辦各種小型生態研習課程。

馬丁連續六年在這裡帶一個夏季寫生營隊，參加者絕大多數都是沒有任何繪畫經驗的成人，乃至老人，人數也不超過十個。我很喜歡他們用這樣的方式帶領人們接觸自然，而不是辦「生態攝影」。因為，作為功能性的寫實紀錄，相機的功用無可取代，但如果是為了喜愛自然，在自然中徜徉之餘意猶未盡，非要帶走什麼不可，攝影就不如寫生。想想，用高科技的「武器」將自然景物迅速地框回家，再用化學藥劑（在臺灣這些藥劑都被當成家庭廢水，直接排入河川）在密不透光的空間裡讓景物重現，美則美矣，總嫌有些霸氣。

寫生則不然，不論技巧如何，在靜觀描摹的過程裡，必然會一筆筆地將自然的神髓寫進心裡，同時也將自己一點點地釋放、交給自然，過程總是讓人忘我，使人深深融入周遭景物中。成果，倒像是醇酒取去精華之後的糟粕，反而不是那麼重要。而與自然相處最可貴的，不正在那可以內化的部分嗎？我也曾是個有志於攝影的自然愛好者，但在發覺手上有相機時，我就只想「掠奪」而不知如何「交付」自己。終於我放下相機，開始拿起畫筆。曾經，對自然的感動，很大一部分來自科技影像，但放下相機、走出 Discovery 頻道之後，自然的「靈」，才真正進入我的生命。

這一週美好的寫生之旅，也是我往後三年最後一次拿畫筆。我告訴馬丁即將從農的決定。預期轉入全新領域的萬般艱辛，前程未卜只有全力以赴，我給自己至少五年的時間做最專注的全職農夫，不會再有出國的計畫。

馬丁三番兩次希望我到瑞士長住，我也認真地嘗試過，語言的隔閡、生活習慣的適應都不是問題；難的是，在那個美輪美奐、秩序井然的國度，我不時被一種「不能承受之輕」圍困，感受不到一向在逆境中盎然蓬勃的生命力。這種被托在雲端、無處著力的感覺讓人驚惶。我不知道，活在一個連吸毒者都可以免費向政府領取毒品，以免為毒癮而作奸犯科的國家，有什麼值得努力？三個月不到，我開始煩躁不安，莫名其妙對他發脾氣。最後，他同意再把距離拉回原來的狀態，放我回去馳騁自己的野性。

那時相識已經五年，兩人中間總是橫著長長的時空間隔，相逢多在異域，我又驟然做下這樣的決定，善體人意的他再度含著眼淚準備忍受更長的離別，支持我的抉擇。他的憂心有多深我不知道，只知道一種纏縛在生命中的深沉惶惑如不解開，我將困頓不安，也不能取悅任何人。

馬丁從人像素描、插畫，到地景描繪，從自學的業餘興趣到以之維生，對繪畫一直有極深的愛好。兩人結緣，也正因為我在隻身橫越康藏高原的艱苦旅行中，竟然沒帶相機，而是揹著一捆七、八公斤重的水彩紙，給他很大的震撼。他一向肯定我在繪畫上的天分，希望我能將之磨練為謀生的技藝，而我隻身雲遊流浪的勇氣，也是他深切仰慕的，此刻我放下一切，他的驚愕惋惜溢於言表，我卻告訴他，許多事情即使年華老去、精力衰竭，只要興致仍在都還可以去做，相信我六十歲重拾畫筆還能輕鬆愉快，但四十歲以後才要擎起鋤頭，卻絕不容易。

從此，他成了一隻候鳥，定期飛渡歐亞大陸，在阿爾卑斯山和福爾摩沙的中央山脈間遷徙。我忙著迎戰劈面而來的重重難關，根本無力經營這段遙遠的感情，他卻不曾放棄問候與守護。這一絲微弱的精神支持，數年來一直是心中一股源源不斷的力量。時至今日，也證明我們當初保留各自的生活空間，是一項明智的抉擇。

◎**回顧：**

想當初那句六十歲重拾畫筆的話，也就是信口說說，聊慰某人一時的惋惜，其實畫具一擱就斷了念想，乾淨得沒有一絲漣漪！幾年後討山的馬步扎穩了，又有了一起出遊的興致，偶而也會為了陪他勉強塗鴉，但隔幾年才提筆一次，連心境都勉強。有時一連幾天寫生下來，才覺死灰即將復燃，旅程就結束了。倒是最近一次相聚，因為畫具早已七零八落，連水彩都乾掉了，空著手去瑞士，借了他幾支鉛筆一本速寫本隨便應付，不料那幾支無意間順手揣回來的鉛筆，竟喚醒了沉睡多年的畫魂，我重新以之為繩，盪入山水靈域。

耳順之年不遠，張狂的志氣平息，果園規模愈來愈小，如今已是半農半禪，那個隨口說說的心願，何時已在燈火闌珊處佇立！

4 舉債

我差不多是個今朝有酒今朝醉的人。因為散髮弄扁舟也很有趣。從來既不肯積極賺錢，更不會做長遠規劃，時下五花八門的理財門道，完全一竅不通。二十年如一日死守著一個郵局活存帳戶，有點錢存進去，有個數目就拿出來大把花掉，反正千金散盡還復來。

由於生活需求十分簡約，工作一陣子就可以維持好長一段時間，我一向稍不愜心意就開除老闆，這也是我活得心虛的原因之一。知道世界上許多角落裡有許多人終日勞苦不得溫飽，我卻憑什麼這樣漫不經心地工作，就活得如意順遂？再儉約，也還是不虞匱乏。這種享受大於付出的生活，究竟從何而來？有人將現代生活的富足歸功於科技昌明和社會的分工，我相信一部分，卻沒有全然被說服——這一切，難道沒有剝削的成分在？對人或環境的剝削！只是透過政治、透過商業及繁複的社會結構，巧妙得讓人看不清真相。然而，愈是看不清楚，愈是讓我惴惴不安。無能為力地被一個龐大的組織裹脅著，參與一場貪婪掠奪的悲慘想法，終於使我對太過輕易的舒適生活心生厭離。而在這樣一個讓我不怕餓死的社會裡，更為什麼要去汲汲營營積攢財富，而不放浪形駭追逐夢想？我的夢想好像也不需要太多錢。

長年在國外遊歷，也總是所費不多，一趟西藏—尼泊爾—印度，全程一年半的旅行，只花八萬元，包括來回機票，途中還買過兩輛單車、一隻驢子。而在消費水準驚人的北歐遊走了十個月，含機票簽證手續也只七萬元，包括帶出去的單車。算來花的錢不多，但我的戶頭裡經常開著大洞，多年來一直幾近兩袖清風。

不積極存錢，根本的原因或許在於我的人生觀有點「虛無」。當我自問：這世間有什麼事值得我非長久活下去不可？好像並沒有。活著，確實可以經歷許多美好的事物，正因為經歷過太多美好的事，所以覺得生命可以隨時結束，沒有遺憾——既然沒有非要久活的理由，何必辛辛苦苦積存長活下去的資糧？

這好像扯得有點遠。總之，在需要錢把這塊地租下來時，我就是沒錢。那時避居在花蓮太魯閣的竹村，一個得離開中橫公路徒步十公里才能到達的山坳。在那裡，一包鹽、一斤米都得來回走二十公里揹進去，住著撿來的房子，出外盡量搭便車，一個月的生活費不超過五百元，不出山的時候所費就更低了。為了檢驗自己對文明的依賴程度，也測試自己脫離人群的能耐，曾經窩在山上連續一個多月只吃自己種的地瓜，配地瓜葉和採集的野菜。以前常聽老媽說，三餐吃地瓜的日子有多苦，總不相信。我種的是花蓮的紫心地瓜（芋仔番薯）很好吃，只是做夢時還是夢見在吃白米飯。而野菜之所以美味，也多虧了油鹽醬醋的調理，幾次在缺油少醬的情況下，吃到刮胃嘔酸，便想起那個「何不食肉糜」的昏君。

這兩年裡，梨山農忙的時候就去打工。到決定討山時，阮囊實在羞澀，真要用錢，舉債勢在必行。創業，第一個想到的是「青年創業貸款」，我的年齡勉強還可以是他們認同的青年吧？一個週末的午後，頂著盛夏炎陽趕赴一場創業貸款講習會。到了會場門口，乖乖——哪裡看得到門？想來借錢的人排山倒海，把入口處擠了個水洩不通，還要一個個簽名編號。上完課有張證明書，是往後申請貸款的資格之一。等我揮汗如雨擠進會場已經腰桿痠痛，差點中暑。擠在一群衣履整潔、鬥志昂揚的準企業家當中，我開始懷疑自己在這群有為青年的行伍裡，排隊借到錢的勝算有多少？

講習會無非說明借錢的資格：如何借？如何還？……上完課，一個頭兩個大。首先，借錢要有還錢的保證，就是要有抵押的不動產。這下糗大了，我渾身上下盡是財富，可有哪一樣是不會動的？我的勤勞刻苦、四肢強健、聰明靈活、才華洋溢……都是要動才有價值的咧。

放貸官廣開便門，說經營農場可以用農場土地抵押，土地即使不是私有而是承租的，也可用承租契約申請農村青年創業貸款。但是，土地必須是宜農地！這下，我可以回家了！

貸款無門，開始算計朋友。

其實，我一直是個很怕欠錢的人。唯一的一次負債是大學四年的助學貸款。雖說無息分期償還十分輕鬆，但想到必須壓抑許多天馬行空的想法，乖乖上班領薪水，就覺得十分不痛快。最後還是一存夠足以償還的數目，就一股腦還清，從此任性悠遊，絕不再借錢，包括任何先享受後付款的消費方式，都被我敬而遠之。此時不知這股討山的衝動何以有如此魅力？竟能讓人生出一股樂天自信，開始向家人好友大談美夢，四處借貸。

我要的地，初期契約三年，這是前任承租人與地主合約期滿前所剩的效期，我以二手承租的方式取得，租金一年二十萬元，必須三年一次給付。一來不擅談判，二來仲介人是我打工時的老闆娘兼好友，我全心信賴，六十萬園租，加上初期設備、肥料、農藥，保守估計，沒有一百萬元開不了場。我這輩子到此為止，手上摸過的錢加起來還沒那麼多。而一年二十萬的園租照我以往的生活方式，只要不出國旅行，足足過上十年沒問題。

這是一個毫無把握，卻又讓人忍不住躍躍欲試的計畫，我直覺，如果不曾嘗試，定會抱撼終生。可是，萬一一敗塗地，拿什麼還債？只有我的「動產」囉。憑我的刻苦耐勞，繼續在這裡拚命打工幾年，總可以還清。我就這樣天真地告訴家人朋友。

雖說談論夢想樂天自信，說到要借錢，還是有幾分難以啟齒。開口的對象首先要夠交情，要能在環境關懷議題上有共識，才能對我要做的事起共鳴。這些人又必須有穩實的飯碗，即使我一時還不出錢也不致害人窘迫度日（我開始後悔不曾傾心結交富豪，這時只有在平凡朋友裡扒剔出幾個日子過得去的），再者，不能有家累，拖老帶小的隨時都要有應變情況的準備，這樣一顧慮，能開口的就更寥寥無幾。最後鎖定幾個倒楣的朋友開始進行遊說。

我實話實說，不敢漫天誇口，借的錢沒有厚利，只預算了比當時定期存款稍高的利息（那時定存利率約五%，我就只承諾六%的利息），還說不準何時能還錢。朋友有人打算買房子，繳房貸，我只好作罷；有人願意繼續放定存，我也不好意思再強調利息不會比定存低；有人說要把錢放基金，那時我完全不知道基金是一種理財管道，以為是慈善機構或社會福利工作之類的捐款，還十分感動！結果，張羅半天，只借到十萬元。

山窮水盡，這完全不能怪朋友。一向任性，從來不肯委屈自己規規矩矩工作賺錢，活該錢到用時方恨少——就連眼前的討山計畫也是這樣的一種任性。何況，我實在把情況說得太過恐怖——有多恐怖？

我要涉足一個從經營管理、實務技術到行銷買賣全程外行的領域，要邊做邊學，跟當地的農民學。土地呢？長遠的計畫是要買下來，但不能正式過戶，只是私訂契約買斷權利。

買不下來呢？長期租用，照樣造林，由我管理的一天，就捍衛我的苗木一天。政府收回呢？這不正是我想要的結局嗎？我就歡欣雀躍拱手交還，正好卸下重擔。在這裡的投資呢？能在這裡努力的每一天都是無上的回報，每一刻都是資本的回收，別無奢求。朋友的錢呢？最壞的打算就是把錢賠光了，打工來還！全天下怕只有我自己相信這不是死路一條，有人願意借錢給我才是奇怪。

就在我一腔熱血為了籌錢而一寸寸冷卻下來時，我的伯樂出現了。

這人，其實和我淵源不深，只見過兩次面。這又得話說從頭。

一九九四年，我從成都前往康定，打算取道川藏公路到拉薩，那時千島湖事件發生還不到一個月，前去大陸的臺灣客人人自危。在成都汽車站，上了兩天一夜的長途巴士，以為自己是唯一的臺灣人，不料在熙熙攘攘的上車旅客中，一片四川腔調裡，竟聽出一聲臺灣國語，忍不住多看了兩眼，見是一位身材瘦小的女生，就攀談起來。原來這位女俠任職中央研究院歷史語言研究所，這會兒要到貢嘎山下尋找傳說是西夏族後裔的木雅人，記錄即將失傳的木雅語。川西一帶自古是邊疆少數民族流徙混雜的區域，素有「川西民族走廊」之稱。這些我並不懂，但聽她說得有趣，一來都是獨行俠，二來看她一個嬌弱的學者，竟能這樣單槍匹馬做田野調查，不禁惺惺相惜。

我沒有什麼非得遵循的行程，便起意和她同行。去到一個叫「木居」的偏僻村子，她循線找到可以記錄語言的發音人，幾天裡，她在發音人家裡做記錄，我就在村子附近畫畫。此行沒有相機，只有畫具和一堆笨重的畫紙。為了減輕往後行程的重量，臨別時將已完成的畫都託她帶回。原以為兩、三個月後就可以在臺灣相見，誰知我一去如風箏斷線，漂蕩了一年半才回來。而一路的畫作，在騎單車翻越喜馬拉雅山的途中一時大意全數失落，託她帶回的那幾張，是少數倖存的作品。回來後為了取畫，再度和她聯繫上。

我們就見過這兩次面，偶爾通信。在熟識的好友間告貸失利，原已有些心灰意懶，向她提起這想法時，也不太起勁了，只草草表過，不指望能從這交情不深的人身上借錢。誰知她個兒嬌小，性卻豪邁，一口氣答應出借五十萬，隨我什麼時候還。這下付地租夠了。其餘周轉一下家人，或暫時打工再賺一些，應該不成問題，我又信心百倍勇往直前。

一九九九年十一月契約簽訂，二〇〇〇年元旦生效，我正式走入夢寐以求的行業，做起討山女農來了。不久，遠嫁日本的大姊沒經開口，也借我一筆錢，讓我第一年資金游刃有餘。於是我肩負一百多萬元的債務，逐步實踐夢想。

頭一年收成不好，又逢風災，基本上是賠本的。債，只償了四分之一。第二年再接再厲，把朋友的錢連本帶利全數還清，大鬆一口氣。只有自家大姊的部分，直到第三年收成完畢才有能力奉還。

此時回首我的討山生涯，一路精采故事不少，多半歸功於資金不足。倘若一開始就挾帶著雄厚資本，不知道是不是一樣能把這條路走得如此深刻？就這樣向天借膽，向人借錢，不顧一切走來，此時依然樂天自信。

◎**回顧：**

說起錢來傷感！起初幾年的銳意拚搏，確實收穫頗豐，但也很快覺悟到，經營事業需要的不只是四體勤勞，這麼多的有所不為，注定了有限的格局。

我信仰小而美的親身實踐，相信量變必定引起質變，於是數年間從一塊果園擴增到三塊，之後的規模便停滯不前，甚至愈來愈小，因為七成面積都種了樹，隨著樹苗長大，陰影面積影響了果樹，果樹漸漸衰敗死亡，任由森林侵占大部分的空間。如今還能搖錢的樹已經不多，堪堪支應生活所需；與森林交界的區域光照不足，也漸漸改種耐陰的藥用植物，作物和雜草多樣性都愈來愈豐富，工作也從採收期必須雇工幫忙，到一個人閒閒散散地勞動。雄心與憤懣都漸漸平息，一切都挺好的。

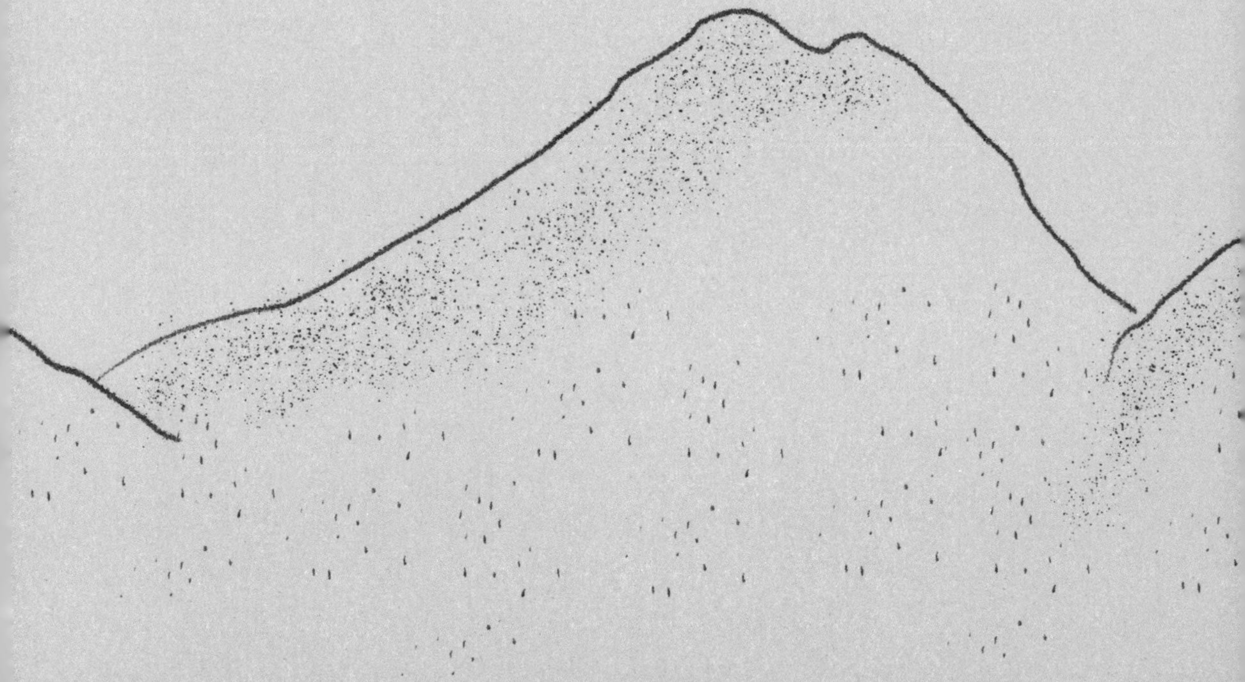

II 揮汗.

5 套袋三昧

那年歐遊回來囊空如洗，幾年簡樸刻苦的浪遊，山川曠野的洗滌，早已使人脫胎換骨，再難忍受密閉空間中一扇門窗後又是一扇門窗，屋子裡大門到浴室一雙鞋換過一雙鞋。只願從此天寬地闊地活著，不願再涉冷氣房中朝九晚五的生涯。想在陽光下工作，揹著一只背包來到梨山。

車站旁五花八門的水果攤位，是我毛遂自薦的起點。以為是來買水果的觀光客，攤販們殷勤招呼，我問：「這些水果都是自己種的嗎？」都答：「是！」（天知道這時梨山的果樹都才謝花，哪來紅豔的蜜桃、蘋果？）我也沒多想，開門見山就問：「那你們果園缺不缺工人？」第一個攤販乾脆俐落，像回擊一顆乒乓球：「不需要！」幾攤下來，終於有個大姊很有人情味：「我是不缺，不過可以幫妳問一下。」說著撥起行動電話，兩句問答，大姊回過頭來：「妳套過袋嗎？」「沒有。」靈光一閃，趕忙補上一句，「不過我可以學。」大姊收回目光，又是兩句問答，掛斷電話告訴我：「他們說沒做過的不要。」一顆心沉到谷底，我自以為身手俐落、反應靈敏，紆降尊貴地來到這偏遠山頭只想討一碗最簡單的飯吃，而人家說不要……

不知大姊有沒有看出我眼中泛出的淚光，又接了一句：「我再幫妳問個朋友看看。」對話又在工作經驗上周旋，我心想：「套袋有這麼難嗎？」這回大姊主動為我說話：「沒做過啦，不過看起來腳手很蹓俐咧。」深吸一口氣，投過感激的眼神。大姊終於掛了電話，要我稍等，老闆馬上會來接我。一面向我解釋工資給付方式：套袋按件計酬，小袋一個五毛、大袋一個七毛。我哪有概念？含糊點頭，只要找到工作就好。

等人來接的時間特別難捱，我開始胡思亂想，打量這大姊滿臉脂粉、燦然堆笑，一口伶牙俐齒，有點像傳說中的人肉販子，我隨便上一個陌生人的車……終於出現眼前的是個相貌樸實的老闆娘——騎著五十ＣＣ小機車，頭戴「梨山痴情花頭巾」——一種作穡人常戴的蒙面頭罩，加上寬緣工作布帽，只露兩隻眼睛，上身套著連袖套短背心，雨鞋、截指手套，標準的「做園仔人」裝扮，這才落下一塊心中石頭。

工寮狹窄簡陋，鐵皮浪板搭成，進門右手邊一長排離地尺餘的通鋪，用薄板隔成四小間，每間只約一張雙人床大小，花布簾略為遮掩就是房門。第一間稍大，擠著老闆夫婦和他們七歲的小男孩；第二間堆滿雜物，老闆娘七手八腳騰挪空間，抖出一件花被就是我的閨房；第三間睡著兩位男工，夜裡鼾聲如雷，他們是老闆昔日的同事兼好友，原都是報社排字工人，報社改用電腦排版之後一起失業，又都已過職訓中心招訓資格三十五歲的限制。老闆為人俠氣，只憑一個在山上做農的朋友介紹，赤手空拳上山來另闢前程，順便「牽成」患難朋友。老闆娘不時埋怨他「只想做阿哥」。最裡間是一對臺東上來的年輕情侶，一雙健美俊秀的好人才，可惜說話不時「露粗」。女的阿香姊聽說是個高手，小袋一天六千個手到擒來。所有的房間都沒有窗，一覺醒來不知東方之既白；但也沒有人有機會賴床，五點多其他果園的搬運車就會用巨大的引擎聲來告訴你：「上工囉。」

進門左邊一張方桌，平時是飯桌，雨天或夜裡就是聚眾切磋的方城或酒臺，弄得一屋子煙燻酒臭，街上那位大姊，就是三缺一的常客；後面一間半地下室，用一只短梯上下，也是堆置雜物、工具、材料的儲藏室，凡有人進出地下室，飯桌上就得有人起身。飯桌往裡是一排廚房設備。說是「設備」，一切看來都很「臨時」，但看每樣東西的油汙厚度，又像已經臨時了很多年。未經刨修的杉木做腳架，粗製濫造釘起一列工作檯，放上瓦斯爐、砧板，就是老闆娘打點八個人三餐大事的戰場。

爐臺上開著一面全工寮最明亮的推窗，窗板用一根燻滿油汙的木棍往外支就可開啟，由於整棟工寮都在二、三十年生的果樹庇蔭之下，窗外滿是綠意。然而這扇窗最實用的價值恐怕是在老闆娘快刀急火張羅民生大計時，可以順手拋出砍、剁、削、撿下來的林林總總，以及烈爆猛炒之際，消散瀰漫的油煙。昇平的時候，窗框、支棍、爐灶滿滿停著大蒼蠅、小果蠅。爐臺和房間之間相隔不到三尺，形成一條狹長甬道，油鍋爆起的油花都可以濺到房間，老闆娘一下廚，工寮內外交通要道頓成一婦當關萬夫莫開之勢。

沒有多餘的交誼空間，一臺時而彩色時而黑白的電視，懸在甬道盡頭，晚餐後大夥各自踞坐自己的臥房，斜著身子成排探頭出來看電視，畫面頗為有趣。

全工寮的最裡間是浴室，同樣暗無天日，只鋪一半的水泥地，顯示是工寮完成後加蓋外拓的空間，沒有水泥的半爿地板就用舊木棧板鋪起，木板間露著兩、三指寬的縫隙，排水良好，只是肥皂掉進去很難夾得出來。浪板牆上拉著幾條鐵絲掛毛巾，各人的牙刷就找梁柱和浪板間的縫隙插著，浴室門後打著幾根鐵釘掛衣服，沒有置物架，洗澡行頭多的得自備塑膠袋掛著。地上擺平一只大澡盆之後的空間就僅容旋身。洗澡的水要大老遠從屋外提進來，穿越飯廳經過甬道上每個人的房間門口才到浴室，於是每有人提熱水洗澡，一排看電視的歪頭就此起彼落地左閃右閃。

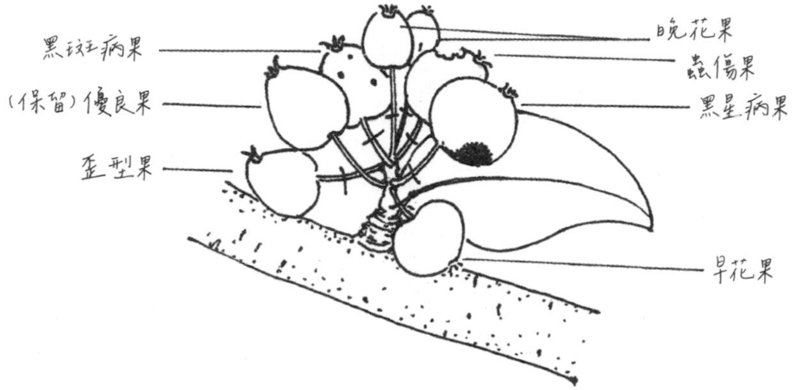

疏果

工寮門口幾步遠就是五尺寬的搬運車路，燒熱水的臨時灶搭在路對面，那裡正有一小片空曠沒有果樹的地面。紅磚砌起ㄇ字形的小灶，連水泥都不用糊，一只鉎鍋上遮一塊鐵皮，燒著冬天剪鋸下來的梨枝。傍晚收工後，大夥輪流看火、洗澡。這裡雇主傭工的生活條件完全相同。老闆夫婦在工作之餘還要張羅三餐，準備行頭、照顧大小細節，只怕比我們更加辛苦。

梨樹三月中、下旬開花，四月上旬收花。謝花後未受粉的花會在一週內連同子房、花柄一起掉落，因花柄與果枝的連接處在雄蕊花藥散完而雌蕊柱頭上沒有花粉發芽時，即會自動分離，樹體養分不再向此處供應而自然黃落，是為生理落果。受粉成功的花則由在柱頭上發芽的花粉，伸出長長的花粉管進入子房，花柄與果枝間的「關節」也固著了，向樹體汲取養分，子房發育為果實、花柄強化為果柄，這就是「著果」。在生理落果結束，著果已可確定時，就要施行疏果、套袋的工作。

梨花的一個花苞通常可開出一簇六～十四朵花的花序（有些強芽甚至可開二～三個花序，共數十朵花

鐵梯

蕊），一簇花序理想的著果率常在一半以上，為了避免養分競爭，需將多餘的幼果疏除，最後每一花序（著果點）只留一粒，最壯美的也只留二粒（高接梨情況不同）。疏果時判別果實的優劣十分重要，早花的果實先馳得點，容易競爭到養分，通常可以雀屏中選，但若果形不正、感染病菌或遭蟲傷，就必須剪除，使較晚花的優良果有機會發育。除了縮減每一簇果實的數量，也衡量每一條結果枝的承載能力，量枝留果，最後一棵壯樹留果約四、五百粒左右，但在不同的肥培管理與產量預期下，也有不小的出入。一個中等身手的疏果工人，一天可以疏剪十多棵樹。

上工了，搬著自己的三腳鐵梯走到果園最邊界，這種鐵梯約有十公斤重，三支鐵腳第一、二支固定著階梯，階梯中間掛著一條鐵鍊，勾住第三支腳，隨著收放鐵鍊的長度控制開張的角度。最特別的設計是每支腳的末端都焊上粗釘子，可以插入土中，不致滑動，梯長有三、四、五、六層（一層約一尺高）等不同高度，視坡地的緩陡和樹的高矮選用。這裡平均坡度「中等」，我們都拿五尺梯（約一百五十公分）。在斜坡上架梯攀爬需要藝高膽大才能催動工作效率，懼高、平衡感不好的會在鐵梯的使用上拖累工作的進行。這片果園約一公頃，工寮位在最上方，工作都從最下方陡坡處往上進行。這時疏果工作才剛開始不久，一路扛鐵梯走到工作定位手痠氣喘，心裡已經有數：這碗飯不太軟。

比起套袋，疏果只是輕鬆的序曲，早上六點半上工，下午五點半收工，中午休息一小時，跟著大夥一起做，只要不是摸得太凶，動作快慢無甚要緊，反正按日計酬，我這新手一日一千，熟手一千二，「師傅」可以領到一千五。因為整天不斷地高抬貴手，仰頭工作，第一天收工後已經脖子僵硬，肩膀痠痛。怕第二天會更加不濟，連帶來「消遣」的書也不敢拿出背包，洗完澡就早早去睡，為明早儲備體力，接下來的日子也證明這樣的「認分」是對的。

第四天疏果工作完畢，開始套小袋，這時梨果如檳榔大小（包葉），翠綠晶瑩，常易遭受病蟲害。緊接著的梅雨季節病害感染率特高，染上黑星病的梨，表面生出一塊黑斑，手指一摸能沾下一片「碳粉」，那是病源菌的分生孢子，病況嚴重的果實全身斑點，猶如花豹。孢子隨風雨傳播，感染全園，新梢的枝條、嫩葉、幼果特別容易染病，染病的果實到中果期就會裂果，乃至潰爛，被小蟲刺咬過的果實則是傷痕累累、形狀醜怪，除了全園噴藥殺滅病菌和害蟲之外，盡速套袋保護才可減少損失。這時果實幼嫩不能負荷太大的紙袋，先用小臘紙袋保護，等梨果稍大、果柄加粗時再套遮光的大袋。大袋空間可以容納成熟時的大梨，套完大袋才算完成套袋工作。

小袋大小如香菸盒，袋口隱藏一根細鐵絲（近年來也流行自黏式小袋，不用鐵絲），每一百個束成一疊，通常左手握住成疊紙袋（也有用橡皮筋束在手背上），右手每次抽出一張，用拇指與食指搓開袋口，罩進梨子之後雙手收束袋口，使皺褶集中，右手兩指順勢將鐵絲壓折在果柄上固定皺褶，就完成一個動作——五毛錢。計酬的方式是每日統計各人所領的紙袋數量，每二十札一封二千個，上、下午上工時各領一次，不足再領，用不完留到隔天。

第一天下午初試身手只領一千個，上了鐵梯全神貫注，想在最短時間內追上大家的速度，怎奈滿樹枝葉都在作梗，梨子也不聽話，每搓開一個袋子伸向果實，就有數十片葉子齊來遮擋，明明已經撥開葉子，紙袋只落到梨子的一半就再也矇不進去。抽回紙袋，整平、重新搓開袋口再試，樹葉又擋過來，好不容易將梨子塞進袋中，收束袋口拗折鐵絲，既怕太用力把梨子扭掉，又怕壓折得不夠緊，袋口會鬆開，只得小心翼翼地做。

才順利套上幾個，又碰上著生方向不同的個案，不能用同樣的手法處理，有些梨筆直向上長，有些偏側著、倒掛著長，變數奇多。而每次從左手整疊的袋子上分出紙袋，不是分不開就是一抽兩三個；看準了要套的枝條，挪移鐵梯爬上去，發現不是太遠就是太近，梯子很重，上下梯又耗時間，將就著套，不是得探身，就是要後仰、側扭；一個枝條上總有幾個果實會被葉子遮擋看不

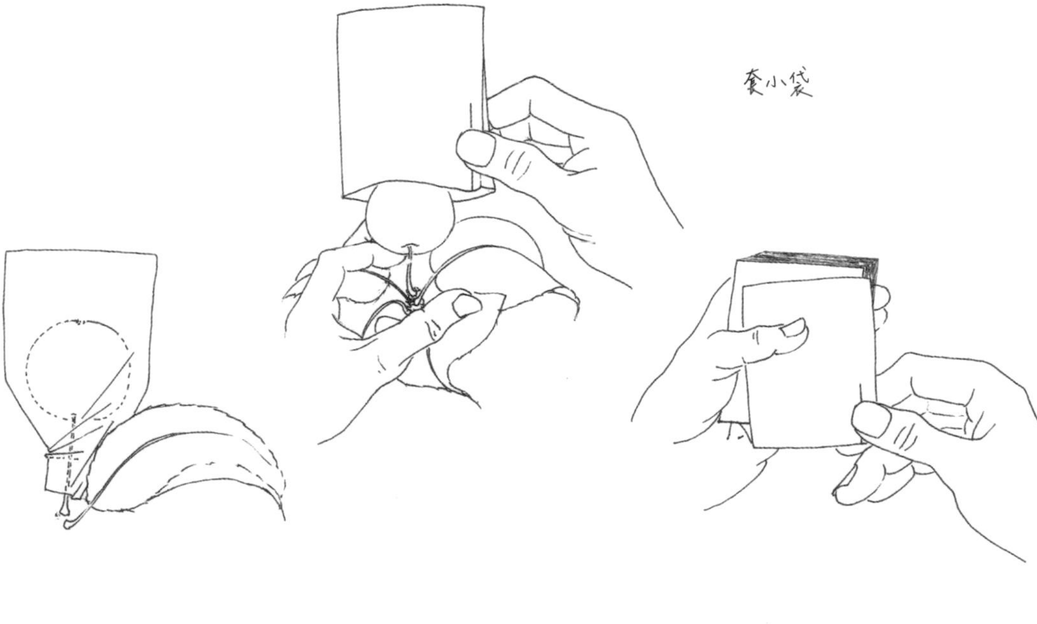

見，若一時貪快從眼前易套的套起，又亂了章法，使遠處的果實因視線被紙袋干擾而遭忽略，一旦挪開梯子，就又發現一、兩個漏套，再不就是走迷了枝的順序，整枝略過，又要搬梯回身再套。通常套袋一人一排，整棵樹套完再換下一棵，整排套完再跳下一排，這樣老闆在旁「抓漏」時可以勿枉勿縱。是自己的排，就乖乖搬梯子回頭補套，無從抵賴。只是情況若不嚴重，老闆夫婦都會自己在後面收拾殘局。

一開始瞄著手錶，想估計自己的速度，第一個小時下來，天可憐見，一疊袋子還厚厚地握在手裡，忍不住偷眼覷向周遭，只見別人「嚓！」一聲脆響，就是一個袋子出手，雙手到處，再雜亂的葉子都會自動分開，嗦嗦兩聲已經一顆梨子搞定，袋口收束得端端正正，袋子展得平平整整，只一個「神」字了得！我一顆梨還沒套完，人家已經四、五下手起袋落，又搬開梯子套下一枝。一個個動作無不乾乾淨淨，換枝挪梯從從容容，我卻七手八腳愈想快愈快不來。因為速度慢，鄰排的人就常會「撈過界」，順手將兩排交錯地帶屬於我的部分也料理掉，好讓我快一點跟上，只不過他們專挑好做的下手，我一路發現：不用爬梯子的低枝，成串果實既多、葉子又少的枝條，都沒有我的份了——誰叫我慢！

後來聽大家閒談才知道，其實專業套袋工人計較的規矩可多了，不只這種分棵分排的界限嚴明，排與排間即使枝椏重疊也要循著枝幹分個清楚，更有成班包工的套袋班排擠外來臨時工的行規。由於比起其他工作，小袋工錢好賺，有些手腳俐落的工人乾脆聯合組班，季節一到就來找果園包工，整班工人效率高，老闆可以省去四處調人的苦惱，又可在短時間內結束工作，故也樂於找這樣的套袋班。領班人的身手通常也是箇中翹楚，結集班員時除非自家親友，否則也不願納入庸手，正是「只看輕靈俐落，不要晶瑩剔透」。

包工的不成文協議是從疏果、小袋、大袋全程包辦，疏果的部分仍按日計酬，比較吃虧，大袋速度較慢，也不是頂好賺，大家都著重小袋的厚利，一旦和包工議定工作，連老闆都不能擅作主張納入臨時工來套小袋，除非果園太大，工作急迫而包工班員不足，老闆才能另外張羅人手，但這些外來的散工也必須從疏果做起，從中介入來套小袋罕見其例。至於最後的大袋，常會因梅雨阻滯工作進程，老闆常必須加調人手趕工，但此時最有利可圖的小袋已經結束，就比較沒有人會計較了。我們這班工人算是雜牌軍，規矩自然沒那麼嚴，偶爾有人撈過界沒人會說話，何況我這新手又是「肉腳」！

第一個套小袋的下午，我拚死拚活套完四百袋，已經六點半，折算工資兩百元，原來我的身手一天只值四百元！我暗暗慚愧，會不會前幾天的疏果效率也只值這樣？我飯可吃得不少……

收工後大家安慰我，新來的動作生成卡慢（臺語，意為本來就比較慢），手勢捉對就快了。我也同樣安慰自己，帶著一身的痠痛和一雙在鐵梯上磕碰得花花綠綠的雙腿，也不管工寮一隅兀自喧擾的菸酒麻將，躺倒就睡，一夜無夢。

我黎明即起，常是工寮裡頭一個起床的，到果園裡找地方舒展四肢、柔軟筋骨，往往練功完畢才見大夥正刷牙洗臉。吃過早餐、領比前一天多的紙袋，鬥志昂揚地出門，這時太陽還沒升上來，隔夜露水溼重，猶能讓人寒透四肢。上午十點的點心時間很讓人期待，不少都市人這時可能才打完卡、吃過早餐不久，我們這群套袋工人已經賣力工作超過四個小時，個個飢腸轆轆。

按件計酬的方式猶如古戰場上梟首立功，能使士卒奮勇拚命，整日滿園六、七個人工作卻安安靜靜，只聽得到紙袋輕輕的窸窣聲、搬動梯子時鐵鍊的嗆啷聲，難得的一兩句交談也不似疏果時那般笑語頻傳。老闆娘只管三餐點心、發放紙袋，工作時間任由我們自便，有才調的盡可以摸黑出門、摸黑回來，這時可沒有人願受勞基法的保護！大家巴不得一天工作十二小時，我雖不致摸黑出門，倒常是摸黑回來的一個。五月初夏，摸黑的時候大約七點。

就這樣，每天領出去的紙袋從一千、二千、三千、四千，急劇攀升，早不再是墊底的了。突破四千那天，大家都為我慶賀，這是晉級「師傅」的基本門檻，但充其量也只算個「能手」，比起「神手」阿香仍有一大段距離。

我由衷感激阿香，因為她驚人的快手，我有機會跟在她身邊時就忍不住用她的速度來訓練自己，光聽抽紙袋的那一聲「嚓」，就知道她又是五毛錢入袋，幾次心無旁騖地追隨那嚓、嚓、嚓、嚓……的節奏，我也不斷簡化拖泥帶水的動作，將抽、搓、撥、套、折的動作綿密連貫，一氣呵成，第一個還沒套完，眼波餘光已將下一個的位置、著生方向瞄了個精準；架好梯子，邊爬邊已算定起套的順序，還沒走下梯子，就已估量好下一個架梯的位置，如此章法分明，一枝一枝套去，渾然忘我，常不知天色之既黑。

初來打工，原想：既是按件計酬，做多少領多少，不必對老闆覺得虧欠，一日若套小袋兩千個，賺一千元就收手，其他時間尚可悠哉看書、畫畫、欣賞山間日出日落，誰知工人們都是這種拚法，雇主也只要這種效率高的工人，因為果子自顧自地急著長大，沒得商量，果農只有亦步亦趨追趕每樣工作進度。幼果晚一天套，就多一天得病的機會，晴時不催起工作進度，雨天就徒嘆奈何，還得白白照管一屋子工人的三餐。不久後我們就在梅雨

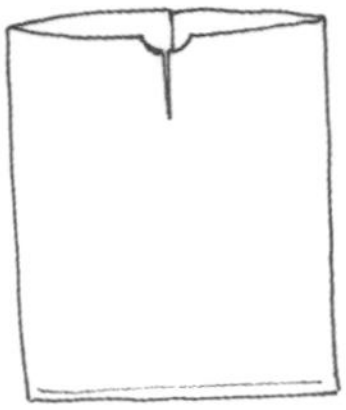

大袋

腰間繫上布兜，
口袋正可插入整疊大袋

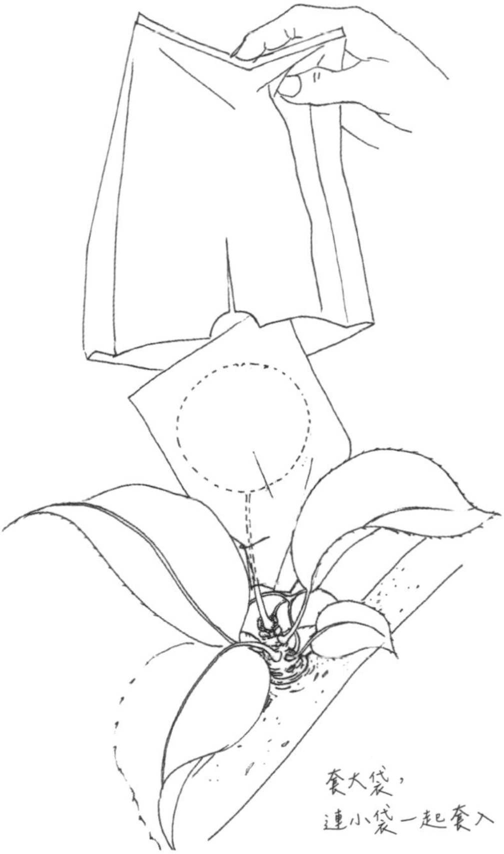

套大袋，
連小袋一起套入

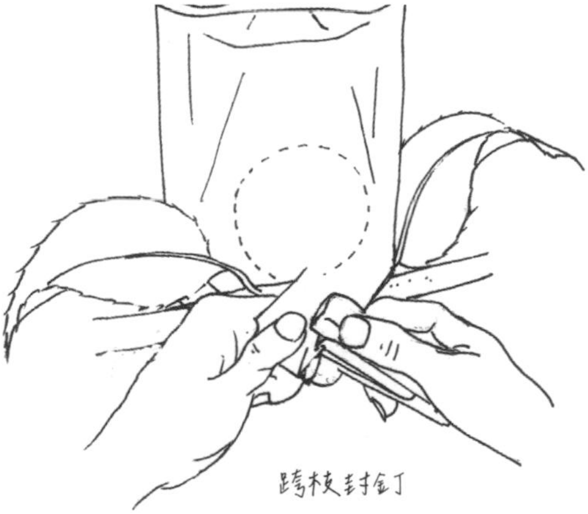

跨枝封釘

纏綿下碰上做二天休息十天的窘況，又不敢下山，怕隨時有放晴的可能。

小袋告一段落，好不容易練就差強人意的身手，緊接著就套大袋，我又從零開始。大袋大小如一般書本，由內外兩層紙合成，內層墨黑，可以遮光，外層色淺，淡灰或淡褐，可以適度反射日光，袋口邊緣中央切開一刀，約五公分長，捏住袋口兩端往中間疊，再用釘書機將疊合處釘上。套上梨果時要讓這道中心切口正對果柄，而交疊的袋口必須含跨果子著生的枝條（不能含進葉子）才能釘上，以免紙袋招風，連梨子一起搖落，梨子長大時也可協助果柄支撐重量。

大袋已不能像小袋那樣整把握在手裡，我們腰間繫上攤販收錢用的布兜，布兜口袋正可插入整疊紙袋，紙袋中央切口處還切開一片半圓形缺口，方便手指撥開伸進。高手可以一手自腰間抽袋同時撐開袋口，就靠這個缺口的妙用。因為必須從腰間掏袋，動作比較複雜，加上要跨枝、封釘，動作既繁複，葉子又比前日更密，難度自然比套小袋高得多，連阿香一天都只能套四千多個。我頭一天上陣一千個不到，右手拇指為壓釘書機而差點抽筋，只是再接再厲也很快突破三千。總算全程套袋工作做下來，沒太丟人。隔年季節又到，再應老闆徵召，原批人馬上山，但這一年工作進度因梅雨關係，嚴重落後，最後兩天加入套袋班人馬，領頭師傅大袋一天五千個，談笑風生，不得不嘆江湖何處無奇人。

臨場揣摩套袋師傅出神入化的動作，可以讓人心醉神迷，實不亞於籃球競技場上的灌籃高手。看他們分枝拂葉，跨枝封釘的矯捷，何似騰挪閃躍、百步穿楊的絕技。而陡坡上著生位置極難企及的果子，他們伸腰跨腿，舒展長臂，直如三分線上長射得分。只是籃球高手可以贏來滿場喝采，獎金無數，更使全球觀眾如痴如狂，而這些套袋師傅卻只在嗦嗦的撥葉聲、掏袋聲和清脆的釘書機的喀嚓聲中靜靜地拚身手、搏體力。

親自經營果園之後，一位朋友聽說我每年要為全園果樹包套數萬個袋子，瞠目結舌地惋惜我的時間、我的體力。我腦中浮現ＮＢＡ賽場上萬人風靡的鏡頭，那些贏得全球關注、掌聲和評論的，千挑萬選的球員們如何投注大好青春去拍一顆球，把球拍成身體的一部分，這過程中的艱辛和樂趣，和我們全神貫注地訓練套袋的手眼身法，其間究竟有什麼不同？

其實讚譽、惋惜，都是水上波痕，相同的水的本質是我們在套一只袋，或拍一顆球時專注不二的心，以及磨練技藝時不覺著迷的挑戰與遊戲的興味，誰說工作與遊戲不能是一體？於是阿寶曰：凡套袋一日滿五千者，吾皆謂入套袋三昧，得遊戲法忍。

套袋錦標賽（馬丁繪圖）

6 從耕地走回荒野

七分多地說大不大，夠我忙到全年無休還忙不完。正好，我正希望有忙不完的部分可以立刻還給自然。

這張草圖是剛來時，馬丁為我畫的全園果樹調查圖。我們沒有儀器和精確的參考地圖，比例、方位難免有些微偏差，馬丁用指北針和目測法，已將它做得很實際了，只有果樹的部分當時全是光禿禿的枝椏，有些馬丁認不出來，而幾年來也有些樹病死，其餘大致上沒有太大的出入。

圖中我依照放棄果樹經營的順序分區，A區是第一年放棄的部分，B區是第二年，然後是C區、D區。A、B、C1都屬於南坡的範圍，而D、C2屬於北坡；帳篷所在的部分恰在東側，就稱「東坡」。這是依果園區塊相對位置而言，其實坡面仍是西傾的。帳篷所在就是現在的竹屋，也是全區的最高點。

「稜線」略呈東西走向，在南北坡之間的高地就是稜脊，D區以東都是緩丘，而在D區北面水泥路的盡頭，也有一片平緩地。

我想將南坡首先造林，因為A區坡度太陡，水土保持不易，工作也難進行，而B區是一片才坍方不久的碎石坡，果樹重新種過，但都還小，碎石裸露容易坍垮。A2緊臨著一條小溪流，這條溪上游已受垃圾汙染，但不論如何，我還是為它保留了緩衝帶。這幾區的總面積占去全園三分之一強。我勘察地勢，打算分幾年時間將這片南向坡地一部分造林；

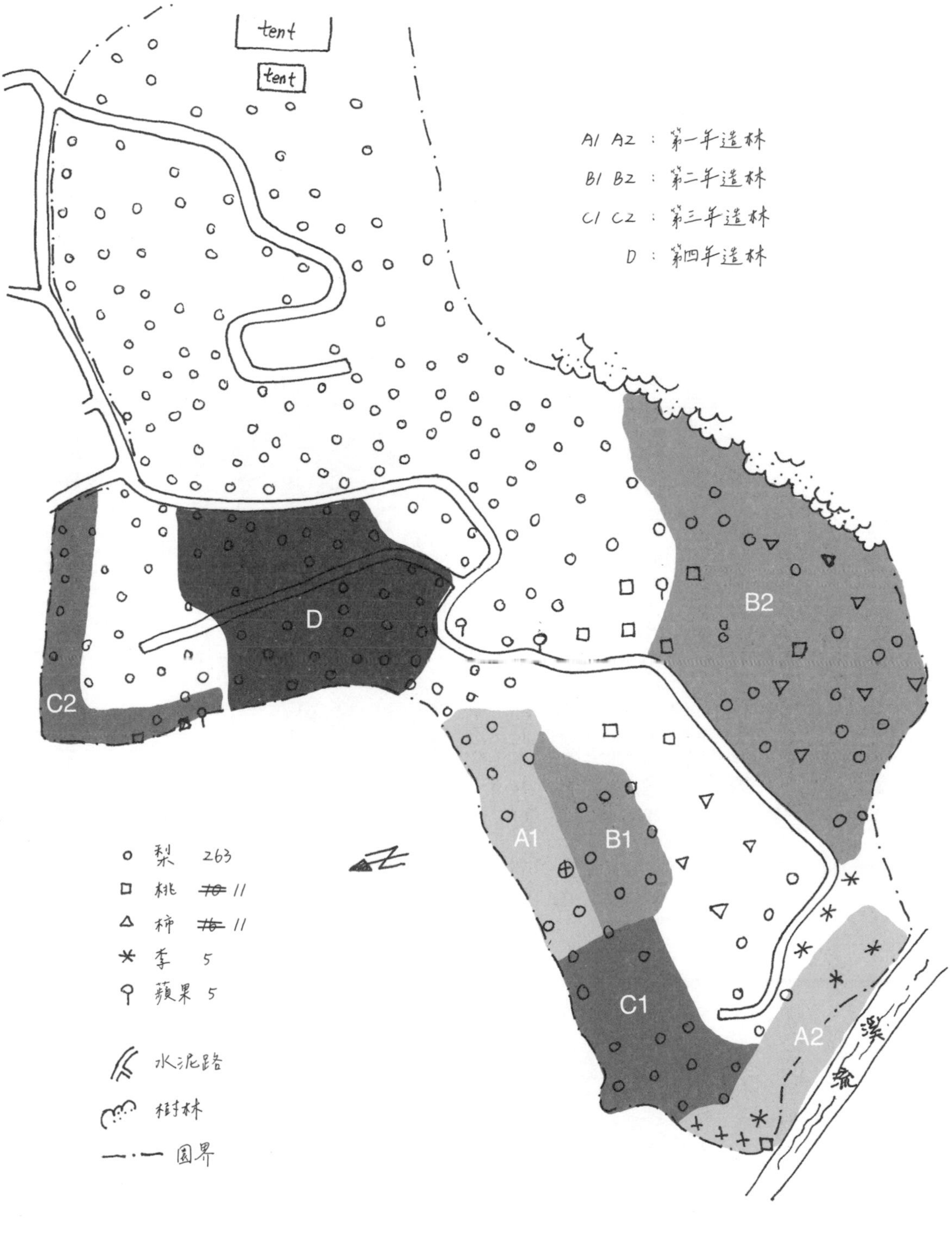
tent
tent
A1 A2 : 第一年造林
B1 B2 : 第二年造林
C1 C2 : 第三年造林
D : 第四年造林
B2
D
C2
A1
B1
C1
A2
溪流
梨 263
桃 ~~10~~ 11
柿 ~~10~~ 11
李 5
蘋果 5
水泥路
樹林
園界

一部分直接廢耕。造林部分在苗木成長過程中，漸次放棄耕作；這一區坡度超過七十度，初期開山的人做過石頭駁坎，一道駁坎有一人高，陡峭處駁坎也很難維持，大多崩壞，成為一片險峻的懸崖，割草不必彎腰但也很難立足，許多地方都得單膝跪在坡上，以免失足。而東北面坡地地勢較緩，可以長久經營，作為產業的主力，北坡的D區也很陡，但土壤較豐厚，將視果樹狀況做第二階段造林。

這片計畫廢耕的南坡和其他區域一起都搭了整枝用的鐵絲棚架，藤蔓一攀就殃及整個果園，如果一開始就廢耕，勢必得忍受芒叢和藤蔓多年的侵占。我想幫這片土地早日張起濃密的樹冠，也避免藤蔓勾搭上了棚架造成難以收拾的後果，於是分年向各育苗單位要來一些苗木種下。這些外來的勢力好比外籍傭兵，而在這片地上自發生長的樹苗，則是一支子弟兵團，兩支「綠色兵團」出身不同，各有千秋。

傭兵——樹苗

第一年事業草創千頭萬緒，只要來五十棵肖楠苗木，種在A１區。這五十棵小樹苗在清明時節種下，細雨霏霏卻綿綿不盡，藤蔓雜草欣欣向榮，很快就把小樹纏勒掩蓋得不見蹤影，兩個星期割一次草仍然難得看它們探出頭來。最慘的是，我只是把樹種下，沒有任何標記，草一長高就弄不清楚樹苗在哪裡，草戈雖利，也只能一寸寸繡花般的割，免得傷了樹苗。而即使小心翼翼，仍然偶有失手，不少幼苗因此夭折。

到了夏秋之際一陣長旱，這片陡坡保水力差，上面的草被一遇旱象就完全枯黃，簡直是一片惡地，梨樹還能生長，因為根系較深，小樹才種幾個月恐怕捱不過去。眼看著有幾棵已經垂頭喪氣，心裡焦急，撿來兩床別人丟棄的舊棉被，把棉絮大塊撕下，攤在小苗根部，灌足了水，幫它們度過乾旱。這時第一隻被我收養的流浪狗小熊也來幫倒忙，我才灌完水，就看牠把身後的棉絮扯開，一陣蹦跳撕咬，小樹都被牠拖過的棉絮折騰得東倒西歪。此狗平日蹭在主人腳邊寸步不離，我鋤地牠跟著刨地鼠，我開搬運車牠呼喝開道，我採梨牠就在樹下啣著爛梨跑來跑去。要牠不參與工作是沒得商量。我對牠訓斥一頓把棉絮重新

紅檜

蓋好，怎知牠陽奉陰違，趁我不在還是回來搗亂，這段時間乾死的樹苗我都算在牠頭上，可是又能怎樣？一年下來五十棵樹好像看不見。每次除草看著那幾棵小樹，都像看著天上的星星，星光閃爍卻微弱而遙遠。

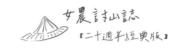

B區因為是裸露的碎石坡，前任管理者又使用除草劑，整整一年只長出幾莖小草，看這一片「石漠」復原困難，第二年要來三百棵樹苗種下，希望地面早些得到蔭庇。這次要來的樹苗除了肖楠，還有紅檜、赤楊、華山松、臺灣杉和臺灣櫸，地面則買來一些苕子種子撒上。苕子是一種豆科植物，兼具綠肥的功能，開著一串串粉紫小花，每到開花時節，一片奼紫嫣紅。

紅檜聲名顯赫自不在話下，從日治時代就在臺灣林業中占著重要地位。小時家住羅東附近，木材加工廠林立，常見太平山、大員山林場下來的運材車載著一根根巨大的原木，材車過處飄散出清新的檜木香氣。那直徑比我還高的巨木，和熟悉的檜木香是童年一項鮮明的記憶。

肖楠是臺灣原生針葉樹中品質最優良的樹種之一，和紅檜、扁柏、臺灣杉、巒大杉合稱臺灣五木（一說紅檜、臺灣杉、臺灣油杉、巒大杉和臺灣肖楠）。它的葉子很像臺灣扁柏或紅檜，但毬果和樹型則有很大的不同，紅檜和扁柏的毬果鱗片嵌合成圓型，肖楠的毬

果則是長橢圓型。肖楠的樹型常呈多強主幹的分枝型態，也和一般針葉樹的圓錐狀樹型不同，它的分布海拔也較低，但適生的範圍很廣，在溫熱的平地也可生長良好。肖楠除了質地優良，是建築、家具、雕刻的良材，它的木質清香，俗稱「淨香」，也是製線香的原料。

華山松是一種五葉松，在中國境內分布廣泛，遍及華中至華西的高山地帶，最常見於陝西華山，故稱華山松。在臺灣分布於高海拔地區（約二一〇〇～三三五〇公尺），如此高海拔還可以見到的松類，除了臺灣二葉松，就只有華山松了。華山松毬果特大，長可達十四公分，種子可食，雲南地區也稱華山松為「果松」。

肖楠樹型

臺灣杉則是在分類學上意義非凡的植物，是唯一以臺灣為屬名（*Taiwania cryptomerioides* Hayata）的植物，而且單屬單種，是第三紀孑遺下來的活化石。這一屬植物只剩臺灣杉一種，呈零星狀分布在臺灣、中國大陸雲南、貴州和緬甸北部，分布地區逐漸退縮，亟待保護。臺灣杉已是和水杉、銀杏、世界爺等地位同等重要的世界級珍貴樹種。

針葉樹生長緩慢，我為了讓部分崩塌地早日有植被覆蓋，也種了一些赤楊。赤楊十分耐旱、耐貧瘠，常是公路邊坡、自然崩塌地或洪水沖刷過的溪床上首先冒出來的植物。它們對惡劣環境的適應力，使它們成為裸露地上的先驅。它們快速生長的枝椏撐起一把綠傘，每一片綠葉都是勤奮的加工廠，將土地中的無機礦物和陽光轉換成有機物。綠蔭調節了裸地上驟變的溫度和溼度，枯枝落葉肥沃了土壤，為其他的生物創造了較佳的生長環境。待其他後來樹種的濃蔭爭奪了它們極度倚賴的陽光，它們也就在成熟的森林中功成身退，而種子隨流水、風力，又去另一片崩塌或洪流地上拓荒。

另外B2區在第三年也種下一些臺灣櫸，這種臺灣中

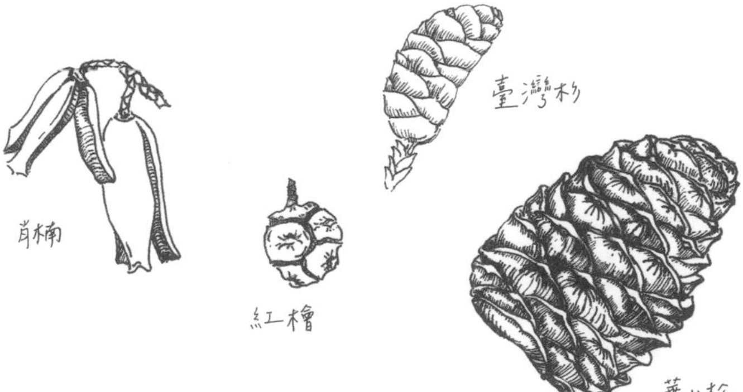

臺灣杉

海拔原生闊葉樹，樹形優美，木材珍貴，俗稱「雞油」。早春新芽抽長時一片紅豔，宛然北國秋色。

我在小小幾分地上種了許多種類，原是希望即使人工種植，也可以保持相當的多樣性；事實上，選擇這些「功能性高」的樹種，目的也不在將來取用它們，只是順應苗圃容易取得的樹種。

子弟兵——自生樹種

雖然為了快速讓森林復原而借重傭兵，但這片土地自有它蓬勃的生機，不可忽視。

旁邊的天然樹林長著的山胡桃、構樹、小葉桑、阿里山榆和千金榆……它們的種子掉落，也紛紛在果園內發芽。我遇見這些本土子弟都加以尊重保留，加上B區原本所種的梨、桃、柿子隨之野放，使這一區塊蔚成樹種豐富的「雜木林」。其中生長速度最快的首推構樹、小葉桑和一棵未經嫁接的柿樹。

構樹俗稱「鹿仔樹」，據說養鹿人常以構樹作為食料，看它生長的速度之驚人，確實是很好的食草植物。它的另一個特長是作為造紙原料。構樹的木材鬆軟，不堪使用，但它的皮卻是一層細緻綿長的纖維，極易剝離，可製造品質極佳的紙張，也就是古籍中記載的楮樹。

構樹和小葉桑同是桑科植物，這一家族的特徵是一受傷就流出大量白色乳汁，橡膠樹尤

構樹深裂的幼葉

構樹的果實

小葉桑幼葉

其是它們的典型。再者是生長十分快速。第二年在B區發現兩棵構樹小苗，從貧瘠的石礫中冒出來，除草時手下留情，隔年它們就已超越周圍所有果樹，主幹也粗過手臂，只有蔓藤可以和它抗衡。它們輕輕巧巧盤旋而上，很快將整棵樹罩進密密的天羅地網，這時我伸出一次援手，為構樹除蔓，沒想到就這一次解危，構樹從此發憤圖強，一面急速竄高，一面張出濃蔭密蓋，義無反顧地捨除基部老枝，任這些邀不到陽光的低枝凋萎、斷落，一味地嗜陽拔高，好似受夠了藤蔓的欺凌，不願再在低處留戀。這一來藤蔓被濃蔭囚禁，果真難再上樹，第四年我完全不必再替它操心，它的胸徑已有水桶般粗，樹蔭如一把巨傘，讓周遭小樹都有些委屈。和構樹小苗年齡相仿的幾棵臺灣櫸雖也頗爭氣，但相較於構樹的氣勢，顯然望塵莫及。我不打算幫誰，倒想印證所謂「先驅樹種」，在林相的更替過程中如何盛極而衰。

在這片開墾過的地面，現在無疑的正是它

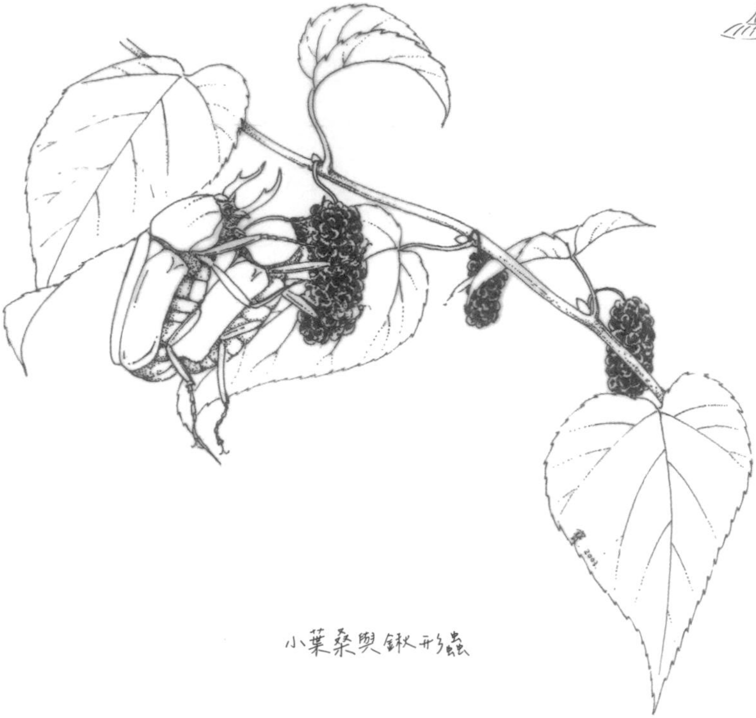

小葉桑與鍬形蟲

的天下，才三歲的構樹已經茁壯挺拔，結起一顆顆紅太陽般的漿果。這種果實成熟時甜美多汁，像莓果一樣由無數個小果粒綴起，這些果粒其實是一根根肥美的肉柱，肉柱頂端頂著一顆芝麻粒大的紅色種子。小蟲來了，啜吸著甜蜜的漿汁。綠繡眼來了，不知啄的是果還是蟲？紅山椒也來了，停在高高的樹梢眺望，不時翻飛，抖起讓人驚豔的彩羽。松鼠來了，摘下果子只咬兩口就掉在地上，不必心疼，這正是它們繁衍的好機會。金龜子來了，還掛在樹上被咬過、開始腐爛的果子，牠們一頭鑽進去，久久不肯出來。蜘蛛也來了，在枝椏間掛起絲網，陷住小飛蛾……才三歲的構樹，已經張起一張小小的食物網，大小生命在上面來來去去好不熱鬧。

　　小葉桑看來比它們的親戚構樹，有著更巧妙的傳播策略，因為時至今日，構樹的小苗始終只出現在Ｂ２區靠近樹林那一帶，這片樹林正是那些自生樹種的大本營，而小葉桑老早跨越了B2老家，遍布在B1、A、C1、乃至於A2區，整個南坡都有它們的蹤跡。我猜想原因可能是桑椹的果實細小數量奇多，滋味也特別受鳥兒喜愛，鳥啄食桑椹不會只吃果肉，一定是整顆吞吃，從而將種子無遠弗屆地傳播。

頭一年B1、C1二區的果樹尚在經營，幾棵自生的桑樹小苗都被我砍除，第二年開始植樹後，才放任它們生長，兩年之內勢力都已凌駕了所有的果樹，也開始結出小小桑椹。

小葉桑的幼葉深裂，和成樹完整的心型葉有天壤之別，常讓對它們不熟悉的人們誤以為是兩種植物，構樹也有同樣的現象，當它們褪去幼葉，長出大方的成葉，也就是它們開始開花結果的時候了。冬天小葉桑跟著其他果樹一起落葉，落葉後的枝條出人意表的整齊漂亮，在空曠處生長的桑樹，一根筆直的主幹一年抽長了四公尺，向兩旁分出整齊的側枝，擎天而舉，像一支巨大的魚骨（只是側枝互生並非對稱）。隔年春天，桑葉沃若，每一片新葉的葉腋都懸起一串小小的淡綠色花序。「柔荑」是這種單性花序的名字，從《詩經》中來，古典而優雅。招蜂引蝶，不必鮮紅橙黃，自有一種內斂的妖嬈，暗中轉花為果。這種野生的小桑椹滋味誘人，不是肥美的大桑椹可以相比，我總等不及果實由紅轉黑就要去摘，而它的嫩葉也是好吃的野菜，它們在我園中已堂堂登上作物名錄。

另一種自生的木本植物是阿里山榆，有著像山櫻花一樣的葉片，脈肋整齊明顯，猶如熨斗燙出來的百褶，葉緣則生成細小的重鋸齒。榆樹能長成大喬木，梨山分駐所前就有一棵兩人合抱的大榆樹，姿態雄偉，附近未經砍伐的樹林裡也多有它們的蹤跡。每年四月間，要不注意到它們都很難，因為它們冬天也落葉，在展葉的同時也開滿了花，結了滿樹薄薄的種子，古人叫它「榆錢」，或「榆莢」，是常被文人引入詩文的植物。它的花和種子都呈淡綠色，乍看之下容易誤以為是嫩葉，到了暮春時節，種子成熟隨風飄落。榆莢的數量驚人，正因為它們結起籽來累累滿樹，古代歲荒饑饉時，常被用作救荒植物。它們薄薄的圓形翼膜，如一枚枚小錢，種子就鑲嵌在翼膜正中央，這張薄翼載著種子乘風旋舞，風乍起，千萬枚榆莢彌天蓋地，鋪排出氣勢最磅礡的送春場景！一片片輕薄身軀還未著地，重又被風揚起，留戀、眈舞……四月榆莢紛揚似雪，四月，送春人在風中嘆息！

儘管阿里山榆年年結出數以百萬計的種子，終究只是在風中零落，能夠延續生命的微乎其微，A1區首先有一棵成功長大，B2、A2區也各有一棵後來居上，B2區陸續又有幾棵小苗冒出來，它們的小苗和臺灣櫸極為相似，但緻密的葉脈和葉緣的重鋸齒可供判別。到了第二年，從其他植物的蔭蔽中突圍之後，新梢上的新葉就落落大方地展開，老遠就看出和臺灣櫸秀氣的葉片大

阿里山千金榆的翅果

阿里山榆

有不同。我計算著它們的年歲，等待何年也可以站在這片土地上領受榆莢飄揚的感動？

B2區仍是占著較大的復原優勢，所有的白生樹種都是從這裡開始。山胡桃也是從這裡首先發難。胡桃也稱核桃，硬核中皺褶如腦的果仁富含油脂，香美可口，早為人類種植食用。這種原產西域的樹種，在臺灣中海拔也有親戚——臺灣山胡桃。這附近樹林中很常見。最醒目的莫過於它那大方的羽狀複葉——主葉柄橫空一劃，瀟瀟灑灑一柄西洋劍，沿著主柄排列的小葉十分軍事化，每片小葉都有巴掌寬、小臂長，這樣「一片」樹葉就可以蓋滿書桌。幼樹的樹幹細膩光滑，老樹則樹皮較黑，深紋縱裂，一派蒼勁。它們也因嗜陽而高䠷挺拔，低矮處不見冗枝，仰頭看它們時，總會為那俐落的剪影心情一陣疏朗。

春天，山胡桃開出一大串一大串的柔荑花，夏天結就一串串渾圓的果實，也像桃子一樣覆滿細細的絨毛，秋末降過第一場霜，山胡桃一夜之間從暗綠轉為明黃，樹體中的「離層酸」已經在

臺灣櫸

臺灣山胡桃

每一個葉柄關節處做好切斷的準備——樹體逕自休眠去了，葉片和樹體的通道已經關閉，只待一陣山風搖落，就要回到泥土，而這明豔的色彩，是何其短暫的回眸！

果實，早在這之前就成熟完畢紛紛落地，公路上不時看到連著果肉的胡桃，一段時間之後果肉腐爛，只餘果核。山胡桃的果實較食用的胡桃小，果核也加倍厚實、堅硬。我曾將它放在磚頭上用鐵鎚敲擊，竟發出噹噹的金屬聲，還會彈跳開來，實在不好欺負，最後用鉗子固定，才終於敲破。滋味卻不錯，只是敲一粒山胡桃耗費的能量恐怕多於核仁所能供給的。而令人納悶的是，林中的松鼠哪來的利器吃這樣的堅果？附近的松鼠常將它們藏在我果樹的枝椏分岔處，有蛀洞的樹幹也常挖得出幾顆，以我敲胡桃的經驗，實在難以想像有動物能將它咬開？有些樹洞裡的胡桃一放經年，也沒見松鼠再來取。但不論如何，這對山胡桃而言都是一件好事，因為山胡桃的傳播只能從果實掉落的地方一寸寸擴展，松鼠卻可以將它們攜帶到較遠的距離。

無限生機

在幾個造林的區塊中，我都還必須加以干預，時時為樹苗除蔓、砍草。唯一真正不會受干擾的部分，只有溪邊的A2區。

這緊傍著小溪的陡坡，原本還種著梨、水蜜桃和李子，溪水完全暴露在農耕行為中，前人也習慣將垃圾往溪中倒。為了防止水流對耕地的沖蝕，顯然做過水泥護堤，但大多仍被溪流奪去，溪床中堆滿了崩壞的水泥塊，腐爛不掉的廢輪胎、寶特瓶、肥料袋……只要親近過潔淨原始的山溪並曾為之感動的人，看了都會心痛。我痛入心底，卻一直無力去清除，來到這裡，當機立斷的第一件事，就是把溪邊的一排果樹廢耕，讓植被（不管什麼植物都好）以最快的速度將溪岸遮蔽起來。大地有它的自淨能力，只要人們任它靜息。

這片臨溪地帶，開始時五節芒和藤蔓糾纏不清。五節芒在荒棄的耕地或崩塌裸露的開闊地最是揚眉吐氣，但處在略嫌陰溼的谷地，就有些好景不常，水麻很快地攻城掠地，密密霸占了整條溪岸，五節芒隨即處於劣勢。藤蔓卻因勢攀緣長盛不衰，眼看水麻抽長一陣才奪下領空，藤蔓立即旋勒而上又處上風，兩者此起彼落，速度都很驚人，不到一年，在南坡工作，已經只聞溪聲不見溪水。

這裡的藤蔓以小木通最為強勢，這種多年生的蔓藤根深柢固，老莖粗拙，嫩莖卻秀氣而別致，橫剖面是六角形，更有趣的是它對生的複葉，兩片對生葉的葉柄在莖節處平展合抱，將莖幹包圍在中間，葉腋處生出帶葉的花序，深秋開出紫紅色、吊鐘型的四瓣花，這「四瓣」其實是花萼，它們竟是一種沒有花瓣的花。紫紅花萼中間簇擁著一束蓬鬆如羽毛的雄蕊，每一朵雄蕊長長的蕊柱都長出許多纖細的棉絮，像一根根柔細的羽毛，末端開出花藥。雌蕊構造類似，但較短，深深埋在雄蕊的棉絮堆裡，它們的花有說不出的嬌媚，又像一串串小鈴，帶著俏皮風韻，讓人很難將它們當作野草。我很高興留下這片地方任它們盡情纏綿糾葛。

另一種半攀緣性的植物就不好惹了——懸鉤子，出了名的潑辣，也是這一片自由地裡爭搶鋒頭的一員，有它攪和進來，就令人望而生畏，但它們的果實甜美，是許多動物的佳餚。

水麻、蔓藤一味爭著上竄，地面漸漸疏空，火炭母草乘隙遞補進來，這種草的嫩莖酸酸甜甜，是我小時愛吃的野草，它們的果實是一團小黑籽，外包一層透明的果肉，據說是藍腹鷴和帝雉愛吃的植物之一，它們在臨水陰溼的環境之中長得茂盛，密密地遮去地表。灌叢濃密之後，這裡竹雞出沒頻繁，不知是不是也吃火炭母草？

水麻的勢力方興未艾，現在開始有其他木本植物冒出頭來，首先掙脫庇蔭的是小葉桑和榆樹，今年才看到它們葳蕤的新梢，往後的發展還有待觀察。

比較特別的是Ａ１區最上方的部分，原就有一小叢天然樹林，旁邊正是常有泉水滲出的潮溼地，這一帶生意盎然，植物種類最是精采，隨著放任它們一步步侵向我的領地，我也常在這裡得到驚喜。這裡有繡球花的野地親戚華八仙，有豔麗的杜虹花，花朵清純的白頭翁和雪山菫菜，花型奇特的海芋親族——臺灣天南星，顏色火紅的菇菌，身世古老的木賊，名字特別的大花落新婦……

漸漸地，這附近傳來的，除了紫嘯鶇，也多了白尾鴝的叫聲，第二年水麻灌叢下開始出現竹雞，第三年頻頻聽到斯文豪氏赤蛙的叫聲，第四年，這一帶遇見莫氏樹蛙的機率頻繁，這些樹蛙甚至越過B2區，出現在水蜜桃樹上，還越過稜脊出現在D區，跳到前來幫忙工作的朋友腿上，惹得一群人尖聲驚叫。著手寫這篇文章時，我特地再度前去，深秋午

小木通

火炭母草

后，一隻莫氏樹蛙伏在華八仙的葉片上，像一塊瑩潤的碧玉，樹縫中篩下來的陽光在牠身上搖晃，牠卻深深閉上雙眼，毫不知覺。

我承諾十年之內，要讓這一片南坡復歸蓊鬱的森林。十年，要記錄一地的生態變化，會不會太短？兩三分地，要長養野生生命會不會太小？將來土地被徵收或轉手，會不會太遺憾？這些我都不擔心，就算什麼都不夠，這過程中給我的已經太多。

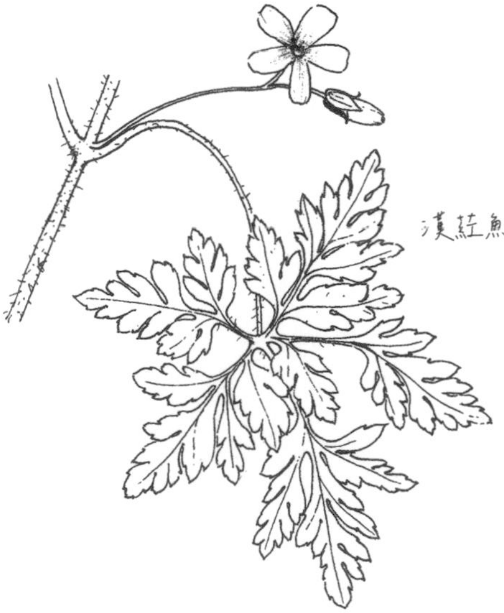

果園草花

◎回顧：

十年後，上述那些區塊都已成林，我拆除了鐵絲棚架，水泥路斷裂崩壞也不修整，不帶開山刀已經很難進入。二〇〇五年接手比鄰的另一塊果園，同樣的手法，先將陡坡種上樹苗，隨後發現，這一區在我接管、不用除草劑之後，自生許多臺灣𣏌木和阿里山女真，兩者皆樹型挺拔生長快速，而且木質堅硬，應該頗具經濟價值，不知為何不曾被林業單位列為造林樹種？我對它們青睞有加還有一個原因，每年夏天，不管是𣏌木還是女真開花，都是雪白滿樹，吸引無數蜂蝶，滿園花香撲鼻，耳中則是布農八部合聲般的昆蟲嗡鳴；盛大的嗅覺與聽覺宴饗之後，會有幾日花落如霰，一陣輕風搖落千萬細碎花雨，讓你在專注工作中瞬間神馳！老天的選擇從來都比人高明，我從此不再費力種樹，任由園區愛長什麼長什麼。

二十年後，高聳的樹冠搶去鄰近果樹的陽光，許多果樹漸漸衰敗，甚至死亡，在林緣陰影下，即使平緩的區域也難再維持經濟生產；此時，卻有一些巧妙機緣慢慢成熟，鋪下林下經濟的轉型之路！由於多年不使用化學資材，土地的盎然生機吸引草藥商的注意，開始契作一些香草，也收購園內野生的藥用植物，原先的雜草，翻身有了經濟價值。這些藥用植物大多耐陰，林緣半日照的環境特別適合，病蟲害輕微，松鼠、鳥類也不來糟蹋，漸漸彌補果樹衰退的經濟空缺。我的體力一年不如一年，心理上已經進入半退休狀態，對於新的種植並不積極，這些藥用植物，毋寧說是採集更為合適——它們確實只是在一塊不太除草的地裡，受到一點生長的保護罷了！而我的地，恰如當年的期待，一步步向荒野靠近。

幾年前一位朋友，用空拍機第一次讓我從樹冠層的角度看到自己的園子，那一刻，震撼之餘，更多的是感動！不是為自己的作為，而是震撼、感動於大地自我修復的洪荒之力！我無法承諾，還能讓大家吃到幾年的水果？但可以肯定的是，阿寶在的一天，這些樹會愈來愈茁壯！

7 剪枝

接下果園第一件面對的工作就是剪枝。我和老弟人手一本「聖經」——《梨樹栽培法》——就惡補起來。書上洋洋灑灑，又是主枝、側枝、結果枝、營養枝、徒長枝……鉅細靡遺地分析樹型；又是強剪、弱剪、轉主換頭、回縮更新；又是什麼先放後縮、先截後放、裡芽外蹬……琳琅滿目地敘述剪枝原則。

夜裡看書，頭頭是道，若有所悟，白天帶著枝剪來到樹下，卻完全不是那麼回事！所有的東西一下子都有讀沒有懂——書上寫他的，梨樹卻自顧自地長它自己的，讓人看得眼花撩亂，剪得滿心狐疑。收了工，再把聖經捧出來讀——喔，原來是這樣！不到天亮又急著去「學而實習之」。誰知道……依然是拔剪四顧心茫然！

怎麼會這樣？難不成我們讀的是一本「三民主義」？——讀到倒背如流還是毫無用武之地！若真讀不懂也還罷了，偏偏兩人都悟性奇高，只是一到臨場，總是我的了解，對不上他的明白……我和老弟決定去向小馬「學功夫」。

說好學功夫，幫他剪枝不拿薪水（其實不繳學費已經偷笑了！），只是小馬的樹得讓我們剪。為他工作是假，怕師父藏一手才是真的。不知是實在缺工人，還是真的夠朋友，小馬竟然答應我們。書上說，剪枝對果樹的栽培管理至為重要，還有「一剪三年」之說，即一年剪壞了，影響三年的收成。是我，才不敢讓入門的「師仔」剪呢！這點小馬算夠意思！

我們從水蜜桃開始，水蜜桃的整枝比梨樹簡單些，只是桃樹生長強旺，一年的徒長枝可以有手腕粗，小馬邊講解邊示範，拿枝果斷、下剪俐落，利剪過處，一枝枝麥克筆粗的徒長枝應聲而斷，切口平滑不見裂痕。我在一旁看得過癮，只差沒拍手喝采，師父忽然停手說：「這叢乎你鉸（這棵給妳剪）！」

摩拳擦掌半天，終於可以上場！我拔剪上樹，有模有樣剪了起來。誰知道，才一枝鉛筆粗的小枝，我竟咬牙切齒，面目猙獰，剪刀嵌進樹枝就僵持在那裡，再也夾不下去。師父在旁不能丟臉，不敢鬆開剪刀重來，暗吸一口氣，勁貫右臂，氣凝指腕，終於將枝條硬生生夾斷。但看切口斷面，卻有幾道細痕，擺明是數度使力才勉強鉸斷，功夫之拙劣不在話下。師父說「免赫呷力（不必太出力），呷一咧勢。」就這個「勢」我揣摩了兩個月！

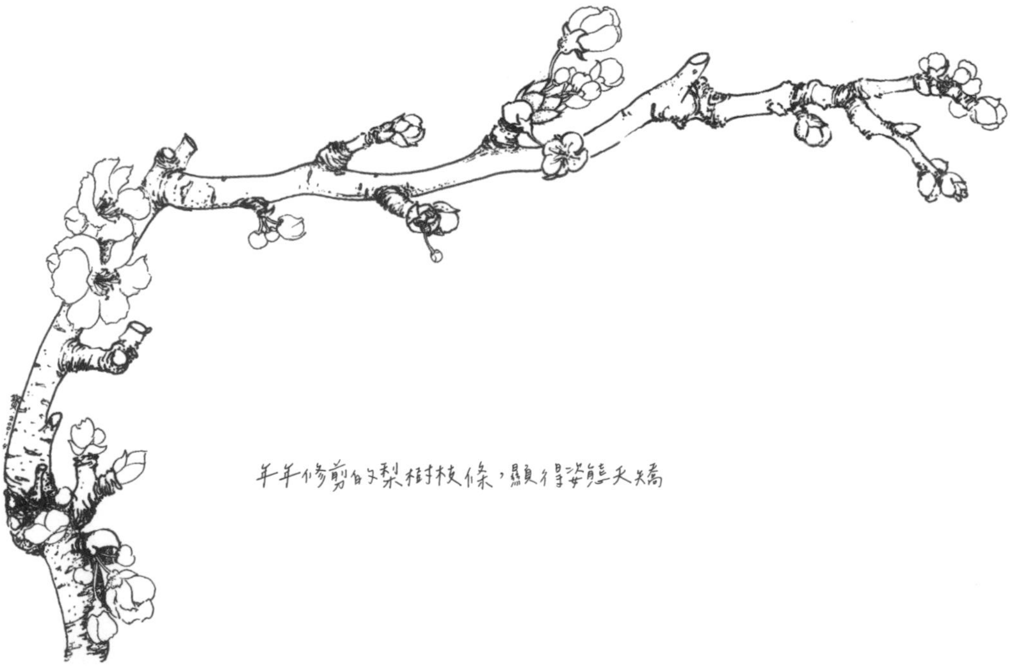

年年修剪的梨樹枝條，顯得姿態夭矯

繼續邊剪邊問，不到兩個小時已經感覺腕指關節痠痛，師父在旁時勉力使剪，師父沒瞧見就「偷吃步」，稍粗的枝子就拔鋸鋸斷。原來剪枝時就是鋸剪並用，粗枝使鋸，細枝用剪，但拔鋸再還鞘很麻煩，鋸的速度也不如剪，既要「出師」就得練速度，這種「做無工課」（臺語，意為做不了什麼工作）的「跤數」（臺語，意為角色、傢伙）會被嘲笑。

我這樣摸魚，還是被精明的師父捉到尾巴。剪著剪著，見指頭粗的枝就還剪入鞘，要去拔鋸，沒注意到在剪隔壁棵的師父也在瞄自己，冷不防師父在背後出聲：「嘿也叨用鋸仔」……「鋸」字還特別揚高聲調，同時一隻大手伸來，嚓一聲脆響，枝子斷落，彷彿剪的是一條脆瓜。「那A按呢？」這事定有蹊蹺！心裡老大不服氣地想著：「其中必有緣故，師父機關放在倉庫……」

中午休息趁師父午睡，偷偷拿了他的剪刀出去試，慚愧！根本是我「袂曉駛船嫌溪彎」（臺語，意為沒有承擔的勇氣，自己做不好怪罪他人），師父的剪刀哪是什麼削金斷玉的寶貝了？

我的果園水蜜桃不多，都是梨子，剪了幾天，想該先學剪梨才對，就移師果園的前任園主家。他放了一塊果園給我，另外還有三塊。我就暫時先去打工兼學功夫。這人心肝不壞，不但教我功夫，還有薪水。梨樹果然複雜許多，光是判斷芽苞的好壞，就傷透腦筋，枝條的去留、放長截短，更是大有學問。這時果樹進入休眠，樹葉落盡，僅餘禿枝，憑著光禿禿的枝條和休眠芽來判斷，實在有點為難生手，一路剪去，其實似懂非懂。

十二月冬，霜風如刀。呵氣成冰的大清早離開被窩都需要點勇氣。七點天還不算大亮，我們就頂著刺骨寒風上工。他的果園地處山陰，十點多才見到陽光。地面結滿霜花，雨鞋裡套了兩雙毛襪都還凍得腳趾痛澈骨髓。工作不比登山，可以盡量活動暖身，這時雙腳在地面或鐵梯上站穩不動，偶爾才挪移位置，根本暖不起來。為了工作俐落，手套都截去手指，幾天後，指節彎處開始凍裂流血，整天握著剪枝工具，擦再多的凡士林、面速利達母都沒有用。繼續不斷地工作，裂縫兩側的皮膚長成厚繭，裂口卻不斷深入，形成高山隆起峽谷下切的景觀。

天太冷，我們都戴有護耳的帽子，裸露的雙頰凍出兩塊豬肝紅，鼻子更因吸入冰冷的空氣而鼻水直流，沒時間照顧斯文，大家都用直接抹除法——大拇指、食指甚至手掌一抹了事，也很環保。一天下來，從肩膀到手指，關節處節節作痛，晚上從手掌到腕部用熱水浸泡——只覺關節和手指腫脹欲裂，睡覺時更是一陣「咻咻」的痛，肩肘怎麼擺都不安穩，半夜還會痲醒，最後只能將雙手高舉過頭，用這姿勢睡到天亮，隔天再戰！

又剪了半個月，覺得已經成竹在胸，自己的果園也該動工了。辭別師父開始自立自強。可這下一剪起自己的樹來，又不對了。原來哪是什麼成竹在胸，只是「別人的囝仔死不了」罷了。理論也讀了，實務也操練了，再不濟也沒辦法，只好硬著頭皮剪下去，剪錯了，梨樹也不會說話。後來聽說「龜毛」的日本人，培養一位及格的剪枝師父至少要三年，也就不再那麼沮喪。「聖經」翻來覆去地讀，更旁徵博引各方的剪枝理論，對著不會說話的梨樹，只有一天一天、一年一年地用心看。

解讀這本天書不是三天兩天，但盡信書不如無書，盡信人書不如讀天書。果然到了第三年才真正窺見剪枝堂奧，落剪無疑。此外雙手也練就鐵腕鋼指。第一年剪枝，兩個月下來右手無名指每天起床後總是蜷彎著貼近手掌無法伸直，得用左手扳開。一握拳，又得再扳，上工後才能活動自如。醫生給它一個名稱——「扳機效應」，沒說能怎麼辦，如是者一年。才見恢復，又接著第二年剪枝，這回無名指、小指末節都微微內彎直到現在。常見做粗工的人們都有這種末節微彎的手指，原來是這樣來的。第三年既已出師，也就沒有新的狀況出現了。只是這段時間指掌繭皮總是既厚且粗，猶如砂紙，勾著衣服的纖維會起一陣雞皮疙瘩，每隔幾天得用磨刀石磨去。這一雙農人典型的粗手，竟也給人一種莫名的驕傲。

剪枝（馬丁繪圖）

8 除草

其實，山坡地的開墾最讓人不舒服的，就是除草劑的使用。且不說暴雨時期的表土沖刷，光看整片裸露無遮的表土，就讓人難過。梨山地區一到冬天，果樹葉子落盡，地面再打除草劑，那景象只能用滿目瘡痍、赤地千里來形容。

打工時期，就曾試著說服老闆以人工割草代替除草劑。他們說，除草劑一年用個兩三次，乾乾淨淨、省錢省工；人工傷本，割完兩天就又長過膝蓋「工課叨做未了啊，哪有閒工逐工（每天）扑草？落的肥嘛攏乎草吃了了。」我那時是個「術仔」，既沒那份豪情，說不出替他割草不拿工錢，或幫他貼補肥料的話，也只有惦惦（臺語，意為安靜無聲），這下自己做了老闆了，看我怎麼整治自己果園的草！

接手的果園剛用過除草劑，又值冬天，讓我撿到四個月舒服日子，不必除草。但一番春雨滋潤，我的好日子也結束了。春草生時春恨生，我開始和雜草藤蔓纏鬥起來。首先是剪枝時七橫八豎、散落一地的枝椏，漸漸被長草覆蓋愈來愈難收拾。

通常師父剪枝都需要一、兩個副手幫忙收拾地上的枝條整理捆綁，集中堆放，或用做柴火、或燒毀、丟棄，以免枝條上倖存的病蟲源反覆撒播，也方便園中工作，不致絆倒。我一人校長兼工友，救得了東邊的火，顧不得西邊的水，到春暖花開，才剛剛來得及把枝剪完，地上的殘局還沒收拾，雜草已經攻上戰場。開始接枝，鐵梯就在長草中屢受羈絆，梯子本已沉重，再被蔓草一纏，挪移時十分辛苦，有時用力拉扯，剛硬的鐵梯不是撞上下巴就是擊中胸口，全身上下總是青紅紫黑，色彩斑爛。

繼續放任雜草生長，果樹就要遭殃了！藤蔓，這個優柔軟弱、但侵霸空間不折不撓的植物，很是難纏。不論樹幹、低枝、長高的草，或調整樹型用的鐵絲棚架，一旦被它高攀上了，就摧枯拉朽，所向披靡，庇蔭了樹的陽光，纏住樹的枝椏。這時再要扯動它，果樹的葉子、果實，甚至脆弱的枝子都會被扯斷。它們很有能耐，柔弱的嫩鬚竟可以在空中挺出數尺，攀附不到東西就忍耐著不長葉子。蓄勢待發，等待勾住一根草莖、一條枝幹，就旋勒而上，一面快速展葉壯實，一面又挺新鬚，再勾勒、再纏繞、再挺鬚。陽光是一束無形的牽引繩，拉拔著它們看似不可能的空中挺立。

芋葉括樓

攀附終於失敗的蔓鬚，最後會倒下，垂懸的韌莖卻又幫助別的蔓鬚攀爬，悄無聲息卻固執霸道地侵吞樹木的領空，它們根深柢固，難以除盡，農人必須隨時留意它們無聲無息的侵略。

再就是天氣回暖，長蟲也漸漸出沒，我一個夏季總要和牠們打上七、八次照面。我不討厭蛇，看到牠們總是驚喜興奮，覺得牠們實在是一種漂亮安靜的動物，但就因為太安靜，容易讓人不小心侵犯到牠們，為了彼此的安全，還是避免這種不小心為妙。總之，我的草不能不除了。

黑麥草

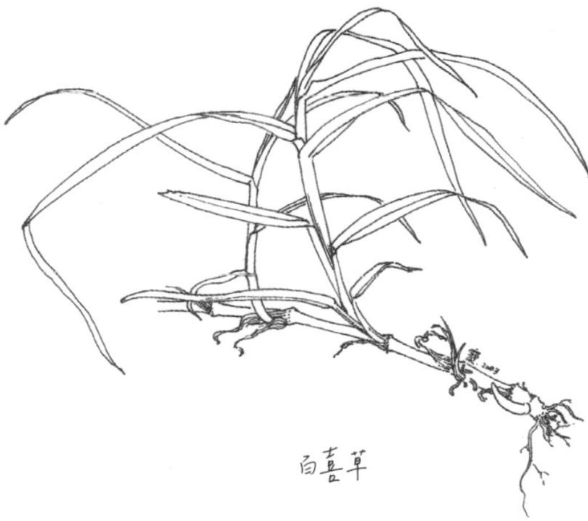

百喜草

書上說了千百種植草覆蓋的好處：大雨時防止表土流失，晴天避免水分蒸散，保水保肥，伸入土中的根系增加孔隙，雨水容易順根系下滲，實行植草的前三年，雖會額外消耗百分之三十的肥量，但三年後草類分解的養分即可回饋土壤……真是有百利而無一害，不這麼做的人簡直就是傻子，左鄰右舍怎麼只有我一個人聰明？

當時任何設備投資都考慮再三，開始的半年沒有割草機，用鐮刀、草戈，彎腰屈膝一寸寸地理過全園，七分多地全割完，再回頭，才割過的草又如膝長。由於許多種雜草都會寄宿病蟲源，果園地被以禾本科草類為佳，我的果園就大多長著百喜草和黑麥草，要知這種禾草割過後的抽長速度，只要剪過韭菜的人就會了解，真是「一暝大一寸」，讓人疲於奔命。來訪的朋友只要不太軟弱，都不分青紅皂白被抓來割草勞動，以作為誤交匪類的懲戒。

草戈除草，引來鄰人調侃：「哪也用按呢割？」「啊是要飼牛喔？」「哪無愛用除草劑？」

實在不知道怎麼回答，只好說：「啊叨閒閒哩……」

我這「臺北小姐」讓他們嘆為觀止。其實我是個不折不扣的鄉下孩子，只因大學時代負笈臺北，後來母親又隨大姊在臺北定居，我在不遠遊時偶也和母親同住，即使獨居他處，別人問起，我總說家在臺北。初來討山，不熟的人在背後談起，就說我是「臺北小姐」。這稱呼讓人心裡怪怪的，像一張貼錯的標籤，也像融不進在地的尷尬。我帶著這種尷尬默默工作。晴天樹上的工作都做不完，只有雨天穿起雨衣，蹲在樹下割草，別人難得休息的日子，卻看我依然勞動不輟，鄰人開始搖頭讚嘆。我想，「臺北小姐」的印象，應該漸漸在他們腦中蛻變了吧？

直到賣了第一批水蜜桃，第一次看到些許收入——真的用水果換到錢耶！一切還如空中樓閣般的心情，才算落實，這才決心買下一臺割草機。

使用割草機是幾年前在花蓮竹村學會的「鄙事」。當時借住一位老榮民畢爺爺廢棄的小屋，為了在叢莽中清理出小徑和屋舍，在畢爺爺的調教下學習用割草機，後來也偶爾為畢爺爺整理周遭的草皮和果園的雜草，從此以自己「會」用割草機而沾沾自喜，渾不知這門外路功夫真要用來討生活，還有些挑戰性呢。

使用割草機時，高速旋轉的引擎聲讓人神經緊張，持握刀桿的手臂受引擎震動，久了會痠麻。第一次使用，不到十分鐘，手臂已經有了感覺，支持到一小時，開始肩背有了反應，專心工作時，這些都容易忽略。勇猛地砍了一個早上，歇下來時餓壞了，沒力氣煮飯，泡了一碗麵，拿起筷子想吃，筷子竟從顫抖的指縫間溜了下去，端麵的手也把麵湯濺了出來，「唉！無路用！」只好雙肘靠著桌緣，半挾半撥地把麵掃進嘴裡，第二天就無法繼續工作了！

割草機一般都配備刀片座和尼龍繩盤，視情況可以選擇使用刀片或尼龍繩。刀片銳利但危險，尼龍繩利用快速轉動的離心力把草掃斷，繩子斷時也可更換，但速度較慢。果園地面很不平整，石頭又多，開始時為了安全，都用尼龍繩來割。但間隔時間稍長，或天氣乾旱時，草莖變得老韌，尼龍繩很難俐落地割斷，一叢老禾草總要兩三次才能掃斷。在多石頭的坡地，繩子頻頻掃中石頭，容易斷裂，必須時常換繩。有一次馬丁來時，被派遣去割草，想是第一次使用這種機器，技術頗遜，平均五分鐘就得停下來換一次繩子，整得他

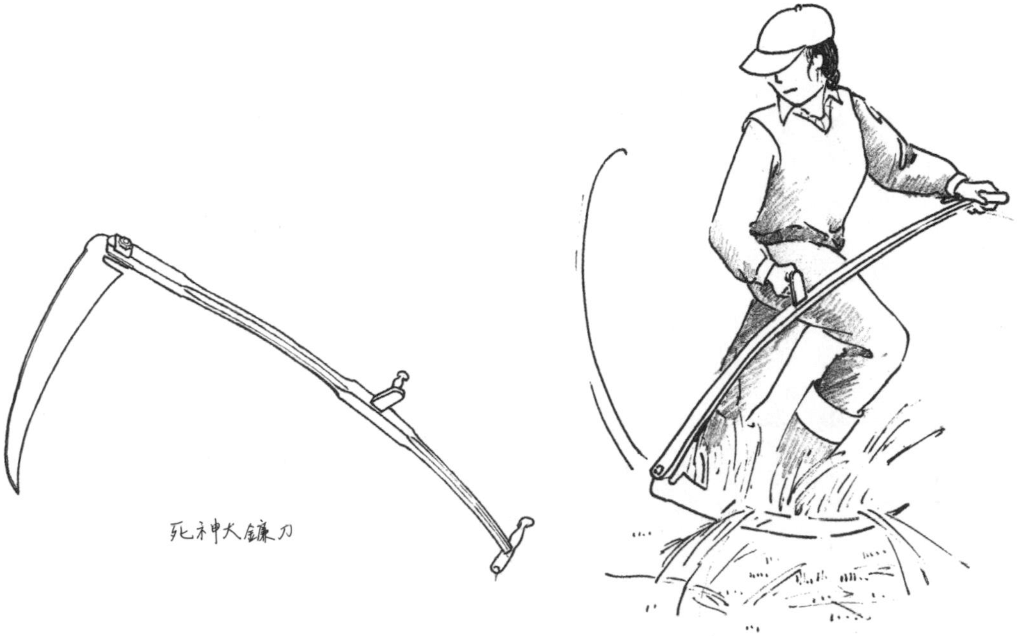

氣急敗壞，一再咒罵機器設計蠢笨，還不如他老家農人用的大草戈好使。我想這人做到不擔輸贏——「莫牽拖」，也沒理他。想不到隔年這人真老遠從瑞士搬來他心目中的稱手兵刃——死神大鐮刀。

此刀威武非凡，乃西域兵器，中土罕見，刃長兩尺有餘（六十七公分），柄長五尺（一百三十四公分），柄上嵌有握把，使動時雙手握持把柄，借腰力大幅扭轉，虎虎生風勢不可當。方知洋人不但船堅砲利，連農具也威猛有加。我顧不得問他在機場是怎麼通關的，馬丁已經亮出兵刃，得意洋洋地下場施展，果見長刀揮處草莖齊斷，砍削的面積既大，揮砍的頻率雖慢，竟比機器毫不遜色！而它最讓人喜愛的莫過於割草時安安靜靜，沒有機器運轉時讓人心神不寧的噪音。

說起割草機的噪音，尚有一段小插曲。話說一開始，我對這種旋轉狂吼的機器噪音十分厭惡，揉團衛生紙塞著也不是頂舒服。

一次在一個朋友家不知為何提起此事，那人蒐羅一屋子稀奇古怪的物件，當場翻出一頂超炫頭盔——那是機場地勤人員戴的防風兼耳機的帽子。那副耳機隔音效果絕佳，他見寶物有了合用的人選，立即寶刀贈英雄，我感激他的慷慨，開始戴著那副如臨大敵的頭盔去砍草，比起塞衛生紙真不可同日而語。只是有一次路過的鄰人瞧見了，我聽不見他們，卻看他們指指點點，狀甚快活，不免心裡作怪。回家對著鏡子一瞧——是有點令人發噱！而且天氣漸熱，我終於把頭盔的部分拆下來，只用耳機。後來覺得耳機仍大了些，幾小時戴下來有些嫌笨重，又聽說有種游泳耳塞極輕便，下山時便特地買了一副。

這東西構造簡單，也不過兩小團圓柱型海綿，揉緊了放入耳孔，海綿漸漸膨脹就將耳孔整個塞住。但就這麼兩小塊海綿要賣二十元，而我辛辛苦苦種出來的水蜜桃稍小的一粒也只賣十元。我心裡嘀咕著，還是買了。幾天後的一個清早，六點鐘，附近就有果園扭開擴音機大放流行音樂，平時我就對這些聲音難以忍受，大清早心情正好就來開場，實在讓人抓狂，我忍受了一陣，才想起那副耳塞正好可以試用。嘿，這二十元的小東西竟然其效如神，比那機場頭盔還妙，周遭一片安靜，我又可以意態閒雅，氣度雍容地工作。

我不停責怪自己曾經心疼那二十元，又想一定要記得告訴也用割草機砍草的老弟……誰知到了中午為了用電鍋才發現，原來那天一早開始停電，就在我戴上耳塞之後。這把西域番刀除了沒有噪音的優點，使用時渾身筋骨大開大闔，沒幾下就汗流浹背，很能達到運動的功能，馬丁回國後我便也有一陣子用這大刀割草，鄰居們生來幾時見過這神武的兵刃？又在這「臺北小姐」身上大開眼界。

入秋之後，收成已畢，果園的草放任了一段時間，再使大刀就不易割斷了，而且這刀

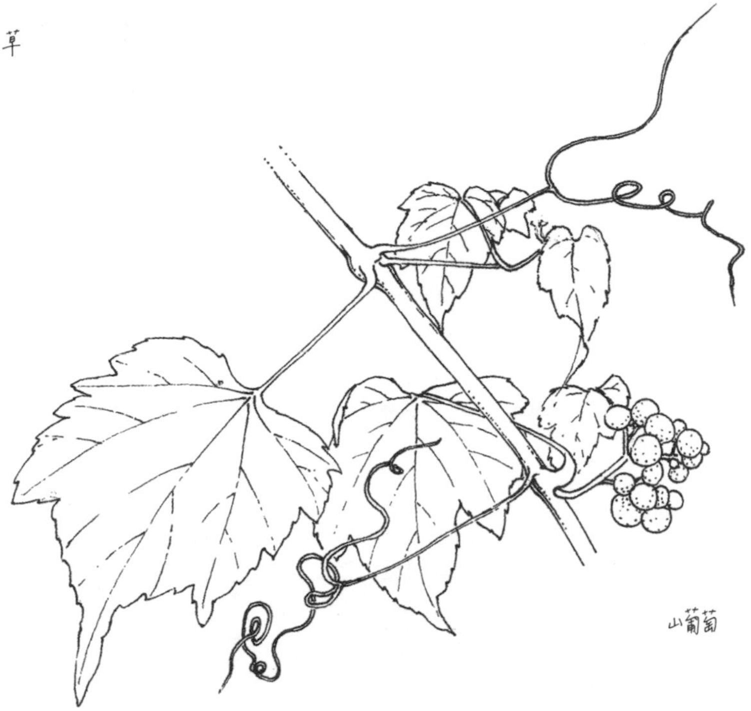

的刃背極薄，必須隨身攜帶一小塊磨刀石隨時修刃，以保持鋒利，割老韌的草時修刃更加頻繁，最後還是揹起機器。而這時對機器既已駕輕就熟，藝高膽也大，從此換上刀片，不再用牛筋，偶爾興致來時也還用大刀，如今這項工作早成家常便飯，春夏間天暖雨潤，兩、三個星期就得除一次草，有事得清除地面，無事也可練身體。

平常果樹下可以用割草機或大刀清理的部分，都是我自己包辦，但一片已經植上紅檜、肖楠、臺灣櫸……等樹苗的陡坡地，這兩樣利器就派不上用場。藤蔓一段時間就攀上苗木，連豎在苗木旁邊作為標記的竹竿都被淹沒，想這些喬木長大時何等氣勢，這時竟任由小草欺凌，我必須時時伸以援手，卻又不能放膽施展：快速的割草機不長眼睛，長眼睛的我視力又不好，反應也不夠快，一失手，殷殷心血一刀兩斷，痛得人頓足搥胸。死神大刀更甭提，大刀一揮，方圓就得有丈餘的開闊空間，投鼠忌器，只得拿小鐮刀割藤切蔓。再有朋友來訪，我通常就把這件工作交給他們。這些朋友，有些還是當初參

基因工程（馬丁繪圖）

與植樹工作的人，正好和他們手植的樹苗敘敘舊。而第一次做這項工作的人，也常在從蔓草叢中拉拔出一棵苗木時興奮大叫：「我救了一棵樹耶！」於是我也樂於把這項成就與大家分享。

除草總是利用其他工作的空檔，通常是下雨天，因此常常尚未全園除完天就放晴，又忙著其他工作。除完一區，另一區的草又已長，起初有些懊惱，總看不到全園短草清爽的樣子。幾年下來，漸漸體會出這種零零落落工作法的好處——草叢裡總躲著許多蟾蜍、巢鼠、蛇類或小蟲，剛除過草的地面讓牠們無處躲藏，我無法一一了解每一種生物的特性，和對我土地的貢獻或損害，但我相信牠們自有存在的價值，而且維持著一種微妙的互動關係，使土地常保健康。為牠們留下棲避環境的考量終於使我安於分區輪流除草，不再心急。

幾年下來，原本大雨時濁泥傾瀉的坡地，如今即使長雨連綿，流下的也是汩汩清流。經年綠意盎然的地面，也讓我的果園界線分明。這都使我心甘情願將人工除草當作休閒。

9 吾亦有廬

廁所之什

果園，雖不是真正的荒郊野地，平常也沒有什麼閒雜人等過往，於是露天廁所就沒有什麼不便，還可以將肥沃的有機肥回歸土壤滋養果樹。每天早晨第一件事通常就是提著小鋤頭找個平坦的所在「埋設地雷」。

四個月過去，終於有一批朋友組了一支助農團，自備帳篷，在此過春假。一位當兵時在工兵部隊的朋友，到此看上第一件值得幫忙的事就是挖廁所。

工兵的野外工事果然厲害，沒問司令要任何器材補給，就搞出一座野戰廁所。樹枝、舊水管、廢鐵皮、鐵絲、肥料袋，欲露還遮地完成果園的第一棟建

築，我們的奢求還不少，通往廁所的路上有石板鋪地，上廁所要看得到雪山山景，無水可沖的廁所還要讓「黃金」可以順利排走，以求眼不見為淨。這可難為了工兵，茅坑下方要埋設暗溝，斜坡上依著地勢鋪上舊鐵皮浪板，這樣，黃金就很容易順勢而下，工兵又預備木棒一支，萬一落下的過程不順利，如廁者可以外力干涉之。

有了這簡易廁所，再有朋友來，就不必悽悽惶惶找遮蔽。當時工兵問這工事的保用期限，我說：兩個月。後來到我找出時間搭蓋較正式的廁所，已超過三個月，充分達到預期的使用效率。

廁所必須覓地另蓋的原因之一是離帳篷太遠，風和日麗的日子，散步一會兒還算怡人，淒風苦雨的暗夜就很辛苦。再者，整日工作勞碌，露天如廁原是我一天中最有閒情看山看雲的時刻，

鳥瞰果園（馬丁繪圖）

工兵廁所蹲下來只能面壁，我覺得委曲。於是，立志要搭個豪華廁所。所謂豪華，就是要坐擁五星級景觀，絲毫不能讓步。

梅雨綿綿密密地來了，除了除草，果園工作只能停頓，正好穿起雨衣，進行廁所工程。果樹到了春天枝繁葉茂，遮蔽了大部分山景，難得園子上方邊界處可以居高展望，又近營地，茅房吉地不作他想。

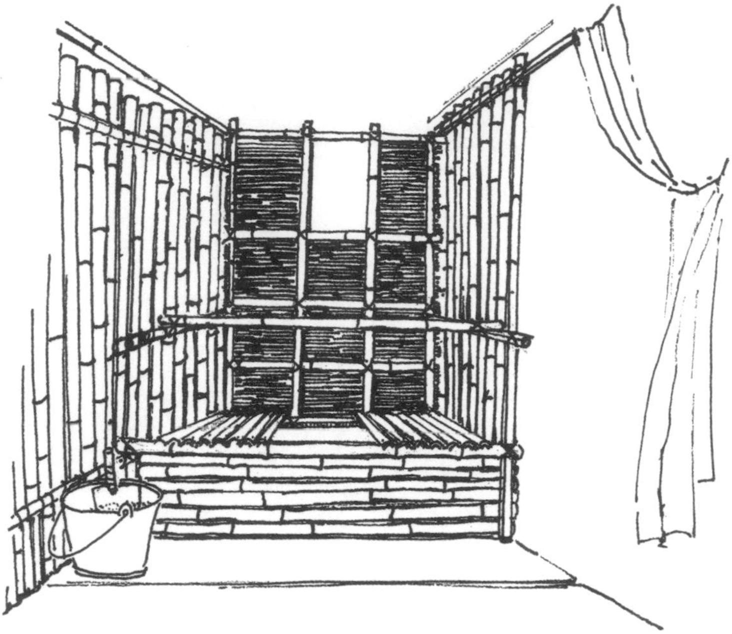

五星級廁所（修訂版）

建材仍是蒐羅廢棄舊料，沒有分毫開銷。園裡有當年搭建鐵絲棚架多餘的水泥柱，加上撿來的舊木頭作為角柱，幾根竹子架出結構，冬天剪下的梨樹徒長枝修長挺拔，或豎排或橫編用做牆面，不遠處的垃圾堆提供了幾張舊鐵皮充做屋頂。外觀別緻，內部設計也不凡——這是一間缺水的乾式廁所，將坑挖深，並延伸一段暗溝，都是直接接觸土壤，不打水泥，不做化糞池，糞坑前後日照通風俱佳，只要灑上一些爐灶裡的灰燼就沒有異味，也沒有老式鄉間茅坑中萬蛆攢動的景象，土壤微生物日夜代謝，平時承載量也不大，使用三年，還沒有滿患的跡象。

馬桶坐式，離地半米架兩根竹竿，人就坐在橫竿上。為免向後仰跌的危險，加上一根竹竿做靠背，這招妙絕，不但靠背舒服，雙肘往上一擱更是意態閒雅，這會兒哪像上廁所，簡直帝王登基，君臨天下！正前方只築半牆，大窗無遮，展開大劍、小劍、推論山一列橫屏，清晨須起得早，趕在第一線陽光染紅峰頂時，隨著曙光檢校諸名山。

佳陽大山東側崩壁尤其神峻，晴日的晨光總是將它映得血紅。日中時分則是大片藍天綴著閒雲，不時盤旋著幾隻大冠鷲。黃昏，理所當然的精采，是陽光在山裡嬉戲一天的落幕壓軸，雲彩的創意無限，從沒有重複過相同的演出。夜裡，上廁所的人也有福，因為沒有燈，就沒有機會錯過星光與月色。

第二年，我在廁所前種下一片向日葵，花開時上完廁所都捨不得出來。第一年夏天，碧利絲颱風襲捲，有人屋頂被掀，我的茅房屹立不搖，給了我不少獨力建屋的信心。三年來經歷多少大風大雨，換過腐朽的牆面和漏雨的屋頂，結構依然堅固。

帳篷之什

樂業必先安居。接手這片果園，無寮無電，首先面臨的就是住的問題。

我性好獨居，借住別人家或在雜亂的街區賃屋居住都不是我所喜。我要的是像這裡的果農一樣，就住在自己果園裡。小馬夫婦和老弟的工寮都有多餘的房間供我借宿，但我急於在這裡撐起自己的天空，生活上的獨立完整十分堅持，而我別的本事沒有，野外獨處的功力爐火純青，闢地紮營不是難事。

從早年迷戀登山而且喜愛獨行，到後來的海外浪跡，幕天席地的宿營經驗豐富而浪漫。起初從一頂過時的屋式四人帳走遍臺灣大小山頭，後來在青藏高原上體驗過藏族人烏黑沉重充滿酥油味的氂牛大帳；跟隨喀什米爾牧羊人夏季逐水草移牧，則同住他們的帆布大帳篷；到單車獨遊北歐斯堪地那維亞時，我已是個荒野生活能手，足足半年不需登山爐具，不進設備齊全的露營區，只憑一輛單車、一雙健腳、一頂輕便雙人帳，宿遍北歐千湖。結束那段天寬地闊的旅行生活，乍回到人的環境，已對密閉空間十分敏感。後來上梨山打工，也受不了小小工寮裡人聲喧擾之外，還要擠進電視、收音機，索性揹來自己的帳篷搭在果園裡。這時為解決住的問題，我又重施故技。

這片果園都是斜坡，可說地無三寸平，雖是搭帳篷，也得花好大力氣整地。著手經營之初，馬丁牽腸掛肚，不管我連立足之地都還沒打理好，就急著來看我，和我津津描繪的夢土。那時和老弟都還借宿小馬家，兩人一邊學剪枝，一邊學開搬運車，一面整理老弟那間滿是跳蚤的工寮。我到自己果園剪枝時，開始一面琢磨地勢，決定營地所在，工作煩膩了就去挖挖地基。馬丁一來，增添幫手，我忙著剪枝，就將營地的構想簡述一番，移石推土的粗活交給他，兩天整出一片平地，搭起那頂十多年前和老弟合買的四人屋式帳。

從學生時代就開始對山林著迷，每隔一段時間總要打點裝備，一個人去高山上住幾天，否則活得十分「鬱卒」。偶爾也說動老弟同行，兩人便商議合買一頂陽春帳篷，但後來幾乎都是我獨占，這時更成了我的討山大本營。這頂犀牛牌帳篷我很喜歡，屋式空間和水藍色帳幕，明淨清爽。在穹頂式帳篷成為流行款式後，它的式樣顯得古板落伍，但我對它鍾情不減，依然帶它上山下海，後來常常在野外遭到山友調侃——「還在用這種古董喔！」「不會很重嗎？」才不管呢！還能用，幹麼換？更何況它身上寫著多少無人見證的記憶！

直到那年去北歐，因為一輛單車上飛機就占去所有托運行李的份量，其他裝備不但斤兩必較，並且要節攢體積，最後要能將單車以外的所有裝備都塞成隨身行李才行，不得已只好換了一頂較輕便的雙人帳。犀牛老矣，從此束諸高閣。

想不到討山事起，犀牛復出效命，為我抵霜擋日，遮風蔽雨，足足撐了一年。

元月份，一年中最冷的時節，草上繁霜總到近午才化。我和馬丁張起犀牛那一天，夜裡零下四度，隔天清晨帳上結滿厚厚的霜花，白絨絨晶燦燦，帳內的水氣則在帳幕上凝成冰珠，顆顆晶瑩剔透。

我另外用一件行軍雨衣搭起炊事帳，炊事帳下一個捲電纜用的木製輪軸是我的書桌、餐桌兼灶臺。開始的四個月沒有炊事設備也不炊煮，只有一口戶外用的單口瓦斯爐和一把燒開水的鐵壺，燒水泡茶，算是唯一的熱食。所有蔬菜一律生吃，偶爾上梨山街上補充白土司作為主食，四個月後，接收了大姊搬家的廚房瓦斯爐，才開始炊煮熟食。

夜裡找來幾個鐵鋁罐，裝進煤油，拉出一根棉線，就是照明。進入一個全新的領域，我如飢如渴地惡補著與農業有關的專業知識，白天望著積雪皚皚的雪山工作，夜裡生起火塘看書、寫農事筆記。鋁罐煤油燈的火燄飄搖閃爍，讓閱讀和書寫十分困難，後來有朋友送了一只有燈罩的煤油燈，照明的穩定性大為改善，竟讓我覺得幸福洋溢。其實，只要不看書，我的一切夜間活動都可以不用燈。現在回復對電的依賴，倒常懷念那無電的帳篷歲月。

火塘是為了洗澡時取暖。這時燒水的爐灶是一只撿來的汽油桶，攔腰對切，在小馬家借電焊機燒出灶門、安放大鍋的洞口和煙囪口，燒著果園四周撿來的枯枝。天寒地凍，露天洗澡令人牙關打戰，我便每隔幾天燒起一堆大火，在火塘邊洗澡，只是任何一陣輕微的空氣流動，仍然會讓人渾身哆嗦。

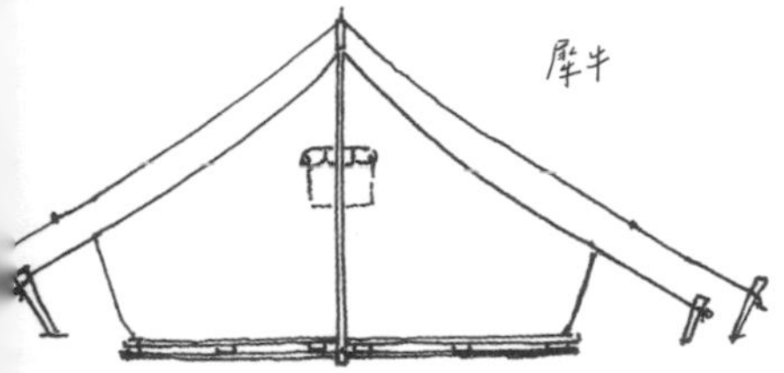

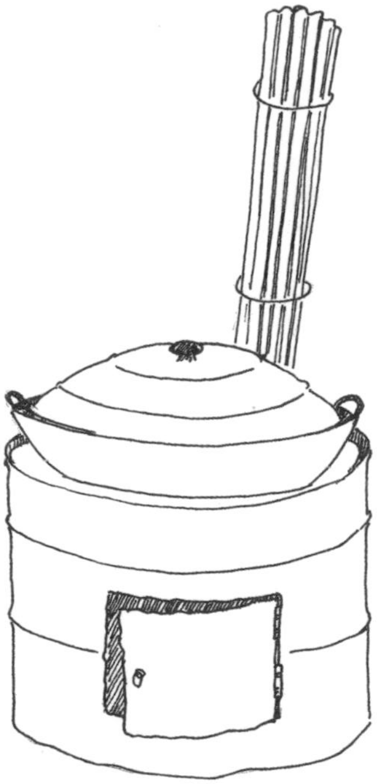

汽油桶爐灶

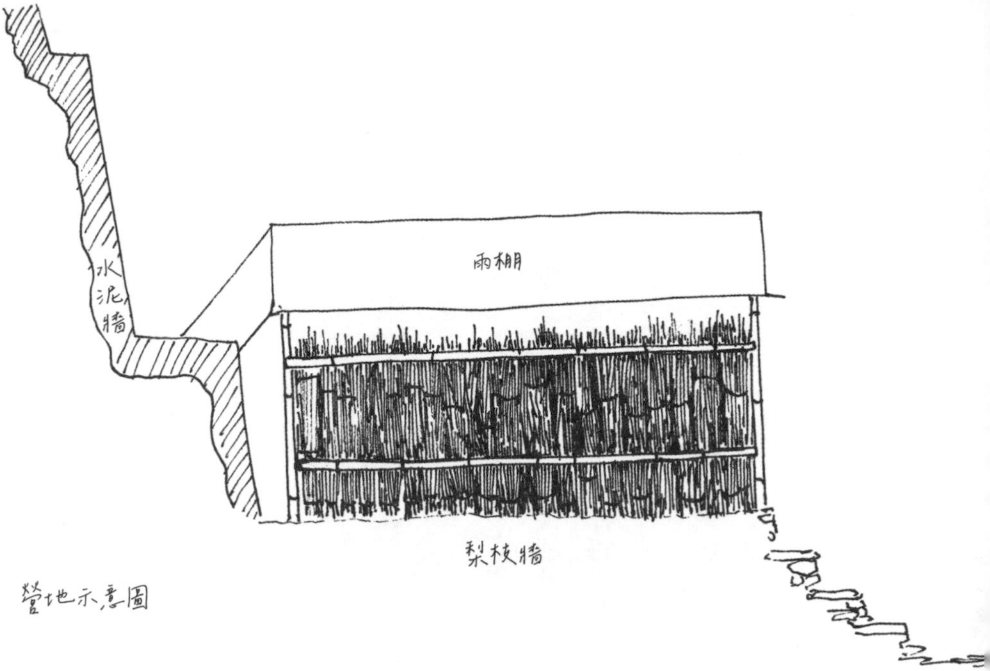

這一年元宵節，兩位太魯閣國家公園的舊同事上山來，寒雨瑟瑟，三餐只能到老弟家打點。夜裡回到營地點著油燈，聚坐在炊事帳下敘舊，風一吹，雨絲從帳下橫掃而過，三個人東挪西移，總坐不到一個安穩的角落，只好草草收拾，擠進帳篷。犀牛帳裡原已堆了我的書籍衣物，再擠進三個人，空間迫促。犀牛的帳幕並不防水，靠拉撐的張力，雨水自然流走，只要沒有東西貼近，帳篷原不致進水，但這一擠，棉被睡袋都貼到帳幕上。半夜雨勢加大，棉被吸足了帳幕上的水，溼了大半，隔天朋友下山，雨卻沒停，纏綿悱惻地下了半個月，半床乾棉被尚可保暖，但半夜翻身碰到冰冷潮溼的那一半總會冷醒。

長雨讓我開始嘗到營帳生活的辛苦。隨著農事的進展、工具也愈來愈多，許多工具無法妥善收存。而工具不比棉被，一旦受潮就容易鏽蝕損毀，只好又在營地上方整出一片平地，搭起十四尺見方的大帆布作為儲藏和起居的空間。這個雨棚所在就是日後竹屋的起建基地。

雨棚緊靠著擋土牆，掛起一張毛毯隔出一間浴室，擋土牆和沒有遮擋的一面爬滿翠綠的植物，入浴的氣氛很是高雅。棚子的另一面是廚房，用剪下來的梨樹枝圍起一面牆，梨枝牆早晨篩進斑駁的陽光，讓早餐充滿生氣。

然而，不管是帳篷還是帆布雨棚，一到白天都酷熱難當，工作時間既長，中午很需要打盹，卻沒有一處清涼，掛起吊床在梨樹下小歇，又頻遭蒼蠅騷擾。午休，成了營帳生活的唯一缺憾。

這年秋天，水土保持局要在原有的擋土牆下加做排水工程，開了一輛小怪手進來大興土木，我只好拔營遷居。原來整做包裝寮的一塊平地是一處很好的營位，但離施工區太近，我的生活起居將毫無隱私，只好再往下遷。

果園中央為了安置打藥設備和浸製液肥，也搭了一座小雨棚，此時放眼全園，只有這座藥肥棚旁邊還有一塊可容一頂帳篷的平地，三米長、兩米寬的藥肥棚清理出來，既是廚房、浴室，也兼書房、餐廳和工具間。我帶著三隻流浪狗浩浩蕩蕩遷居藥肥棚營地的景象，有點像撿破爛維生的獨居老婦！

這段時間，果園裡每天有工人進進出出，多虧三隻狗——小熊、大媽和多多為我守營壯膽，但牠們的食量也很驚人，每一隻都吃得比我多。

犀牛帳篷在這裡經歷了另一場颱風的考驗。「象神」颱風十一月來襲，當時沒有接獲任何通報，只覺兩天暴雨下得驚天動地，犀牛外帳有些破損，我冒雨為它加上一件帆布，懾於狂暴的雨勢，狗兒們瑟縮在藥肥棚裡哀鳴。我則蜷在犀牛懷裡猶如一隻冬眠的獸，渾然不知颱風過境。

就在藥肥棚營地，我又領受一場霜寒，迎接一個冬天的降臨；也在這裡，我擘劃著竹屋的啟建。而犀牛彷彿也知道它的最後任務已經達成，就在我竹屋主結構和屋頂完工之際功成身退。

那年大年初一我百無禁忌地開工，趕將屋頂鋪好；大年初二風雨交加，夜裡風勢加急，犀牛在風雨中簌簌顫抖，原有一條營繩沒有合適的地方可拉，就綁在駁坎的一塊大石上，以為大石已夠穩重，豈知半夜一陣非比尋常的暴風，竟將巨石扯落，滾在帳篷上，犀牛開膛破肚，我僥倖逃過一劫，犀牛卻從此鞠躬盡瘁。

犀牛追隨我一十五載，經歷狂風暴雨無數，這最後一年的奮勇守護，更是讓我刻骨銘心。它只是一頂便宜的帳篷，但是，在我眼裡，沒有任何一頂高貴的帳篷可以和它相比。

◎回顧：

這一篇中提到的水土保持工程，若干年後我才明白其中奧義：那是果農們爭取工程款，為果園鋪設水泥搬運車路的名目。工程本身甚是潦草，幾個月內就出現擋土牆、水泥溝龜裂，排水槽懸空的景象，名為集水排水工程，雨季一到，處處是水，唯獨排水設施中沒有水！

水，依著自己的意志，行走著天然的道路，而那原本錯落著大小石塊，在雨後會出現淙淙細流，有些隱微詩意的小河道，從此纏裹著崩毀的，或鋼筋或水泥或塑膠的工事，成為醜陋的存在！

我的果園，以及下方的幾塊鄰地，在此之前都沒有水泥路，初來乍到的那年年底，被鄰居要求貢獻出幾箱大雪梨（當時最夯的新品種，碩大無比，一箱六顆價值兩、三千元），說是這條路是大家送禮爭取來的！我乖乖奉上，卻是做夢都想不到，我這輩子也會參與ㄏㄨㄟˋㄌㄨˋ！

至今前後經歷三次這樣的工程，我也終於看懂，其實附掛的「工程聯絡道」才是醉翁之意！

鋪路造橋，自古都是德政，一來就坐享這種利益，其實是心懷感恩的，只是竊竊希望——可不可以大家都誠實一點，要路就鋪路，不要掛搭上那些無辜（用）的水保工程？然而，公款鋪設私人道路，是圖利私人，是公務機關大忌，也是地方勢力的暗盤，見不得光！高山農業之所以難以收拾，這些公共工程不無推波助瀾之功，而在農民心中，誰給出這樣的利益，誰也就值了他們手中的選票——實惠是地方民主的王道！

每次動工之前，我都會被要求簽下施工同意書，我的園子是這條路的開端，底下還有數片果園都要從我地上經過，向天借的膽，還不足以讓我有勇氣抵抗這些「公益」事件。而環境保護落在地方，就是關係的緊張，要由個人去堅持對峙，就是鄰里關係的撕裂！

最後，只能寄望於公共政策的落實——期待國土計畫，能真正以整體環境與世代利益的格局來規範土地的使用，確實畫出超限利用的環境敏感區，這些區域根本就不該再有人為的工程介入。

竹屋之什

十月份採完福壽梨，直到年底下肥、剪枝之間有段稍可喘息的空檔，果園還有許多雜事，但可以暫時擱置，我想在這段農閒期為居屋破土，結束憂愁風雨的帳篷生涯。

先和老弟談起建屋的構想，老弟沉著地建議我，事先該做妥善的設計，畫好設計圖。他的電腦正好有一套繪圖軟體可以供我使用，只是我必須從開機學起，比他兩個五、六歲的小孩還遜。惡補電腦，老弟願意教我，我原也想趁此機會跟上時代潮流，滿口答應要抽空去學，怎奈生來有抗拒科技文明的傾向，回到營地，每想到要上電腦課就憂戚起來，更不知等學會電腦，還有沒有時間蓋房子？

不想坐困愁城，卻渴望早點玩我的遊戲，擋土牆工程一結束，立即在第一營地的基地上重新整地、測量，晚上就開始手繪草圖。沒有建築設計的經驗，很難從平面圖上做空間的想像，園裡正有幾根搭包裝寮的竹子，信手拈來，破成竹籤，計算好縮小的比例，我玩起模型來了。竹子的結構方法和木材大不相同，竹子不能打榫，在做結構時有很多限制，對一個毫無經驗的人來說，光是施工的順序就是一大問題，我僥倖地發現在做模型時，這些問題都可以如實呈現，預先演練，預先解決。這項發現，讓我再一次對電腦大聲說：「不！」

解除學電腦的壓力，我用幾小時的時間紮出屋子的結構模型，就直接進入施工階段。整好地基，再就是準備建材。

從開始考慮蓋房子，就只想用竹，鐵皮太醜，木料太貴，竹子輕便，沒有建屋經驗的我，萬一玩壞了，也不致浪費。而最重要的是，竹子是快速再生的資源，一竿翠竹，三、四年就已老熟，可以建屋。若用木頭，棟梁之材少則數十年，多則上百年，如今臺灣的良材都在深山，山林之美一向是我的摯愛，用之不忍；進口的木材，則是「別人家的小孩」。而竹材在臺灣卻可輕易取得，更新也快。至於耐久性如何都只是聽說，數十年，乃至上百年。我想結構部分只要不外露，幾十年該不成問題，而外牆也許十幾二十年必須更新，真要住到那時候就再玩一次，換下來的材料也不會有棄置汙染的問題。

考慮屋子的梁柱結構都要用竹，桂竹嫌細，只可做壁牆，孟宗竹粗壯挺拔，可為棟梁，於是專程到孟宗竹的著名產地——竹山去覓竹。計算材料，共選定孟宗竹七十支，桂竹一百二十把（每把四到六支不等），僱一輛十五噸大貨車專程運送。一支支修長的竹子都在六米以上，剛從竹林裡砍下，猶自翠綠照人，單看這一車材料就覺賞心悅目。

材料到了，下在公路邊。怎麼把它們運下來倒有點傷腦筋——搬運車路到果園有一處大轉彎，竹子太長，用搬運車運要有兩把真功夫，我自忖技術未到家，不敢逞強。觀察附近地勢，從公路到營地之間正好是一片空地，於是效法伐竹工人運竹下山的方法，直線溜下。想來頗簡單，真要溜得漂亮準確，還有些難度，得在中途打下幾個楔樁，做幾道橫梯，再架幾根竹竿作為引滑道，一階階往下溜。成把的竹子容易在中途遇阻擱淺，得拆開來一支支往下放，這項搬運工作就耗費三個工作天。房子預定蓋在擋土牆下，擋土牆高約三米，上方正有一片稍平的空地可以堆放，裁鋸時，場地也夠，就將所有竹材堆在這裡，用時丈量裁鋸再往牆下溜，這樣一來，施工時得在擋土牆上上下下，但整園都是斜坡，即使將竹子往下運，也好不到哪裡去，反而會受限於果樹的阻擋，更施展不開。

開始施工時，老弟正為第一年所做的果園不順利，要覓地遷徙，先是忙著找地，再是忙著搬家、安頓一家四口。在這裡搬家不比平地，樣樣要從頭打理，接手的工寮總是一片髒亂，家具水電都得從頭來起，前人放手的果園也荒蕪不堪，百廢待舉，不可能有時間幫我。請工人，壓力太大，隨便的工人不好合作，我又是生手，要邊做邊想，大半時可能只會讓工人在一旁納涼。老練的師傅有他們自己的一套經驗，我不是喪失自主權，就是得花許多時間在溝通爭執上。這是我有生以來最有趣的一項遊戲，不願冒險讓任何人來破壞我的興致，寧可一個人慢慢玩。

還在藥肥棚營地時，有兩位訪客是專業建築師，一展示我的結構模型，兩人就自告奮勇要幫我蓋，說是兩個月包我有房子住。我嚇壞了！這個「夢想家」可是我最心愛的玩具，豈可拱手讓人玩？我的第一棟房子，要親手操作每一個細節，正如接手果園的頭一年，堅持親手包辦每一件工作。

建屋的首要工作就是丈量屋基，釘下界樁。要在紙上畫出一個正矩形，有把角尺就很容易，但在一片空地上要拉準方正的屋基，可有點麻煩。蓋廁所時，我用日測法，結果一間一米見方的小小廁所就蓋成梯形。也不知道專業建築師都

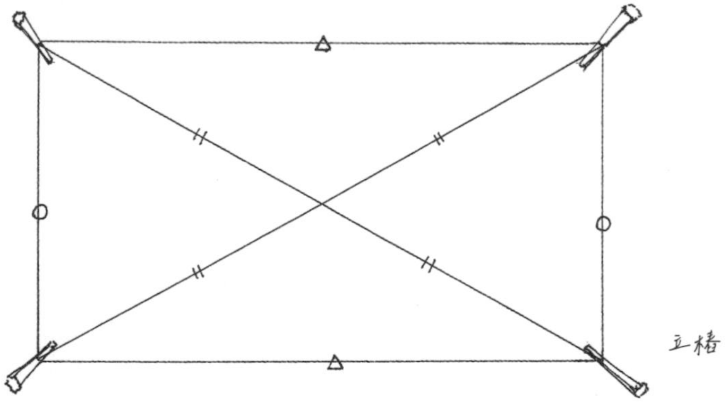

是怎麼做的？只好又去和老弟商量，聽完老弟的解說，只有怨嘆「讀書讀到背脊上」（臺語）。辦法原來國中幾何就教過：矩形的兩條對角線中分等長，所以只要量好兩組等長的對邊，先將四邊暫時立定，就成基本的平行四邊形，再拉兩條等長的對角線，中心各做記號，挪移四個基點直到兩個對角線的中心點重合，就可確定四角都是直角。幾千年前的埃及人不就是為測量尼羅河氾濫之後的土地而發展出幾何學嗎？這項二十多年前就學會的東西，在此之前從沒用過，我不禁感慨，如果不是想要自己蓋房子，恐怕一輩子都不會用它，而十幾年漫長的求學生涯，學而無用的東西還不知有多少？「知識的痴肥」是最可怕的文明病之一，自己其實就病得不輕。

同樣的驚喜是鉛垂和水平的運用，這道理我懂得更早，小學就知道了，也因為知道而覺得它平凡無奇。直到真正拉起鉛垂時，看到地心引力和「擺」的運動，標記水平時水平管利用到大氣壓力，看到透明管中凹陷的水面，是水與管壁間的磨擦力——我像第一天來到這個世界，第一次知道這個世界的現象與法則，不斷讚嘆，不斷恍然大悟，二手知識終於成為一手經驗。知行之間，道理不變，樂趣卻大不相同。

結構從立柱開始，我將竹籤模型掛在一旁，比對柱子分布的位置，完全不用藍圖。柱子的基部埋入土中約二尺，這時鑿洞的工具是一支二十公斤重的鐵杵。兩尺深的洞若用鋤頭來挖，至少得挖出三尺寬的徑口，放進竹子之後回填的土無法密實，柱子很難穩正，鐵杵打出的洞可以和竹子的粗細略相吻合，打好的洞周圍泥土會比原先更加緊實。插進竹子再填塞幾個小石頭就屹立不搖。

這鐵杵是當地果農用來為果樹搭竹架的常見工具，老弟租下的果園工寮裡正有前人留下的一支。我初次使用無師自通，揣摩出投杵的訣竅：下盤要穩，舉杵之際要神氣端凝，投杵的瞬間肩肘似鬆若緊，落杵才能又狠又準，如此打來，不亞於練國術的基本樁功。尤其體會到神氣端凝的剎那，讓人有會心的深喜。為了安全起見，我還是用水泥填滿周圍縫隙，這個部分一共用了半包水泥，是整棟房子使用的水泥總量。為防埋入土中的竹子腐朽，每根柱子的基部都塗上厚厚的柏油。

　　這項工程用去四個工作天。每夜我都要冒著霜寒踱回工地，興奮地盤算隔天的工作如何進行，在星月下仰望一根根筆直擎天的柱影，彷彿置身

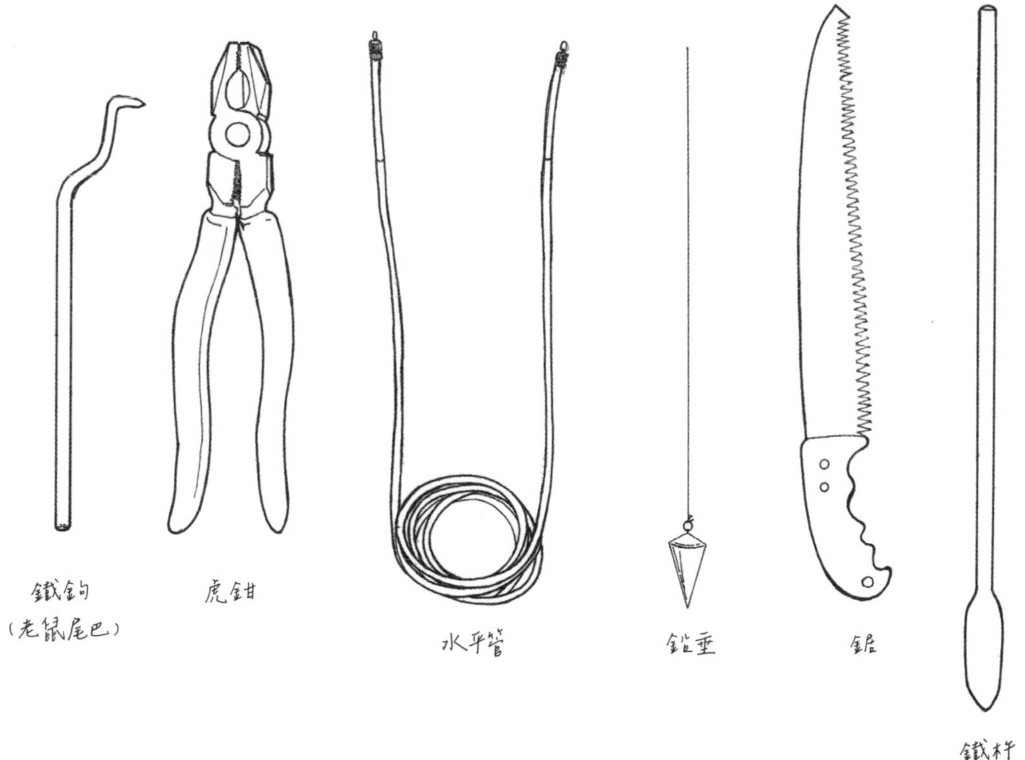

完成竹屋主結構的工具

希臘古神殿的廢墟，站在林立的石柱間，心裡有說不出的滿足！

上梁是有幾分驚險的，我的設計又貪圖景觀，蓋上兩層，最高的一根梁離地五．五米，雖然從最底層的結構一層層做起，好有立足之地，爬上這個高度無欄無憑，還是有些驚心動魄。竹子本身彈性就大，山風乍起，竹竿末端隨風搖擺，讓人連喘氣都小心翼翼。最無奈的是好不容易爬上去，一不留神掉下一樣工具，就得再辛辛苦苦爬上爬下。只是站上這個高度的視野也是無與倫比，我就常在高處施工時忍不住望著群山微笑。

竹子易裂，結構不能做榫，不能打釘，只能綁。綁竹子的技巧，又是一項碰巧學過的「鄙事」。我對鑽研理論一向沒有太大耐心，對動手做的事卻興致高昂，見識到百工技藝總想一試。多年前留意一位搭過鷹架的原住民纏勒鐵絲的手法，默記暗學，不想此時十分受用。用這方法，只一綑鐵絲、一把虎鉗、一支鐵鉤（俗稱老鼠尾巴）就完成整間屋子的結構。這種綁法十分強固，卻有個大問題——竹材是新鮮的，任憑捆綁得再牢，待竹子慢慢脫去水分也要鬆動。我一夜輾轉，終於想出解決的辦法。

在主結構完成之後，依著主柱，另立一根副柱，垂直支撐在橫梁下方，因為竹子縮水後竹徑會由粗變細，但縱向長度卻不會有太大變化，這樣的結構可以讓橫梁的承重絕對穩固。後來有幾位蓋過竹屋的朋友也談起這個問題，他們的方法是在柱上鑿孔，讓鐵絲穿孔而過防止下滑，相較之下，還是覺得自己的方法穩實，不禁更加得意。

眼看著別人剪枝的工作陸續結束，梨樹開花的時間一天天逼近，我必須先把房子重要的部分告一段落。屋頂遮陽擋雨，可以保護主結構，要做長期抗戰，又是使用自然建材，就不能像蓋水泥房一般先築牆再蓋頂。結構完成就先將屋頂鋪上，方法是密排一層竹子，

以副柱承梁的結構

再釘上一層薄板，薄板上塗上柏油然後鋪上油氈。

農曆年到了，我再度放棄休假，和老弟一家草草吃過年夜飯，初一大早又回到工地上屋頂。屋頂完成，犀牛也垮了，只好收拾細軟，暫到老弟家借宿。這一來得更加緊趕工，天剛破曉就出門，接好電燈就工作到深夜，有時整日沒和弟弟一家打過照面。

「廚房」首先啟用，然後是主屋旁的小房間完成，門窗猶自洞開，為了節省往返上工的時間和維持生活的獨立，也就匆匆進住。這時主屋部分仍是只有屋頂而無牆壁，但剪枝不得不開始了，房子只好擱下，每晚收工後利用僅餘一點點時間和體力緩慢地完成其他部分。下雨天和颱風前，成了工程進度最快的時候，回想起當初鋸竹子的情景，不是打著手電筒，就是穿著雨衣。

室內裝潢和空間利用完全因地制宜，以及看手邊的材料行事。馬丁來時，參與我的建灶大事。這口灶原是一只被丟棄在山溝垃圾堆的鐵爐，煙囪骨架還完整，只是沒有門。幾個月前被我撿來，另外撿得一片鐵板，焊做灶門。但鐵板比原來的開口小，我想起果園內有一個終年潮溼的出水處，流水漬出一層厚厚的黏土，又黏又重，正好挖來糊土灶，把不合身的灶門糊得天衣無縫。

土灶的靈感來自旅行時遊牧民族的生活啟示。西藏和喀什米爾的牧民每年夏天會走相同路線到固定的牧區遊牧，所經之地都

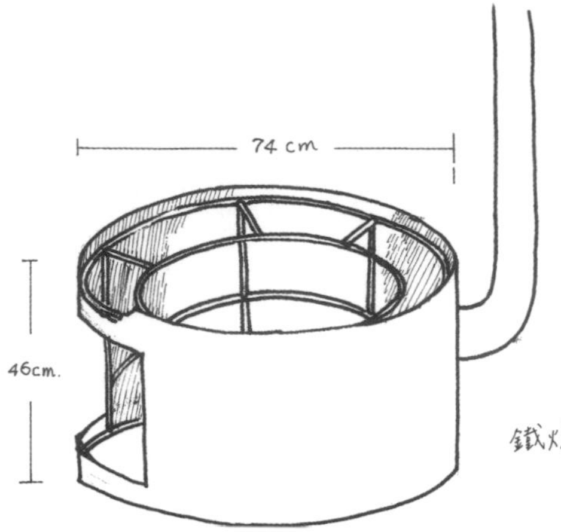

鐵爐

土灶

會在宿營處留下土灶。土灶就地取材，用石塊砌出形狀，再用泥巴糊牢，幾天的烈火燻燒，泥巴乾硬結實，牧人拔營他去，留下的灶竟也不怕日晒雨淋，來年還可再用。在尼泊爾和印度的鄉間，一個賢慧的家庭主婦每天重要的家事之一，就是調一碗泥漿把燻黑的灶抹上一遍，剛抹完泥的灶光潔如新，廚房就顯得一片灑然。小時候在鄉間長大，家裡用的磚灶已經很進步，更簡單的農家可能也有土灶，只是我沒見過。撿來的這口鐵爐除了門的大小不合，爐身的鐵板鏽得嚴重，顯得單薄，鐵板爐身也有燙人的危險，周圍糊上泥巴可以解決這些問題。

運回來的黏土乾硬，當中也夾有石塊，先得掰成小塊泡水，邊泡邊揉，去掉石子，直到泥巴乾溼適中可以塑型。再撿些石塊沿著鐵爐周圍邊砌邊糊，是個很好玩的遊戲，我玩了三個晚上。

開始時只我一個人玩，後來實在覺得有趣，慫恿馬丁也加入——原來他是怕破壞我的作品，這一邀請，他立馬玩得起勁。土灶落成那天，我們在未乾的黏土上削竹筆簽名。馬丁則和好麵團在灶火裡烤印第安麵包，聽說印第安人常在營火時用新鮮的樹枝黏上麵團在火上烤，幾分鐘就可吃到現烤麵包。後來我也常用灶中餘炭烘焙餅乾和派。

糊完了灶，意猶未盡，又拿黏土來砌石地板。這主意美則美矣，卻不太實際。從果園裡挖來許多扁平的石頭，鋪成石板地，石縫中間就用黏土來糊，石塊厚薄不一、形狀各異，稍一馬虎就高高低低，施工進度極慢，開頭實驗的一小片慢工細活，還算漂亮，後來的部分施工時來了訪客邊聊邊做，就做了個凹凸不平，沒有一張桌椅放得穩。剛鋪時老弟就說將來地不好掃，我還怪他想得太實際，沒有藝術眼光。後來證實那確是先見之明。

這裡冬天的寒冷，讓人千方百計想利用種種可能的方法取暖。安爐灶時，特地讓煙囪通過二樓，讓爐火的溫暖不要白白溜掉，寫作的這時，我就坐在二樓暖暖的煙囪旁。而灶的位置，考慮洗澡和冬天洗碗取用熱水的方便，安放在廚房和浴室中間，兩邊都不必提水。

先前水土保持局做的排水溝正在我建屋的預定地上，水泥溝高出地面約一尺，這是個令人頭痛的問題，因為徒手整地，要把整個屋基填高一尺，工事太大，我便因地制宜，將所有需要排水的設施都直接做在水溝上。運來磚塊先將水溝蓋上，一頭做廚房的洗碗臺，一頭做浴室，中間擺土灶，浴室和洗碗臺的水都可以從磚縫中直接排掉，成了一大方便。

有了爐灶、浴室和廚房，還有一間小小臥室，生活基本需求其實都滿足了，放任樓下無門無窗，四壁也都透風，樓上沒有牆壁，還有一個景觀陽臺成天井狀，整整拖了一年才算完工，而許多未完的細節，久了就忘記去收拾。直到現在，都還常修修整整。心血來潮也不時加蓋新玩意兒——閣樓、陽臺、雨棚……似乎永遠沒完沒了，真是個興味無窮、創意無限的大玩具。

整棟房子的興建原則是工具簡單、材料自然，我戲稱這是一棟「有機屋」，因為只要沒人住，就很快會回歸自然，要拆除也只要一把虎鉗、一支鐵撬，地板掀去磚頭就可以耕種，泥土仍是活的，到現在屋裡地上還常有植物冒出來，這對居住環境纖塵不染的都市人可能是一種困擾，於我，卻是一種驕傲。

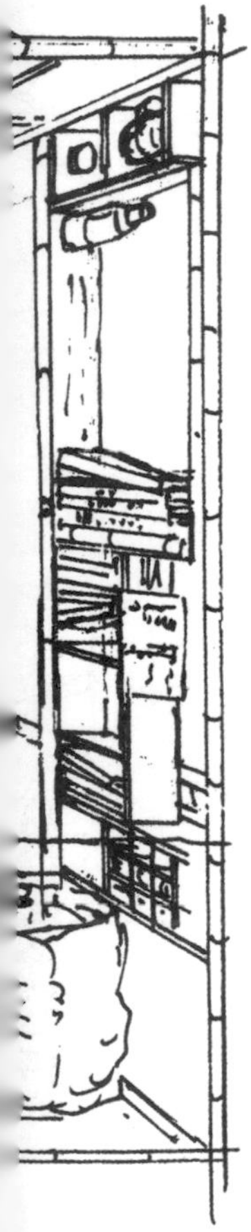

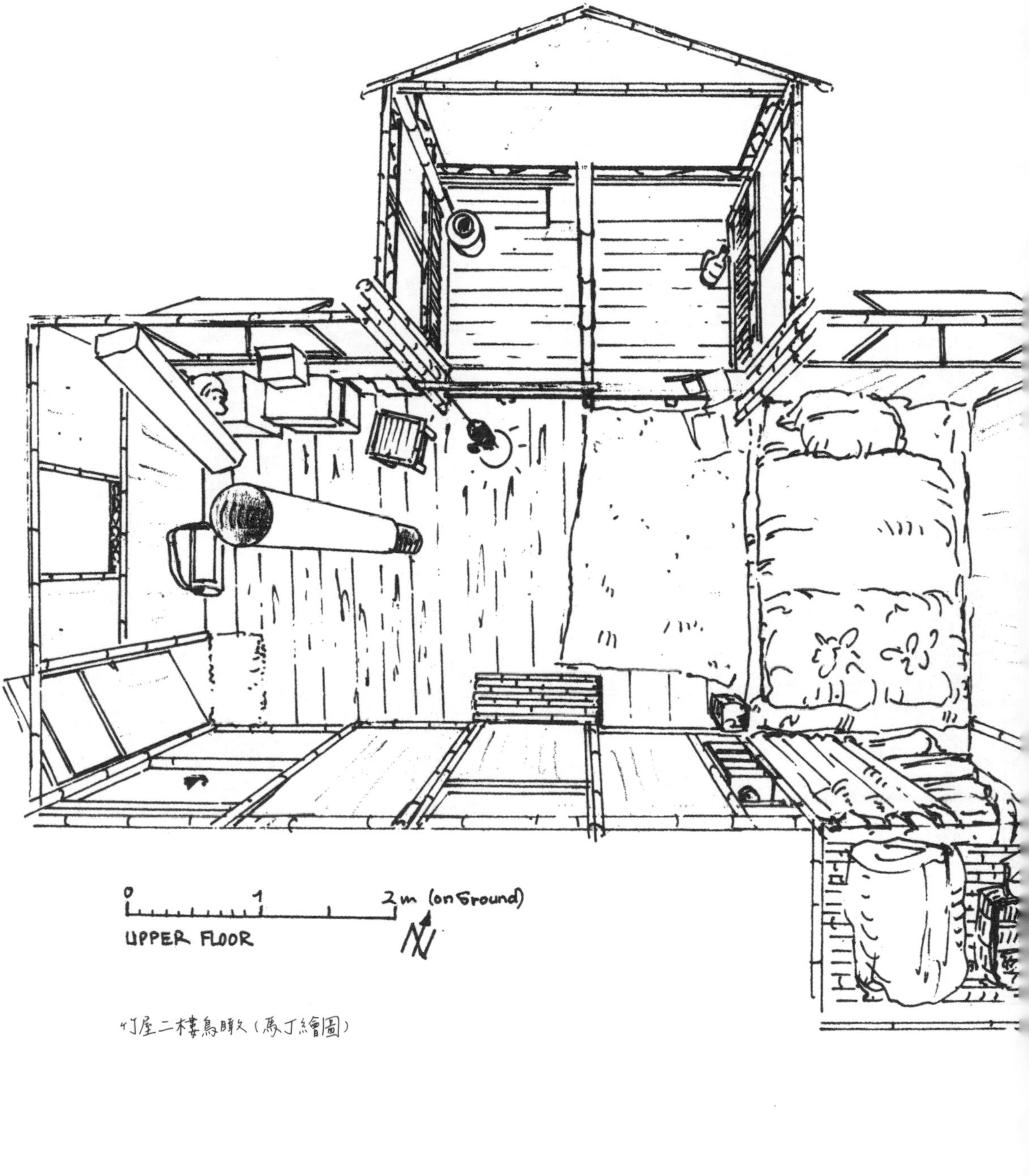
0
1
2m (on Ground)
UPPER FLOOR
N

竹屋二樓鳥瞰（馬丁繪圖）

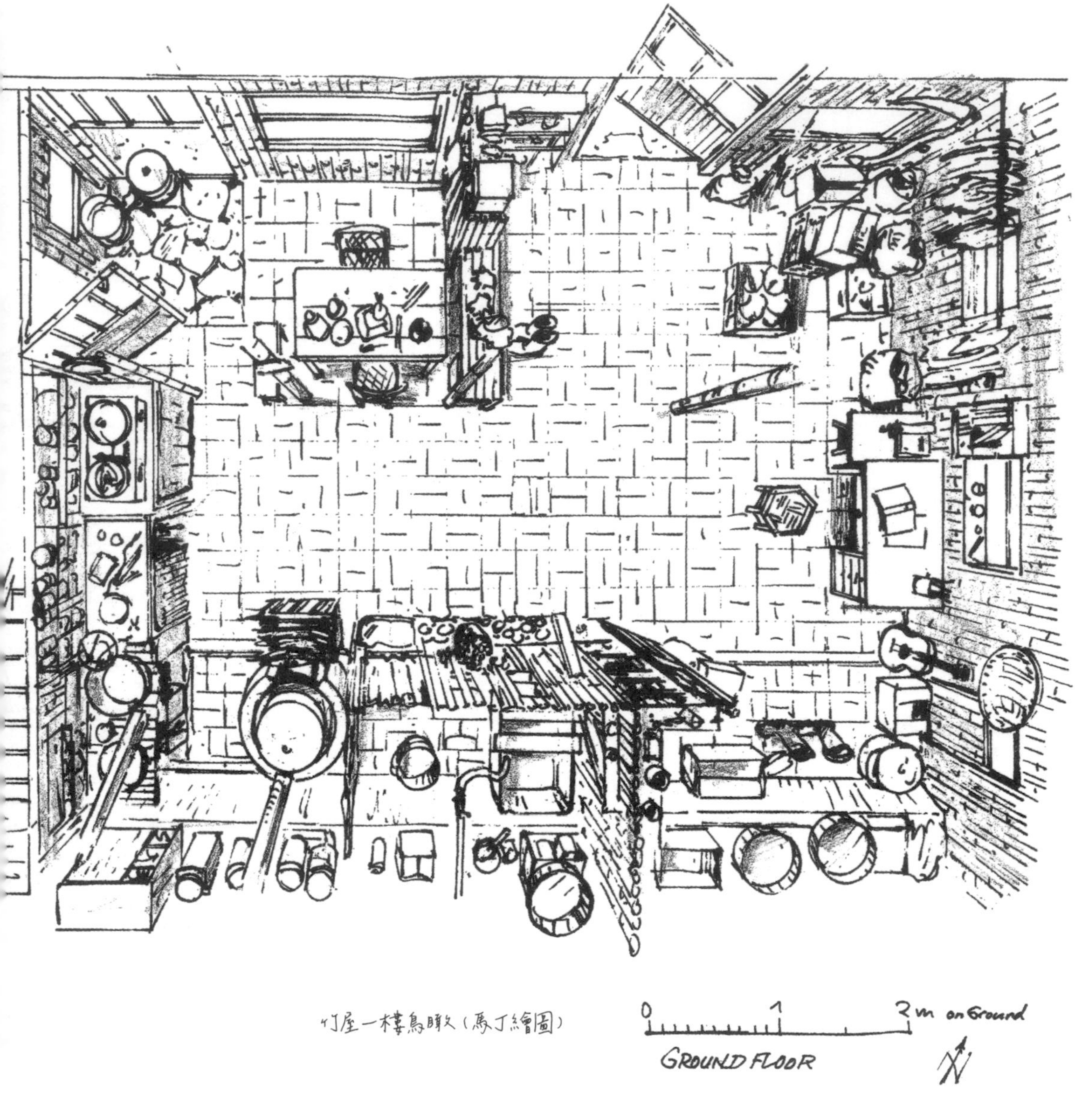
0
1
2m on Ground
GROUND FLOOR

竹屋一樓鳥瞰（馬丁繪圖）

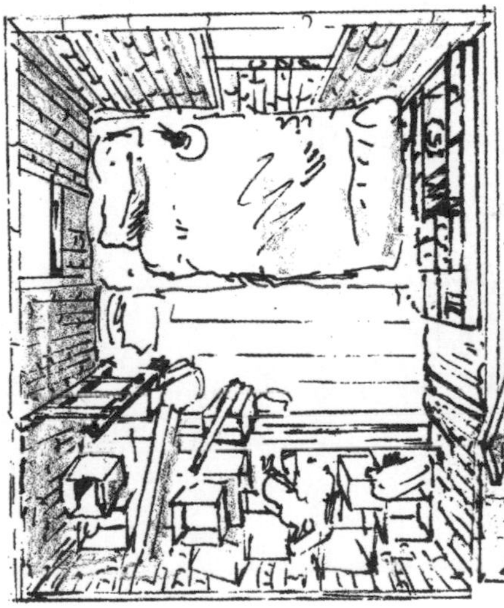

◎回顧：

實際居住竹屋的時間大約十年。二〇〇七年起，為了陪伴母親，在宜蘭與梨山兩地奔走，宜蘭也租地種了田，還號召一群農友辦市集，開社大課程、倡議食農教育……風風火火走入社會運動。而山上則在二〇〇五年拿下緊鄰的另一塊果園，那園裡已有一棟鐵工寮，我眷戀竹屋，只將鐵工寮當包裝空間和客房，仍在竹屋起居。

由於屋頂使用的油氈每年都需要重塗瀝青才能維持防水，那幾年往返兩地，已無餘裕的時間更加捉襟見肘，油氈屋頂兩年沒有維修，開始龜裂漏水，接下來的幾年修修補補，情況仍日趨嚴重，最後只得搬進鐵工寮。竹屋不忍拆，也沒空拆，成為慕名而來的訪客憑弔的廢墟又近十年。

二〇一九年，因地主的債務問題，這塊地被法院拍賣，我在不知情的情況下失去經營二十年的果園。隔年新園主拆除破敗的竹屋，所有的廢棄物不過一堆舊竹，很不惹眼地堆在果園一隅，一切還諸天地。

10 殲蟲記

之一

經過三年的摸索學習，已稍能掌握農事要領，第四年我下定決心從減農藥、減化肥的栽培方法，轉入有機農法。

梨樹冬季進入落葉休眠狀態，嚴霜酷寒也使病蟲蟄伏潛息，或以孢子宿存，或以卵蛹型態度冬，一到春暖花開，草木復甦，百蟲也隨之活躍。四月初梨花吐青破蕾，初開的花序帶出一兩片幼嫩的新葉，我忙著為每簇花序找出最健美的一朵花，做人工授粉，這除了確保著果，也藉異品種的花粉雜交出較壯實的果子。我像蜜蜂般訪遍每一叢花序，漸漸發現才破芽而出的花蕾和蜷縮未展、猶帶嬌紅的新葉已經聚著一隻隻綠綠肥肥的小蚜蟲。

蚜蟲俗稱「龜神」，種類繁多，一般體型都很細小，常聚集在植物心芽、葉背或花部，以針狀口器刺吸汁液，遭刺吸的葉片萎縮變形，生長不良。有些蚜蟲還會媒介多種病毒。牠們終年行孤雌生殖，一隻雌蟲可以產一百隻以上的若蟲，繁殖十分迅速。多數蚜蟲不具翅膀，但當族群密度高時，就會產生有翅成蟲向外遷移，是許多農作物的主要害蟲之一。

為了減少蟲源，冬季清園時，我把牠們特別喜愛的十字花科植物清除乾淨，只有菜園裡還留著幾顆割過的高麗菜——冬天裡其他的蔬菜都遭霜害，只有高麗菜不斷抽出新芽，十分可口。但在梨樹開花前卻成了蚜蟲的大本營。

兵來將擋，我拿出有機栽培的武功秘笈，開始研究較理想的方案。考慮資材取得的難易、大量製作使用的簡便性、成本的高低、對作物產生藥害的可能……初步過濾出三項可以使用的天然物質：矽藻土、苦楝油和菸鹼浸出液。其中使用最方便的是矽藻土。①

矽藻土的來源是「矽藻」，這種微生物鑲嵌著像針一樣銳利的外殼，大量採集這種外殼的沉積物研成粉末，可作為廣泛性殺蟲劑。根據說明，這種粉末還有無數細微的針狀物可侵入昆蟲的表皮，使昆蟲的體液外漏死亡；矽藻土也會吸收昆蟲身體外部的臘質，使昆蟲脫水而死，又能引發黏膜發炎，殺蟲範圍極廣。即使下雨被稀釋，或沖洗到土壤中，仍可保留殺蟲能力。乍看這些敘述，彷彿是一劑萬靈丹，我腦裡卻浮出許多問號：這看來像個千百年不會分解的東西，在沉積物中堆置了許多年，而殺傷力仍然如此強大，當它殘留在土中，是不是也將長期威脅土中的蚯蚓和其他生物？資料上載明：「對哺乳動物無毒害」，卻又說施用時要帶防塵面具，以免吸入微粒子。那麼，這些微粒子難道不會傷害人體脆弱的黏膜組織？我還沒解開心中疑惑，始終感到不安，不敢貿然使用。

下一味是苦楝油。苦楝油是印度楝的種子萃取液。印度楝成為防蟲的新寵，有一段傳奇的過程。原來很早以前印度農民就已經發現印度楝樹可以用來防蟲。但直到一九五九年，

---

① 放捕食性天敵（例如草蛉）當然是最安全的做法。但這裡的空間廣闊，四周環境都很開放，釋放的天敵不會乖乖待在我園裡，效果必然不佳。還是得用天然的殺蟲物質。非農藥蟲害防治資材可參考《蔬菜有機栽培——非農藥蟲害防治專輯》（臺北：財團法人瑠公農業產銷基金會，二〇〇〇年）。雖然沒有刻意投放，但多年下來，草蛉已成為園中常見的昆蟲。

一位德國昆蟲學家，在蘇丹親眼目睹成千上萬的蝗蟲過境，片甲不留的土地上，印度楝竟是唯一倖存的植物，從此吸引了許多科學家的目光。自一九六八年科學家成功分離出印楝素，印度楝作為殺蟲劑的研究，在世界各地廣泛發展起來。一九八五年，正式將這種植物推上害蟲防治的前線。它的效用是引起昆蟲拒食，也強烈干擾昆蟲青春激素和脫皮激素合成與釋出的傳遞介質，阻撓昆蟲的脫皮及生殖。因此必須是取食植物的昆蟲才會遭到抑制，對天敵和益蟲無害，即使殘留在植株上，也對哺乳動物無毒害。只是使用上較為麻煩，因為苦楝油在低溫下會凝固成硬脂，從包裝瓶裡倒不出來，而梨山的氣候有近半年是這樣難纏的低溫。我在預定的噴灑日，總是得在破曉前半小時開始燒熱水。而在自然環境下，有效物質五天內即告分解。使用次數頻繁，成本不低。而且效用很難觀察，實驗極需耐心，商品的建議倍數並未針對個別作物進行試驗。栽種不同作物的農民必須親自操作，否則會有藥傷之虞。我就在這上面大栽觔斗。

由於商品包裝上明載使用倍數，我便依說明調製，一下就做全園噴灑。結果正在抽長的嫩芽、新葉全部焦傷，新芽展開後滿是破洞，讓人心疼。

蚜蟲十分細小，看不到牠們是否真的「拒食」，而阻礙脫皮與生殖又必須觀察整個世代，實在沒有那麼多時間，就在試用苦楝油的同時，又試了菸鹼液。

資料上並沒有購買指南，又找不到同行前輩的指引，只好就手邊現成的菸草梗土法煉鋼。菸草公司在製菸過程中會切下大量粗菸梗和不要的菸葉，是不錯的有機肥。今年也買了一些，因留意有機農法，特地留下幾包試用。依照秘笈上的比例，用熱水浸泡隔夜、過濾，就在我的高麗菜上實驗。兩小時後檢查，果見群聚的蚜蟲紛紛落下，在老葉上鋪了厚厚一層。實驗成功，因為菸鹼的毒害是廣效性的，連人都毒，而且殘效長達數星期，那我的高麗菜還能吃嗎？我想蚜蟲的危害並不那麼急迫，對果實的傷害也較小，只要控制牠的增殖就可以，這廣效性的東西，非不得已就不用吧！

這種顧及環境和其他生物，忌用廣效性藥物的後果是疲於奔命。蚜蟲才方興未艾，薊馬就開始示威了。這種昆蟲非常細小，肉眼很難辨識，我至今還沒弄清楚牠的長相，獨獨在圖鑑上看過。只是作物年年受害，因為薊馬的銼吸式口器造成的傷口不同於其他害蟲刺吸或嚙咬。新芽、嫩葉或花瓣都是牠們的做案標的。最可惡的是才謝花的幼果，就是牠們肆無忌憚攻擊的目標。才花生米大小的果實可以被銼上十幾個洞，剖開果實，每個傷痕都深及核心，果實傷痕少而輕者可以痊癒，但中果期以後仍免不了裂果的命運。而且一個花序上整簇的果實，多至十來個，經常是銼得一個不留，甚至整枝全毀。而且一旦開始危害，速度就十分驚人。我第一年在薊馬的攻略下吃足苦頭。那時前輩們都教我：開完花後就要打一次殺蟲劑，我對蟲害還相當無知，懵懂地問：

「都還沒看到蟲哩，打什麼？」

「等看到就來不及了，管伊有看到沒看到，都打一打就沒代誌了。」

因為沒有得到有力的說服，我沒有採取行動。每日巡園的工作又做得不夠徹底，拉起警報時，已經兵敗如山倒。後來兩年都在我警戒防範下安度，第四年我放下已然稱手的兵刃，要和牠們鬥天然武器。

敵人攻勢既猛且快，我和我的梨子都等不及牠無法脫皮、無法生殖而靜靜消失。打菸鹼液勢在必行，只是該用多少濃度？請教有機農法的專家只說薊馬這東西很兇，下手要重些。畢竟沒有個準，既無法去試看不見的蟲，只好試自己的樹可以忍耐到什麼濃度。偏偏這時正值春雨連綿，偶爾放個晴天，趕緊試藥，隔天就被雨水淋洗一空。三番兩次無法確定到底會不會傷葉，而蟲害的損失卻與日俱增。不得已只得抓住一個放晴的機會，放手一搏。

這下可好，一連數日乾燥炎熱，葉子傷得比前次更慘。我看著那些燒焦萎縮的葉子心裡難過，將它們一一剪去。卻哪裡剪得完？自己泡製天然藥劑是極麻煩的工作，噴完全園至少需要一噸的水，浸泡菸梗的熱水要特大號鍋、特大號快速爐來煮。隔天打藥，前一天就要耗去半天準備，無怪乎連賣有機資材的店家都說「這條路很辛苦」。後來全園的薊馬活動總算受到控制，但鄰近天然樹林的部分，災情仍在擴大，只得急急搶先套袋。有些幼果果柄還太軟弱，支撐不起果袋的重量紛紛掉落。

即便如此，我依然懷抱信心，朝著有機農法勇往邁進。也不願孤軍奮鬥，總是四處請益，卻不期而遇許多有機農業的怪現象，一路激發我更深刻的思索。

之二

第三年的五月間，恐怖的「地下蟲」開始激增。這是一種叫「球菜夜蛾」的幼蟲，又稱「小地老虎」或「切根蟲」。幼蟲全身光滑，暗褐到淡褐色的身體是躲藏在土中的良好保護色，終齡時有原子筆粗。牠們白天潛伏土中，夜間出來活動，啃食地面植株或爬上果樹，嚙食葉片與果實，天亮又躲進土裡。果實套袋後會鑽進袋中，紙袋正好提供隱蔽的藏

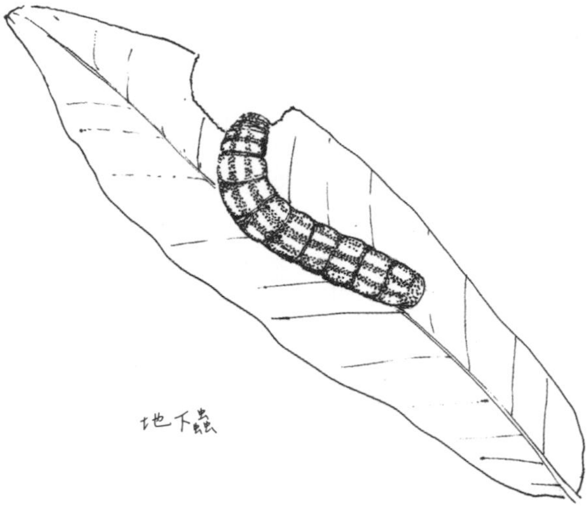

身之所，連白天也不必回土裡。往年只聽人說過這種害蟲危害之烈，在我果園卻不曾大量發生，只是吃吃地面植物，我也不曾整治過牠們，偏偏這年牠們來勢洶洶，尚未套袋的梨果每天都有不少損失，到疏果完畢，留果量已定，牠們卻愈吃愈兇，讓人加倍痛心，不得不著手防範。

吃過大虧的農友告訴我，他來做果園時的頭一年，對病蟲害和防治的藥劑還一無所知，就碰上這種蟲的大發生。當他發現情勢不妙時，為害的速度已經驚人，白天不見蟲蹤，夜裡打著手電筒到果園，只見滿樹滿地的蟲四處亂爬令人發毛，最後還會爬進屋裡，到床上咬人。他起初對農藥的特性不甚了然，心懷戒懼不敢驟下重手。試了幾種農藥都不見效。最後知道除蟲菊劑毒性既低，又是這種蟲類十分敏感的剋星，於是全園噴灑人工合成的除蟲菊劑，才算擺平。但已損失慘重，已經套袋的梨，牠們就躲在袋裡大吃特吃，十日之內全園三萬多袋的梨果毀去三分之一。相信這話並不誇張，幾天之內，我園中茂密的薄荷及馬鈴薯已差不多只剩禿梗。而且蟲齡逐日增大，啃食速度驚人，不出一星期，地面食草將不足以供應，到時勢必爭相上樹啃食梨果，加上下一世代的增殖，後果不堪設想。

我先在有機栽培的原則下籌思對策，有機農法裡有許多非農藥的自然資材可以除蟲。但經驗中這些方法的有效性有待商榷，又需要逐步試驗，而此時已有燃眉之急，必須爭取時間，搶救每日近百粒梨果的損失，在全面性除蟲戰略擬定之前要先阻止蟲兒上樹。

當機立斷的第一個步驟是徹底清除樹幹周圍的雜草，阻絕地下蟲上樹的其他途徑，再用麵粉調成糊漿作為吸附介質，摻入人工除蟲菊劑塗在樹幹基部，暫時阻止幼蟲上樹。隔天不見新的食痕稍微安心。這項緊急措施雖使用了化學藥劑，但一不汙染土壤，二不汙染作物，三不傷害天敵與益蟲。只是藥劑維持的效期有限，又是耗時費工而不能治本的方法。

我開始實驗幾種自然資材，包括蘇利菌、苦茶粕和菸草浸液。

蘇利菌是利用天然細菌在產孢過程中分泌毒蛋白毒殺昆蟲，既對哺乳動物無害，也不造成汙染或傷害天敵，看似最理想的資材。市售商品據說對小葉蛾十分管用，還能感染多種鱗翅目（蛾、蝶類）昆蟲。我懷抱著偌大希望試了又試，連藥行老闆都勸我：「嘿沒效啦，成本擱高，用人工除蟲菊卡俗啦！」幾年來由於用藥謹慎，已讓這位農藥行老闆印象深刻。看我總是打破砂鍋問到底地想弄清楚農藥的特性，用藥總是多所顧忌，有時會帶著關心地揶揄：「阿妳本錢開赫重，敢做會賺？」我也只好笑著回答：「做健康A，莫（ㄇㄞˋ）了就好。」（臺語，意為不要賠錢就好）看我還是鐵齒，就用比定價便宜的價錢賣給我。果然試了幾天毫不奏效。

退而求其次開始實驗可能傷害其他生物的天然資材——苦茶粕和菸草浸出液。菸草浸出液我曾做過蚜蟲實驗，但聽說這地下蟲十分頑強，不知是否仍然有效。由於大量浸泡製作過程麻煩，還是先小規模試驗。不料這試毒過程的殘忍嚇壞了我，一度寧願放棄有機農法。

菸草浸出液確實可以殺蟲，但死狀極慘！蟲要掙扎數小時，體液慢慢外滲直到死亡。操作這殘忍的實驗讓我手腳發軟——為了人對化學藥劑的懼怕，處死蟲的手段就必須更加殘酷嗎？自然界裡，這些蟲即使被天敵捕食，也不過瞬間斃命，何致慘痛輾轉數小時？

我遂決定，如果非殺不可，寧願轉求「非有機」的速效方法——緊接著試驗人工除蟲菊劑和烏肥（氰胺基化鈣）。

不厭其煩逐一試毒，只求讓蟲速死少受折磨。果然人工除蟲菊劑和烏肥都有速效。此間果農常用烏肥做基肥兼土壤消毒劑。由於氰胺化物的分子結構極不安定，容易與其他分子元素結合，故有極強且速效的毒性，分解迅速，且分解後即成無機肥料（氮與鈣）。人工除蟲菊劑雖由模仿天然除蟲菊的分子結構而來，卻在研發上市的過程中逐漸添加其他物質（如：氯、溴……等）以增強毒性，使分子結構更加穩定，效期更持久。

就在反覆思慮舉棋不定時，老弟和我談起癩蛤蟆可能是夜蛾成蟲的天敵，讓我從試毒的驚悸中回過神來，暗叫慚愧！轉而顧慮起天敵和其他生物的無辜——不管是菸草液、除蟲菊劑、氰胺化物都是廣效性的毒物，全面噴灑時都會波及其他蟲類，地上地下又有多少蚯蚓、癩蛤蟆？而癩蛤蟆的確是很好的天敵。別看牠們一副蠢笨形貌，我曾目睹過一隻盤古大蟾蜍一小時內吞吃一百三十隻羽化的白蟻仍意猶未盡。最後是我投降，先去訪周公。

我的果園一向植草茂密，蟾蜍特多，每年驚蟄前後陸續出來活動，此時已是活躍的高峰。牠們匍匐在地表、草叢，甚至大大方方爬進屋子，守候落棲的昆蟲。而夜蛾成蟲會在寄主植物附近的地上產卵，可能是蟾蜍的佳餚。資料指出這種地下蟲每年有春秋兩個發生盛期，而我果園中往年只見第一盛期有蟲，不加干預也不覺第二盛期有增多的現象。是受制於天敵而維持一定的消長嗎？今年的發生量多於往年，或許和氣候、其他環境因子改變，或與我不再使用農藥有關？我只能存疑，但此時是否要相信大量的蟾蜍終將抑制地下蟲的增殖是不小的賭注。萬一不如預期，將導致如以前車之鑑相告的農友那般身陷蟲海的恐怖境地。但若妄用化學藥劑，又將斷絕這塊耕地恢復自然制衡能力的機會，永遠難與農藥絕緣。我的心到此更加糾結。

當不想做一件事情時，即使應該，也會找到一百個不應該、不必做的藉口；而真正想做一件事時，即使不應該，最後也會找到一個應該做、可以做的理由。想是內心對自然農法不能忘情，在這拖延躊躇的幾天裡，不自覺地總想掂量耕地上有多強的生態防禦系統可供我從事自然農法？夜裡走進果園，數著地上的癩蛤蟆，白天變得特別眼尖，不時看到幾隻瓢蟲、攀木蜥蜴、草蜥、漂亮的麗紋石龍子；全園有三個綠繡眼巢……當我在水蜜桃樹上摸到翠綠的樹蛙時，更是驚喜莫名。想不到地上有蟾蜍防禦；樹上有樹蛙守衛；羽扇豆葉叢上也趴著赤蛙……牠們數量不多，但是夠了——夠讓我覺得前路不孤——這些都是我領土上的捕蟲戰將，彷彿我的土地也在我踟躕擺盪的時刻極

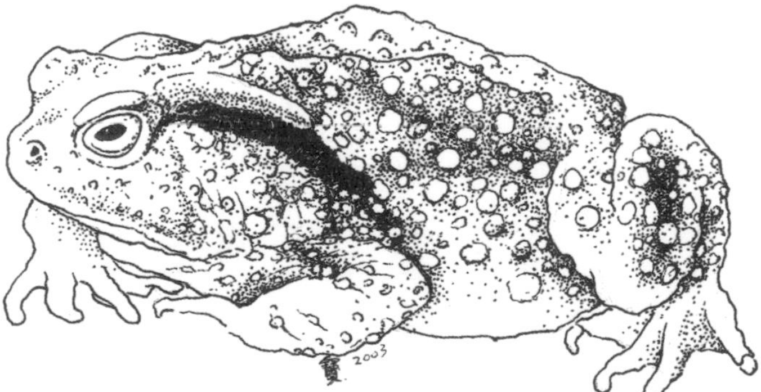

盤古蟾蜍是夜蛾成蟲、白蟻等的天敵

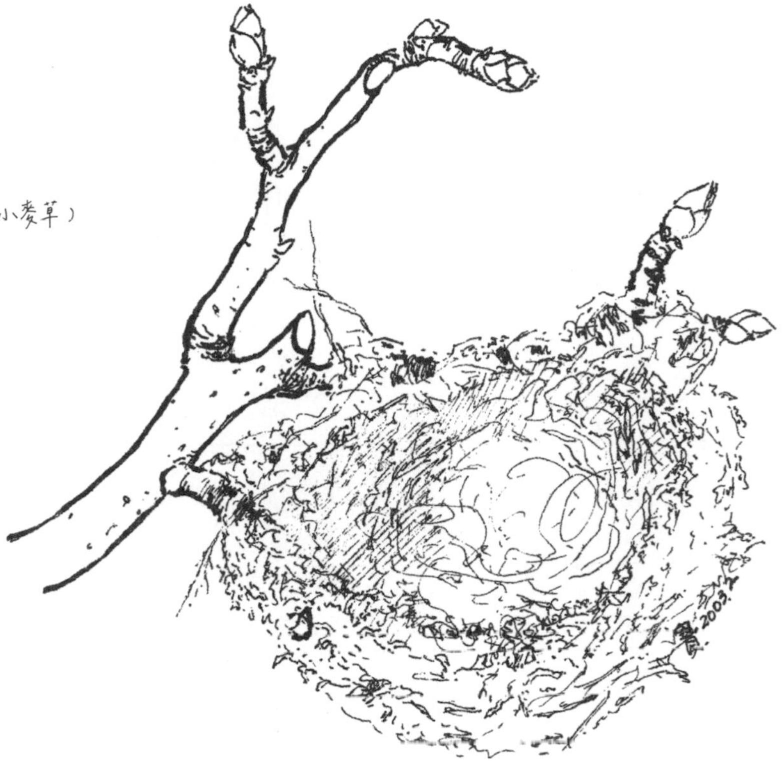

綠繡眼巢

巢材：細草莖葉（小麥草）
塑膠繩
尼龍繩
水苔
蟲繭
棉線
直徑約5cm~6cm

力吶喊，要我也聽它的聲音。而這聲音讓我回到自己和這塊土地的單純世界裡安靜地對話，不再摻雜對認證組織和消費者交代的任何字句。

我不知道過去，當我「偶爾」噴一次藥時，對我的防衛部隊造成多大的損傷？如果我從此善加保護牠們，這一批生力軍是否足以阻擋來勢洶洶的敵人？我沒有把握，卻也不甘放棄。加上這一冷靜，也想到所有化學農藥在研發、申請上市的過程中，無不做過無數次的動物實驗。一隻蟲的死都這麼驚心動魄，何忍想像那成千上萬的試驗動物？一場混亂的內心交戰勝負已分——我放棄使用任何自然的或化學的農藥，既然地下蟲羽化之前蟾蜍起不了作用，而夜行的習性也使

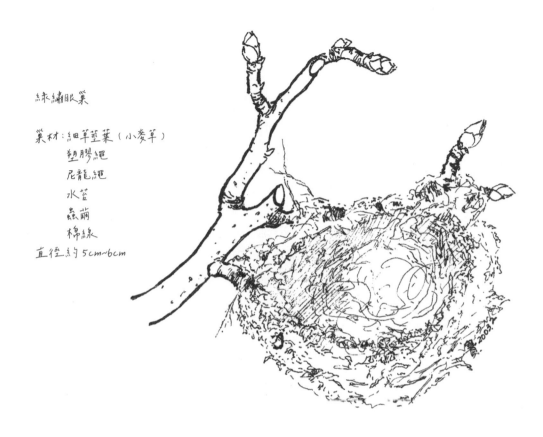

鳥類奈何不得，我就親自上陣——徒手捕捉。

果園地面大部分是禾本科的麥草、百喜草，地下蟲不感興趣，也不理會藤蔓和菊科植物。牠們偏好薄荷、馬鈴薯，也吃昭和草、龍葵和羊蹄等闊葉草本，而且附近食草茂盛的果樹受害情形明顯輕微許多，可見上樹比較辛苦。在除蟲菊麵糊的防堵下，牠們只能集中在草叢附近。基於這樣的觀察，戰略第二步驟是全園砍草，留下食草植物，並縮減較複雜的植叢，誘使牠們更加集中，以便夜間蒐捕。最後捕捉行動開始。

白天砍草，留意草上的食痕，天一黑就提燈入園捕蟲。原想回來再吃晚餐，殊不知這件工作也是始料未及的精神凌虐。我直抓到頭皮發麻，心中顫悸。曾在藏、印邊界的墨脫熱帶叢林裡有過一口氣摘除全身上下二百多隻螞蝗的紀錄，那時隨摘隨丟，雖然一時驚悚，卻沒有這種說不出的煩惡。捉下來的蟲不能放生——放生成功，會干擾另一區域的自然生態，在我眼前的是生命，眼睛看不到的還有更多生命，這些生命的相生相剋只該由天決斷。放生不成，蟲找不到適應的食草，好比把人放進荒原沙漠慢慢飢餓而死，哪來慈悲可言？我將牠們丟進水桶溺斃，深夜收工又累又餓，卻倒盡胃口吃不下任何東西。寤寐之際猶見滿桶肥蟲蠕動。

幾天漏夜加班，殲蟲數百，園裡蟲數大大減少，徒手捕捉原不求全數殲滅，只望控制數量，不造成大量危害即可。少數殘存的餘孽，相信環境裡仍有足以制衡的因子在。只是這些密集屠殺的日子裡，我深深陷入一種精神上的恍惚，常常心不在焉，滿腦子盤據著並不愉悅的生命衝突。

當仗勢科技文明的人們早已「談笑間，強虜灰飛煙滅」時，我卻把自己搞得身心都狼狽不堪。原來文明的內涵是：優雅的生存背後，也是優雅的殺戮……

之三

度過地下蟲的噩夢，已經到了套袋時節，只要套上紙袋，就可以隔離大部分病源的侵染，和成熟期為害最烈的果蠅。套袋後到採收期間的最大危機原是梨瘤蚜，這種體型細小的蚜蟲多在溫度轉高的夏季大量發生。牠們性喜隱蔽，常從套袋口的縫隙鑽入紙袋中大量繁殖。蟲害蔓延時，千百隻蟲體聚如一堆米糠，又叫「米糠苔」。原是歐洲產物，民國六〇年代隨西洋梨引進來到臺灣，成為梨樹主要害蟲之一，一旦在袋內繁殖就無法防治，而且全園感染迅速，必須除袋打藥，否則損失慘重。

幸好梨瘤蚜的防治只要用硫磺即可，我在打過硫磺之後大鬆一口氣，為今年完全沒有使用化學殺蟲劑而高興，開始著手填寫有機協會的驗證申請書。

我為成長期較長的雪梨套上小袋，接著開始為所有的梨果套大袋。這時卻傳來緊急疫情——梨木蝨，一種從大陸走私花苞引進的新種梨樹害蟲。平地高接梨去年早已一片翻騰，不少梨園災情慘重，部分梨農甚至今年（二〇〇三年）必須休耕回復樹勢，高海拔的梨山則今年開始爆發疫情，海拔較低的果園發生較早，有人已上完數十萬紙袋，又拆袋打藥，海拔較高的地區發生較晚，也已全面感染。由於農政單位沒有宣導，農民事前未做防範措施。害蟲發生之後又道聽塗說，渲染防治的難度，數日之內已經滿城風雨，人心惶惶，對比山下正流行的 SARS 毫不遜色。

農藥店車水馬龍群情鼎沸，從忌避性資材樟腦油、香茅油到劇毒農藥納乃得、達馬松無不一時搶手。有人聽農藥商介紹，有人口耳相傳得來特效秘方，更有人聽得多種配方莫衷一是，乾脆數種藥劑混合並用。農改場技術人員席不暇煖，一日接應多起電話查詢，才宣布隔週上山召開討論會時，撥出時間專做說明。而這時梨農施藥已經天翻地覆，打藥中毒事件時有所聞。鄰人打完藥那天，原本每晚出去抓蟲都會遇見一、二十隻的癩蛤蟆，一時沒了蹤影。「寂靜的春天」降臨了，我想。

我的果園自然不能倖免，早在聽說蟲害之前就已注意到這種蟲的成蟲停棲在梨果上，當時還對這從未見過的小蟲心存懷疑，打量牠們許久，又接連幾天觀察牠們停棲過的果實，並無遭害的跡象，心下稍安。誰知牠們造成危害的是更加細小難察的幼蟲。

消息傳出，老弟參訪其他受害的果園辨識蟲體，立即奔來相告，一看牠們慣喜藏匿的新梢嫩芽，已經十有六七都有蟲跡，再看果實紙袋，也有半數已遭蟲害，蟲體分泌的蜜露汙染果實，形成一塊塊的煤煙汙斑，蟲在袋裡，只有將袋子除去才能防治。

儘管也已得到許多危言聳聽的傳聞和除蟲的祕方，仍不甘心一向的努力功虧一簣，先求教於專家再說。於是致電農改場、農試所、農業藥物毒物試驗所（簡稱藥毒所），以及有機協會的前輩，希望找到有效的非農藥防治法，得到的答覆不是不確定，就是令人失望。有些單位連這種蟲害都沒聽過，更不知梨山已陷入空前的驚慌，還不相信我的敘述是否屬實，要求我採樣供作鑑定。

正好朋友善理上山來，帶著兩位新朋友，不及寒暄就加入戰場幫我除袋。

袋子除完，我在一些不確定的方法中盲目試驗，每天搞到筋疲力竭，先是翻出用過的法寶：苦楝油、菸草，再試對某些蟲類有殺傷作用的介面活性劑（無毒肥皂水）；也許可以裹住蟲體上的氣孔而收效的水臘，鹼性甚強的生石灰……因為沒有任何前人的經驗，每一種都以不同倍數試驗兩次以上，有些要煮，有些要浸泡過濾，天天在這些泡製、噴灑、觀察的反覆過程中一日日失去信心，也眼看著害蟲的密度一天天增加，正在強旺生長的新梢末端，初生的嫩芽已漸漸萎縮變形，又聽說某些蟲害嚴重的果園不但新梢生長受阻，甚至已經落葉，枝條光禿，狀至悲慘。

我唯一抱著的希望，是一項正要研發、可能有用的菌，但培養時間至少要三週，不知道我的樹和果實是否撐得到那時？我一面用據說有忌避效果的樟腦油、香茅油噴灑全園，一面將害蟲寄生最嚴重的新梢末端一一剪除燒毀……這又是一件愚公的工作，鄰人看了大搖其頭：「要打藥啦！」「我先試看脈也！」（臺語，試試看）

由於農改場人員上山開會，說明蟲的活動能力極強，強調共同防治的重要性，行動積極的果農早協商附近鄰居相約同日打藥，我附近的鄰人也來勸說，聞到我園裡瀰漫著樟腦油的味道，怕我鐵齒敷衍，第二次又帶來他的處方——除了展著劑（破壞水的表面張力，並增強農藥附著及耐淋洗能力），另有三味，有兩種是劇毒農藥，我看了咋舌，不敢跟進，卻也不好意思當面唱反調，唯唯諾諾婉謝他的指導，暗嘆天亡我也。

不怪鄰居帶來的壓力，一旦我無法配合鄰人的共同防治，留有餘孽，活動力強的成蟲很快可以重複散播，使鄰人的噴藥徒勞無功，原本連續兩次即可徹底防治的藥劑噴灑，必須增加的次數難以估計。大局為重，至此放棄不施殺蟲劑的堅持，只是仍嚴守農政單位推薦的低毒藥劑，不過度用藥。

這時距離採收時間尚有三個月，而藥劑殘效只有六、七天，足可通過殘留檢驗無虞，但回首這一路因不願施藥的種種艱難，對於徹底執行有機農法的農友所經歷的甘苦，有切身的體認。有機市場原本脆弱，早已有許多消費者對日漸混淆的市場失去信心，經歷這段實踐的過程，雖然短暫，雖然功敗垂成，為維護有機農業的前景，還是甘願放棄認證標章。

有機協會的人力資源寶貴，我撥電話給協會工作人員，請他們擱置我的申請表不必審查——我自判犯規出局。

在這一波施藥行動中，獨獨留下南坡（詳〈從耕地走回荒野〉）的十幾棵樹，這一區兩年來一直以較自然的方式管理，今年更是沒沾過化學品，在木蝨全面發生時同樣沒能倖免。施藥區在採收前一個月又復發到相當數量，而不施藥的南坡卻不見有加重的跡象。我不願在接近採收期用藥，牠們便肆無忌憚地繁衍，到了採收完畢，樹體休眠之時，曾經施藥的區域慘不忍睹，枝條被木蝨的蜜露感染黑霉，像煤煙燻過一般，許多新梢花芽無法分化，落葉後只留下瘦弱的葉芽；搬運車的水泥路上不時漬著斑駁的蜜露，人從樹下走過就滴在身上、髮上，黏答答的十分討厭。但令人驚訝的是，非施藥區的枝條乾乾淨淨，雖然偶也看得到蟲蹤，密度卻極低。

南坡這一帶灌叢環繞，造林樹種、原生樹種和果樹交雜生長，鳥類和其他生物都特別繁茂，曾在這裡看到成群的紅頭山雀啄食著木蝨和蚜蟲，是不是牠們剋制著木蝨的數量？是不是遠離化學物品而保持了較高的免疫力，即使沾染了蜜露也不致感病？正待明年用更大的範圍做實驗，望著病弱的枝條為來年的收成憂心忡忡，鄰人又三番兩次拿著他的枝條前來，比對著我那滿是「煤煙」的樹枝，軟硬兼施地勸我使用他的配方，如果讓他知道，我始終留著一個祕密區塊……

這未完的一章，我和讀者同樣期待。

◎**回顧：**

回顧這幾個篇章，感慨萬千！

頭幾年，一心一意要做個稱職的農夫，愈遇阻礙愈是努力，總是非把自己弄到筋疲力盡不肯罷休！然而，走向友善耕作的過程中，很多時候必須相信生態平衡的機制，必須適度放棄掌控，也適度將收成分給眾生。五、六年後，我園內已不再使用任何殺蟲／驅蟲資材，也幾乎不再外購肥料，讓果樹天生天養，我只做剪枝、疏果、套袋、除草、收成等工作。儘管病蟲害的侵擾年年發生，但仍總有足夠的收成，支持我年復一年把日子過下去，這是皇天后土的慷慨。

曾幾何時，病蟲害早已不再牽動我的神經。從慣行農法轉型的果樹，大都已病弱死亡，重新定植的果樹，從幼苗開始就在無藥無肥的條件下生長，反倒健康許多，產量甚至不亞於一般施肥用藥的果園。反倒是造林的樹木日益高大，遮擋果樹的陽光，讓水果產量年年縮減；而松鼠、鳥類等動物們棲於林中，取食我的水果天經地義，若說完全不心疼，確實還做不到，只是時常勉勵自己：要向天地學會慷慨！

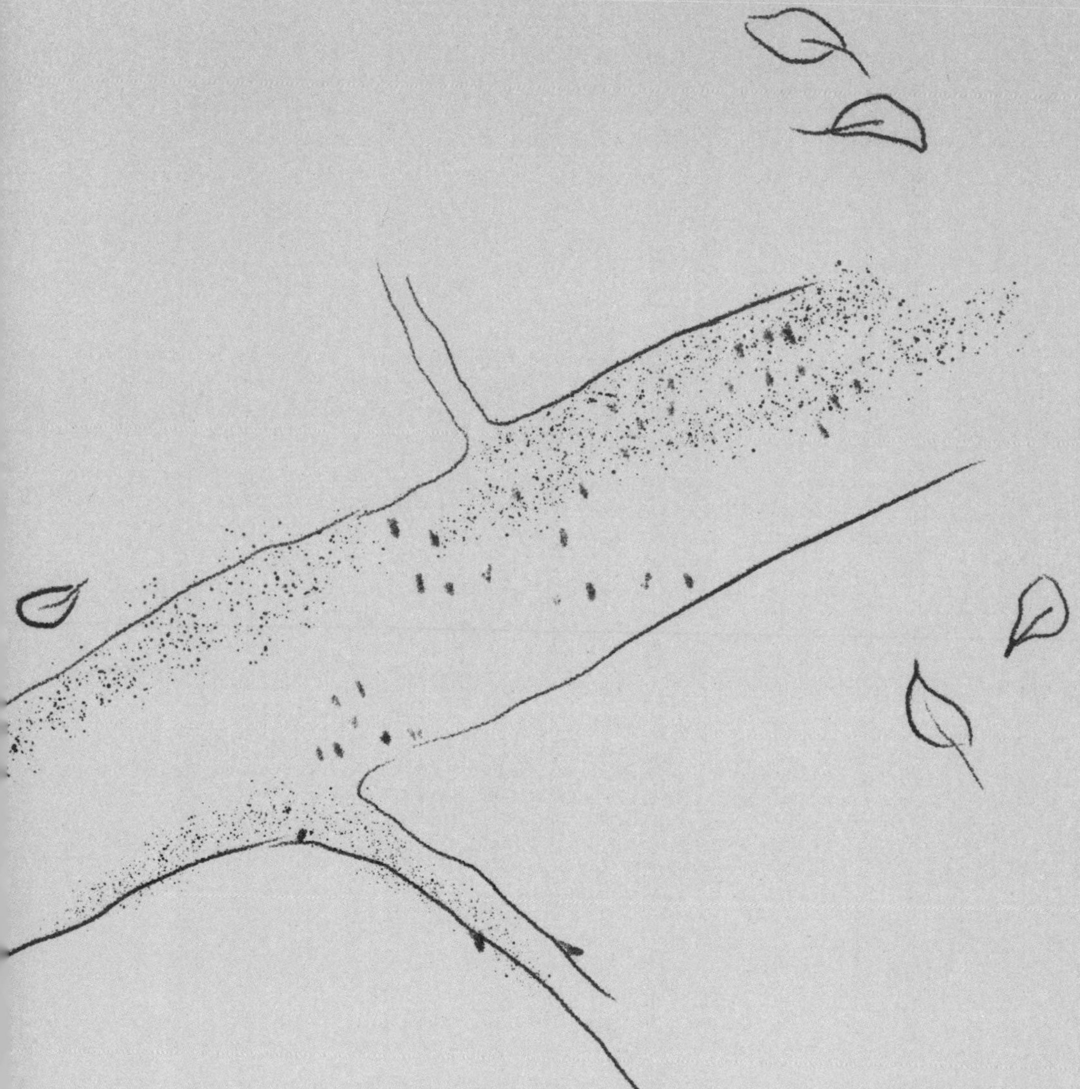

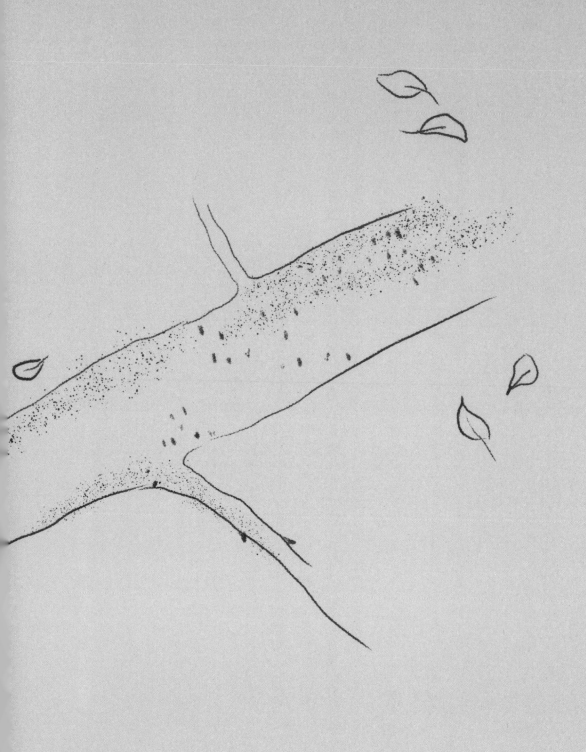

III 百味・

11 擺攤記

之一

說來難以置信，我租下果園埋頭苦幹了半年多，直到看見第一顆水蜜桃泛紅，還沒擔心過行銷的問題。以為水果一熟商人就來，賣了水果錢就到手，這下水果熟了，買主卻在哪裡？

眼看著李子紅透了，累累滿樹，就不時張望著隔壁家的李子動靜。一天清早看見他們採收加州李，趕忙放下手邊工作過去搭訕。聽說有人來收，帶著莫須有的自尊和羞赧，怯怯地啟齒：「可不可以和你的李子一起賣？我沒多少，寄行口嫌麻煩。」隔壁老兄也慷慨：「沒關係，妳盡量採，我幫妳出，他們會收的。」感動得只差沒掉下眼淚，提了採果籃搬了梯子就去採，露水未乾到日已過午，第一次採收，興奮的心情戰勝了飢餓，盈盈半車李子送到鄰家，說是人還沒到。放著，他會幫我處理。我高高興興回去工作，隔天去取籃子，順便問售價，一斤十元，總共賣得一千塊。他的加州李呢？一斤三十，品種不一樣。我的還稍嫌不熟，販子收得很勉強。我連連稱謝卻悶悶回家。照顧半年，採收半天，卻連自己的水果是什麼品種都搞不清楚，怎麼做買賣？後來樹上殘餘未熟的果子熟透了，由紅轉紫，由紫轉黑，入口即化，同時散發出一股濃郁的香氣，去過拉拉山的朋友說那是市面罕有的香檳李，產地批發一斤七十元。

緊接著早桃熟了，一顆顆白裡透紅，誘人垂涎，想到街上就有人擺攤賣水果，心裡也癢癢地想去試——賣自己種的水果該多驕傲啊！

第一年自己還沒有車，一到週末就向老弟借來廂型車，煞有其事要去做生意。水蜜桃嬌貴，晒過太陽果肉溫度升高，採下來容易熟爛。要講究品質得在日昇之前採收，山上夜溫只在十三、四度，清晨採的果實十分冰涼，像從冰箱拿出來的一般。天色未明就帶著採果籃出去，太陽出來前就開始包裝。

頭一次賣自己的水果，仔仔細細欣賞每一粒果子豐滿的形狀，完美的色澤，吹彈可破的皮膚，小心翼翼地挑撿，為它們纏裹大紅色海綿條，細心裝扮出最誘人的模樣，像在嫁一群女兒。裝扮完畢，看著水果盒裡排列整齊，漂漂亮亮的桃子，有說不出的得意。裝貨上車，開往街上，心卻開始撲通撲通地跳。

賣自己的水果像嫁女兒（李承璞繪圖）

梨山車站旁的攤販區往年水洩不通的景象早已不再。前一年「九二一」地震之後，觀光人潮降至谷底。早聽說這裡的攤販要登記，抽籤定位。臨時去擺就很心虛，怕被人趕。怯生生地找一處遠遠的、像不會有人擺攤的角落開張，笨手笨腳地鋪展自己的商品。

受過良好的教育，對占用道路做生意一向不齒，這時心中那把社會道德的戒尺已經高懸在眼前，怎麼說都是心虛，只好拘謹地把一盒盒桃子都攤在車上，車門大開，紙板招牌一掛，以為這樣遊客就會上鉤。隔壁賣臭豆腐的看不過去了，跑來訓我一頓：「妳沒賣過喔？按呢哪會有人來買？」手往幾個水蜜桃攤位中間的空地一指：「車開到那邊去，那裡人多啊！」

「聽說他們是排好位子的，我不好意思去占。」

「啊！今年攏沒人啊啦，妳看只有那幾攤。」

「還是不要啦，我在這裡就好。」這時那份賣自己水果的驕傲已不知躲到哪去了？

「那東西這樣擺也沒人看見啊。」她乾脆動手替我擺起門面來，空紙箱拿到路上就占地成攤，放在車廂的水果盒也一一幫我拿出去擺開，「按呢嘸遮有人看！」說著得意地回去招呼她的客人。

布置妥當，就等客人上門，我開始坐也不是，站也不是，手也不知往哪擺。心突突地跳，一陣熱潮從耳根襲上面頰，直透腳底。又怕過路人看我，又怕過路人不看我，時間分秒難熬。看附近攤販一見遊客高聲吆喝，我也學樣。一看有車靠近，搖下車窗，趕忙大喊：「買桃子喔——」話聲未落，嘴還張著，就趕緊尷尬地堆笑，原來是附近果園熟識的人，糗！

因為遊人稀少，招徠客人的空檔難捱，這種百無聊賴的等待不是我所習慣的。為轉移自己的不自在，我開始拿出直笛來吹，於是青山白雲又來到眼前，一時陶然。只是這一來，我犯了攤販大忌：背對街面，無視於難得過往的遊人。這怎麼可以——放著過眼的肥羊白白晃過！

過午，一輛轎車停下來看桃子。我想一個早上都門可羅雀，既然賣不出去，何不請他們試吃時大方一點。拿了一個美美的遞給開門下來的駕駛，「吃吃看，好吃再買。」那人咬了一口，傳給駕駛座旁一個女子，後座馬上傳出小孩的叫聲：「我也要！」那位大概是媽媽的還沒張口咬，就把桃子遞出去。我不好意思讓她到口的桃子落空，又掏出一粒給她，「我先啦。」，後座傳來另一個孩子的叫聲，女子手上的桃子又出去了，男人終於受不了了，「讓媽媽先吃一口，你等一下。」孩子「啊——」聲音中充滿不情願，我只得再拿一粒，這時墨色玻璃窗的後門也打開了，湧出來三個孩子一個大人，加上前座兩人一共六個。孩子們搶著要先吃，只好一人一個先擺平，掌握購物大權的大人反而嘗不到，一不做二不休，也送他們一人一個。大人一迭連聲地說「不用啦」「不好意思」，卻一個個把桃子拿走。最後幾個人商量半天，買了兩盒，我鞠躬送客。賣臭豆腐的又來了：「喔妳生理按呢做喔！」「清彩啦！」（臺語，意為「妳生意怎麼這樣做？」「隨便啦！」）

黃昏了，收入還不到四位數，水果幾乎原封不動。結束販夫走卒的一天，心裡酸酸的，回來面對果園裡多如牛毛的工作，決定把剩下的桃子都送人吃。

緊接著下了幾天大雨，水蜜桃成熟時最忌諱的天候，滿樹待採的桃子都失去甜度，徒具美豔外表，食之乏味。對賣桃子更加灰心，卻又棄之可惜。這時碰巧來了一位都市朋友，我如逢救星，趕緊將樹上的都採下來，託他帶回去請人幫忙吃——只要有人吃，就不算辜負天地。朋友問為什麼不賣？聽我說不太好吃，回了一句：「不好吃幹麼送？」

我心底一涼，眼前發黑。了解朋友的好意，他深諳送禮的要領，為我著想，怕我頭一波產品就砸了招牌，日後真有好水果，只怕也難吸引人買。我只是不想暴殄天物，可沒想那麼多。這下想多了，心卻更酸了。

之二

到現在還無法解釋為什麼不買一臺電子計算機。我是個連簡單加減都要用手指幫忙的人，如果不是脫鞋子太不雅，可能會連腳趾都用上，可，竟從沒想過要買一臺計算機。尤其當我環顧屋子——多少無用的物件——手工飾品、竹編器具、印度鼓……偏偏每年要賣那麼多水果，就是沒有一臺計算機。到果園第三年採收，美鈴終於送我一臺。她怎麼會想到送我這東西呢？大概是有一回她先生來時，見我用紙筆和水果販子算帳，一旁的水果販滿臉不耐吧！

經常會有朋友和他們的同事、親友一起訂購水果，這些好朋友也權充收款員，在椿腳的協助下，我從來不曾為收錢算帳傷腦筋。有一次和一位朋友輾轉介紹的椿腳，因素未謀面，想表現一下敬業和精明，主動去和人對帳，結果自暴其短，反被吐槽：「帳款不止這些喔……」

在沒有椿腳挺我的時候，就後果自負了——那是一次讓人懊惱的擺攤烏龍。

第一年梨子收成，山上還沒有宅配業務，有直銷客戶訂貨，就得親自送，彼時剛拿到駕照不久，上路怕怕，正好馬丁要來參與第一次豐收大典，就請他帶著國際駕照來充送貨員。老外不諳中文，我在一旁翻地圖指揮，活脫一對盲人騎瞎馬。因為訂水果的多半是公司、學校，東西一到，總會有人臨時起意多買，我便會在訂單之外多帶一些，沒賣出去的，少則送慈善機構，多的就找地方擺攤。那天在臺北送完貨，車上還有十多箱，就近去了士林光華市場，那是我大學時代的舊地盤，並不陌生。

正值週末上午，市場人聲鼎沸，附近道路車水馬龍，臨時攤販從市場口沿著人行道、騎樓一路氾濫直漫向天橋下，熙來攘往的人群讓人好不興奮，人潮即錢潮嘛！

馬丁手握方向盤在渾無秩序的車陣中緩慢挺進，我則老遠就睜大眼睛找尋擺攤的縫隙。

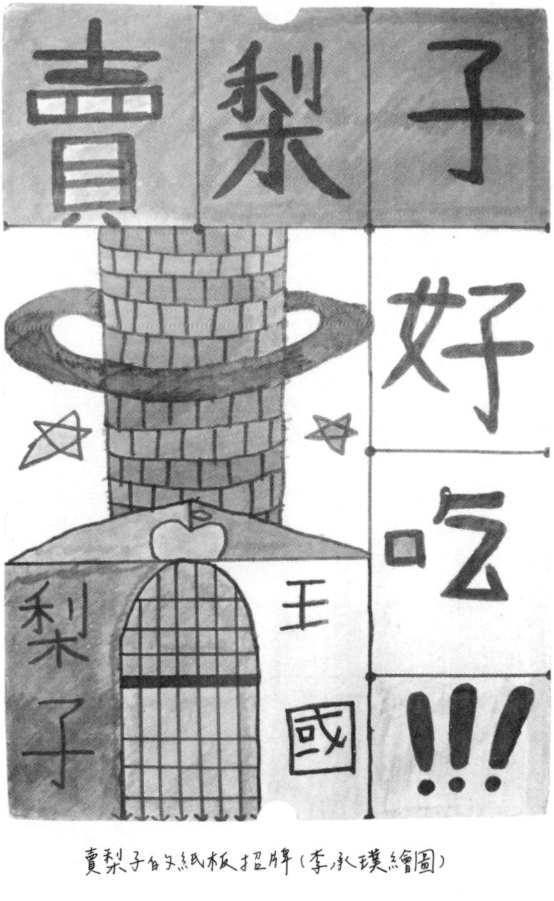

賣梨子的紙板招牌（李承璞繪圖）

偏偏這裡惡霸的駕駛不少，老是有人違規爭道，這位瑞士老外少見這種陣仗，為我開車以來就有不少牢騷，此時更加按捺不住，開始用德語罵人，我原想勸他：很少老外可以如此深入臺灣民間生活。又想到說風涼話可能自討沒趣，就假裝聽不懂（其實也真的聽不懂），由他發洩一陣了事。

終於車子可以捱靠到離人行道稍近的地方，那裡還有空位，急急跳下車，搬下幾箱梨子，讓馬丁把車開走，在這地方要找到停車位比登天還難，只好囑咐他開著車在附近兜轉，隔段時間回來為我補貨。這位地理學博士別的能耐不清楚，方向感絕對一流，要他迷路可不簡單。倉皇別過，我就將幾箱梨搬到騎樓下，靠著柱角，拿出厚紙板寫招牌，心裡咕噥一陣，盤算不出該怎麼寫價錢，因為出來送的貨都是整箱訂購，沒有零散的，也就不必帶秤，此時赤手空拳，只能依照分級標準和定價折算每一粒的單價。壞就壞在我時有盲目的自信，以為這小學程度的算術，眼珠一轉就可以了。我將它拆成一堆，豎上紙板，寫著：八粒一百元。

怎麼得出這個數字，至今是個懸案，只知道一時吸引了許多過路買菜的太太小姐爭相來買，我也忙得樂不可支，只恨爹娘少生一雙手來收錢找錢。隔壁一位擺地攤賣傘的阿婆見我開出一箱就來買一袋，還幫我張羅分發塑膠袋給在外圈擠不進來的人。幾箱梨轉眼賣完，馬丁繞樹三匝還沒回來，急得人滿頭大汗，還有人等著呢！我開始閒聊拖延，保證貨馬上補到……

終於看到馬丁緩緩停靠過來，我還七手八腳卸貨，那一頭太太小姐們已不顧老闆娘應有的權威，逕自開箱搶起水果來了，賣傘的阿婆第四次加入陣營，又拎走一袋，支持的熱情讓人眼角盈淚。我單人雙眼窮於應付，搞不清楚誰付了錢，誰還沒找錢，更甭提監視每個人拿走多少水果。

終於有空檔，阿婆過來聊天，說我運氣不錯，今天還沒碰上警察，問說碰上警察怎麼辦？「免驚啦！尹常在擺的攏講好了，若來叨輪流開，人家會相報，咱就緊走，警察嘛不會追的啦。」阿婆指著她自己的攤，得意地說：「這布包結一結，揹了就走！」我恍然大悟，原來攤販也有和鹿王本生故事相類似的情節。① 阿婆接著問：「啊梨仔自己種的喔？」

「是啊！」掩不住的得意……「喔，自己種的才通啊賣赫俗啦，我想講我就不識買過梨子赫好呷擱赫俗的，若自己種的加減嘛有賺啦！」看看阿婆腳邊的戰利品，一共四包。我心裡開始打起悶鼓，翻過厚紙板用直式除法來算……天啊！兩人翻山越嶺出來賣梨竟比出給行口的價錢低……哇這是咧……

馬丁為我出色的擺攤成績讚嘆不已，我心裡卻如打翻的醬醋桶，百味雜陳。

之三

有次中元節前上臺北送貨，想在節前多開發一些行銷管道，多帶許多，準備向臺北市

---

① 佛陀某一前生曾為鹿王，領導的鹿群常被獵戶突擊，群鹿惶恐警戒沒有一日安寧。鹿王於是和獵戶相約，每隔幾天由一隻成年雄鹿自動往固定地點受戮，使獵戶不再射殺幼鹿和育幼中的雌鹿，其他成員也可在還沒輪到自己的時候安閒度日。

的水果店打通路。於是跑遍街巷，向琳瑯滿目的水果商行自我推薦，不知是我不善推銷還是另有原因，這些水果商場居然都寧可到果菜市場去批貨，也不願和我這生產者直接交易，幾次被拒，才鼓起勇氣問為什麼？答案只是他們習慣固有的批貨方式——到果菜市場或行口批貨。這不具說服力的理由一直到現在還困擾著我。雖然不知真正原因為何，但我想問題不在價錢，因為他們一律態度冷漠，連價都沒有開，生意人一定有他們一套道理。沮喪之餘，又不甘心半車的水果老遠載下來又運回去，牙關一咬，還是去擺攤。

當天，住姊姊家，隔天就載著多帶的貨到附近市場，車一開到，就見市場外的攤販紛紛走避，警車緩慢過處，攤販猶如摩西舉杖劃開的紅海水，道路一時清空。看到這種場面，我當然不敢停車，繼續繞彎兜轉，半個小時後回到原地，見攤販們又將路面占滿，我也想

賣梨子的紙板招牌（李承青繪圖）

占一席之地，只是怎麼停都覺得太「霸道」，幾次停穩了車又不放心地開走，這一來又兜了好幾轉，眼看著市場人潮愈來愈擠，路邊也漸漸要被機車占滿，再猶豫就沒有機會了，心一橫，還是找個空隙停妥，拉開帆布篷就開張起來。

我將水梨按照不同品級擺開，寫上標價，三粒一百、四粒一百、五粒一百……不習慣一般商販的定價策略，遇上不還價的就多賺，碰上難纏的客人就「算汝卡俗」。

我想標著不二價，拒絕玩那套小把戲。除了直來直往的個性使然，也因為實在覺得這樣做太便宜貪小便宜的人，而對不起不還價的好客戶。明知這想法有點滑稽——誰知道我對誰不公平？又有哪個生意人不耍點小手段？可是我偏生著這鑽牛角尖的性格，心裡不願放一丁點疙瘩。

可是，誰知道，在這種市場上我的不還價原則是徹底自討苦吃。來傳統市場買菜的，有幾個不還價？也許純粹是一種習慣，從庸脂俗粉到富商名流，在這點習慣上沒有多大差異，試吃滿意，接著就裝作沒看到斗大的價目，指著最漂亮的一堆問：「這怎麼賣？」

「三粒一百！」

「不能算四粒嗎？」

我笑著解釋：「也有四粒一百的啊！這堆！」

接著更詳細地說明不同的貨品：「要便宜的還有這種有小瑕疵的，六粒一百，外表比較不好看，但吃起來都一樣！」

「不要啦！我就是要這種的，算四粒啦！」

有人撒嬌，有人耍賴，最後多半都是我妥協。有些人實在讓我看不順眼，我就寒著臉搖頭，有這種讓人看臉色的生意人？客人當然掉頭就走！更有人嘻皮笑臉地使卑劣手段，買五粒一百元，裝好後才說：「哎喲，這看起來這麼小，加一粒，加一粒……」然後自己動手補進一個。我一時傻眼，還沒來得及反應，一隻胖手又往一堆瑕疵品裡翻撿，「這醜的送我一個啦，喔！」邊動手，邊滿臉堆笑地問，表面上徵詢我的同意，其實一顆梨已經落入袋裡，丟下一張鈔票揚長而去，我瞪大眼睛望著她的背影，心裡喊著：「搶劫！」

可是，這還不算惡劣。

一位太太推著腳踏車走過來。我趕緊切出一片水梨請她試吃，「好吃再買。」女人啃完梨肉，也不管我放在一旁收果皮的紙箱，隨手把梨皮往地上扔。我正猶豫著要不要當著她的面去撿……

「擱有甜哦！」女人說著停穩腳踏車來看梨。

我殷勤招呼。「要大一點的還是小一點的？這上面都有價錢。」

「有整箱的嗎？」

「有啊！妳先看要哪一級的，我開給妳看，買整箱的可以算便宜一點。」

等她相完，選定。我翻出同樣品級的，開出一箱。水梨整齊地放在保麗龍盤上，又襯著舒果網，鮮美誘人，自己看了都很滿意。很禮貌地問：

「這箱好不好？」怕她懷疑底層品質較差，主動搬開上層，讓她確實過目。一向包裝水果就沒有底層面層的造作，這時也很自信。想是對貨色相當滿意，客人並沒有挑剔，接著就是談價錢，一箱一千元，對方還價七百。我完全沒有接受還價的準備，對峙一陣，對方看我態度堅持，開始要脅。

「妳這落梨仔別位嘛有，也不是一定要佇遮買，是有遇到，剛好。」

「別位的梨仔什麼款我毋知影，我的梨仔就是按呢賣。」

「算卡俗咧啦，共妳拿整箱，又不是幾粒。」

實在是周旋太久，沒力了。我讓步。

「九百，不能再低了。」

「七百五。」

「無妳換買卡俗的嘛。」

「莫啦！大粒的卡水啦，我拜拜要用的。」

「差太多了，不能賣。」

「哪有不能賣？生理人賺多賺少而已，減賺寡，我就佮妳拿。」

這句話打中我某條脆弱的神經了。

「歹勢，我毋是生理人，我做園仔的，這是我自己種的，阮賺的是辛苦錢，妳莫價錢講佮這請裁。」

「啊，知知哩啦，做生理攏嘛按呢講。」

我完全沒有意識到自己此時此地真的更像生意人而不是農人。只對自己的話被當成生意人的胡謅感到氣結，更忘了這只是一場討價還價的遊戲，一心急著想要辯白。不知哪來的靈感，我忽然伸出手去握對方的。這雙手，現在因務農而厚繭如革，我把手放到她手上，因為情緒激動，聲音有點發抖。

「妳摸摸看，這是不是農人的手？」

她把自己軟綿綿的手縮回去，嘻皮笑臉轉移話題。

「好啦！好啦！辛苦啦！是講人攏會使賣，妳就不使，妳這也毋是講蓋水……」

居然嫌起我的梨子來了。明知只是客人還價的手段，心還是滴血。女人卻愈說愈得意：

「人家東門市場比這還大，才賣多少……」

我終於拉下臉。

「那請妳去東門市場買。」一轉身去整理水果，不再理她。

她嘴裡咕噥著，推起腳踏車離開。我心裡思緒翻湧不能平靜。這人憑什麼可以折辱我，因為我要她的錢嗎？可是她不也要我的東西？我忽然對剛才摸到的那雙滑膩綿軟的手，生出一股噁心。

心緒尚未寧定，那人又騎著腳踏車回來。我打定主意不做這筆生意，對她視而不見，只顧彎腰整理地上的空紙箱。女人開口了：

「按呢啦，一箱八百啦，好毋？」

語氣脆硬，好像下了很大的決心來施惠。我怕自己潰決，沒有抬頭看她，只說：「不愛賣啦！」

女人口氣又轉軟。

「賣啦！賣啦！哪有做生理講不愛賣？」

「我甘願賣未了，送乎孤兒院，人家還歡歡喜喜，說聲謝謝！」

「哎喲，哪會按呢講？加減賣卡俗嘛是有錢，俗俗啊賣我，妳就不愛，什麼講要送人呷免錢？」

看來，這人是打死也不會了解什麼叫「切心」（寒心、灰心）！我覺得喉嚨裡有什麼東西卡住了，不能說話。

女人繼續叨叨唸：「人家東門才賣多少……我是明天要拜拜，看妳梨仔擱有甜，順道跟妳拿，八百啦，喔？」

我心想著：「她拜的神佛會不會看到她對我的欺凌？」卻還是說不出話來。

看我一直沒出聲，女人以為我同意了，動手就把一箱梨子放上腳踏車。掏出錢來放在水果堆上，推了腳踏車走了。

我看在眼裡，卻無法採取任何行動，沒有回答也沒有阻止，連那幾張鈔票都好一陣子不知道要不要去收起來。

當她走遠，我想到連賣不賣的權利都不被尊重，看著自己的手，眼淚掉下來，氣自己為什麼要向這種人辯白？她要買，我要賣，簡單的交易，何必掏心掏肺……啊……又有人來看梨了，偷偷用手背抹去眼淚，準備迎接下一場討價還價。

◎回顧：

如何爭取一般的消費資源，將之轉換為土地的助力，一直是我最大的挑戰。

人的消費行為，最終的對象都是環境，人在消費戰場上愈是贏家，我們的環境就愈是節節敗退。多希望能在這場消費戰爭中為土地把守陣線。帶著我的土地衝鋒陷陣，每一筆必須賤價拋售或遭受欺騙的交易都是一座失陷的城池，而我不願遵守某些商業行為中的遊戲規則也讓我不時心受重創。

每當從狼藉的戰場上退下來舔血裹傷，土地卻總迎我以無盡的寬容和全然的信賴，貼近它的胸膛就聽到沉渾澎湃的生命脈動，奇蹟似地平復一次又一次的創傷。

做生意，一直是我的致命弱點，我似乎也在這裡看到自己的極限，擴大經營的野心逐步消退，願意守著這七分多地慢慢走向自給自足，保全自己在這片土地上的踏實和愉悅，或許比贏得商場戰爭更加重要。

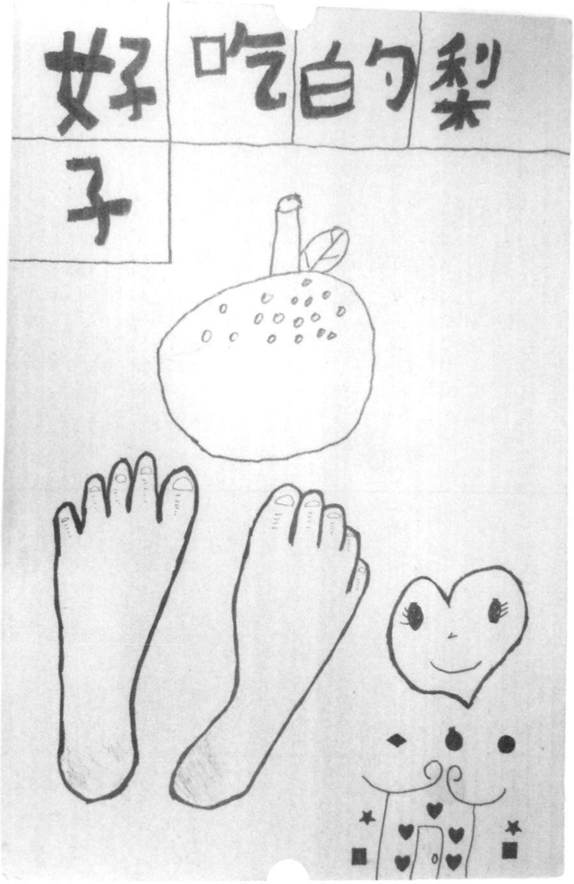

賣梨子，自給自足的踏實（李承璞繪圖）

12 靠天吃飯

之一

只要是中國人，都知道「靠天吃飯」指的是什麼行業。原也以為自己懂得，直到自己成為農人，才知道以前真的懂得太膚淺、太無關痛癢、太漫不經心，也太人云亦云。

果樹一年一熟，剪枝、施肥、授粉、疏果、套袋、除草、防病防蟲……消磨多少時間和體力，而臨到收成的季節，天災偏多，不甘一年心血盡付流水，就得咬緊牙關，風裡來雨裡去地和老天爺搶飯吃。

接手果園的第一次收成就遭逢潑辣的「碧莉絲」，那時豐水梨已屆成熟，剛開始採收，一年辛勤正要嘗到收穫，就面臨颱風的威脅。聽說颱風要登陸，說好上山工作的工讀生要延後出發，而趁假日上來幫忙的一個朋友也趕在颱風前一天下山，留我孤軍奮鬥。

在以前，我會等待停班停課的通告，然後關好門窗待在屋裡，唯一的參與是瀏覽一下媒體上的災情報導，無奈地關懷一下受災的人們，還會偷偷興奮地欣賞窗外的風雨飄搖。這時乍然以一個山居農人的身分面對颱風的考驗，連懷疑自己的餘地都沒有，就要一肩承擔所有的決斷。

那時我的家當只一頂帳篷，幾件炊具，幾本破書，幾把農具。帳篷可以放倒支柱，連同被窩衣服攤在原地，加件帆布，搬些重石壓妥，人落跑了就行。可是，面對著整年的心血都在樹上，該怎麼辦？

第一年，在人力和設備上的投資都很保守，從沒請過工人，一時不知從何找起？要搶收時需要大量採果籃，也是事先不曾想到的。包裝寮是用幾根竹竿臨時拼湊起來的棚架，拉幾張帆布遮遮尋常風雨，沒有應付颱風的能力。知道颱風要來，剛開始只是自己趕採，帶著一絲僥倖一絲惶懼，收得多少算多少。直到傍晚，力已竭而收穫不到兩成，又意識到不能聽天由命，總該盡點人事，這才決定積極找人，隔天大舉搶收。打算採下的水果，先借地堆放，風災過後再安排包裝運銷。聽說颱風隔天下午才會登陸，應該還有半日緩衝。於是強打精神，拖著疲憊的身軀出去張羅人手。

那天中午我為移開一個可能威脅搬運車安全的水泥塊而跌倒，一顆尖石刺進下頦，雖不嚴重但傷口頗深，一時鮮血如注染了一身。因為工作躁急，裹傷之後也顧不得更換衣服，渾忘了滿身血汙會嚇到前去商量借調的朋友。也許這椿意外，無意間為我爭取了同情票，老愛叫我「鐵娘子」的阿龍和他的工人答應借調七、八位好手，小馬家的品種還要月餘才採，也願出借全數的籮筐。我便連夜將籮筐運回果園，布置停當已過九點。

頭一年的營帳生活沒有電燈，當晚點著油燈收拾炊具和家當，書籍細軟全堆進帳篷。忙到半夜，雨開始稀稀落落地下，弟妹阿倫幾次來電邀我去他家避難，弟弟的果園只在數百公尺之外，但我決意仍睡帳篷，為的是翌日可以破曉搶收。

以為風雨午後才開始，以為七、八個俐落工人全力掃蕩，就算不能採完也能保住七八成，誰知稍一猶豫，這一切布局都成徒勞。那晚睡得很不安穩，肢體疲憊沉重，雙耳卻敏銳地牽繫著帳外的風吹草動，雨聲加大一分貝都令人不安。破曉前才矇矇睡去，就被夾風夾雨的騷動聲驚醒，好不容易熬到天亮，雨勢已大到讓人猶豫的地步，起身看帳外的風雨勢頭心中茫然——到底能不能採？

忍不住打電話給小馬。電話那頭的聲音像是被我驚醒的，滿懷抱歉，只是六神無主的我需要有人幫我出個主意，隨便什麼建議都好！他們是老梨山，是我初來時的參謀總長。小馬夫婦說這種天氣還是別採了，連著紙袋溼淋淋的，也不知道要堆幾天，品質會不好。這樣的風雨，工人也不大願意上工。我想陡坡工作原本就辛苦，雨天溼滑還要負重搬運更加不堪。而我一時也借不到那麼大的場地堆放採卜來的梨……罷了，天意如此，非戰之罪！

我穿起雨衣，放倒帳篷，蓋上帆布，壓好石頭，到弟弟家避難去，其餘都交給老天。

近午，宜蘭支線已傳泥石流阻斷交通，山上雨勢也愈來愈大，風一陣陣地加強威力。入夜已告停電，黑暗中狂風的呼號扣人心弦。弟弟的工寮只是小小的鐵皮浪板屋，三個通鋪小房間，當夜擠滿了上山來玩的朋友。人多時的笑鬧沖散不少緊張氣氛。夜深人靜之後，只餘肆虐的狂風暴雨盡情地撒潑，才顯出聲勢懾人。暴雨乘著風勢擊打著薄薄的浪板牆，彷彿下的不是雨，而是一粒粒的小石子，浪板像隨時會被打穿。強風中還不時捲起一陣陣特別勁急的暴風，掀得鐵皮鏘啷作響，小小工寮頻頻為之震動。

夢鄉都不沉穩，時時刻刻擔心屋頂有被掀走的可能。小時候颱風夜看著屋瓦成排如骨牌似的被風掀走，露出慘澹的天光；屋頂缺處，潑下冰涼的雨水，捲進颼颼的冷風……景象歷歷，交錯重映在朦朧的意識間。我拉緊棉被，慶幸還能苟安的一分一秒，哪還顧得園裡梨子如何？

隔天早上風雨漸歇，趕忙穿上雨衣回果園巡視，一路上景象已夠淒慘，滿路倒木、斷枝，滾滾濁流漫開一地垃圾。凡是果園的，地面都鋪滿落果，連著紙袋、斷枝零落一地。先經過鄰居家，見到腰桿般粗的樹幹也折斷，心中一凜，不知自己園裡情況如何？鄰人正迎面走來，臉色凝重，說在這裡十幾年了，從沒遇過這樣的。看他搖著頭，語氣哽咽不願多談，我也不忍相問，先巡自己的園。

大致走過一遭，落在地上的果子，比起別人算是少了。只是我這年的結果量原本就稀

颱風中的果園（馬丁繪圖）

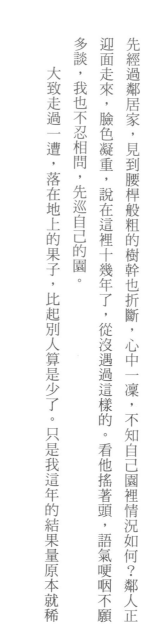

疏，這下更是所剩無幾。一間臨時的包裝寮全毀，帆布被拉扯得稀爛。包裝盒、疏果網、厚紙板四下飛散，前一天才進貨的紙箱全數泡湯，面對著浩劫後的廢墟，茫然不知從何整頓起？

先去撿梨子。梨子已屆成熟，原本就容易掉，有紙袋支撐雖保住了一部分，但果型較大的，因為重量的關係，大多不保。此時果實鮮脆、含水量多，一旦落地都會摔傷摔破。而著果多的枝條負荷也大，常常整枝折斷，令人痛心。我摸摸還在樹上的一袋袋果實，也有半數已掉落，只是果粒略小，仍靠紙袋掛在枝上。這些都必須立即處理，一時只覺千頭萬緒，方寸大亂。而明知落地的果實必然無一倖免，依然忍不住彎腰屈膝一顆顆去撿，拆開紙袋一粒粒去看，希望能有幾個好的。拆滿了一籃又一籃如碗般的大梨，卻哪有一粒完整？

我望著天，開始了解父母親想盡辦法一步步離開山野，往平原謀生的心情。

之二

第一年有兩次棄營走避的紀錄。第二年著手蓋竹屋，進度非比尋常的緩慢，颱風也就成了工程進度最有效的令箭。這一年總算有個漏雨的廚房可用，一間透風但不致進水的房間可以棲避，不必再為颱風棄營逃難，但是生計方面還是吃足了苦頭。

「桃芝」來襲的前兩天，剛接到幾批水蜜桃的訂單，約好三十日交貨，二十九日清晨開始採收。弟弟、弟妹也來幫忙。原定深夜出發，隔日清早到臺北，夜間開車可以避免嬌貴的水蜜桃悶在高溫的車裡。聽說有颱風接近，就怕颱風過後山路阻斷無法運送。水蜜桃一熟，在樹上留不得，採下來也留不得。其他的水果可以在冷藏庫擱幾天，水蜜桃非得緊採現賣，一旦運不出去，只能看著它爛或削了做酒。我們一面趕緊包裝，一面關心著颱風的動向，貨物打點妥當已近黃昏，天邊雲霞染著不祥的紅光。我一邊胡亂嚼著晚餐，一邊匆促為只蓋一半的竹屋做最簡單的防颱措施。房子北面地勢比屋內稍高，要挖排水溝，所有「門窗」都是空洞，無遮無攔。我東拼西湊一堆舊木料和浪板，將這些空洞草草釘上。一時悔恨小小一間房子幹麼留這許多門窗？

七點多天色全黑，開始斷斷續續地飄雨，弟弟打電話來報告颱風最新動態，說要提前登陸，原訂出發的半夜將是風勢最大的時候。我嚼著一口餅乾還沒嚥下，屋子還來不及打理妥當呢，真是相煎太急！掛了電話，斟酌可能的方案：颱風掃蕩也許幾小時就過去，但交通阻斷就說不準何時能搶通？想像百餘盒水蜜桃要爛在山上……我決定提早出發。

只要到了平地，即使到宜蘭也好，平地的路線多元，搶修的時效也快，頂多延遲一天交貨。於是急急聯絡一位住宜蘭的親戚，告訴他我有可能深夜去叩門。八點多，頂著風雨上路，隨著風勢增強，路上人車愈形稀少，強風不時捲起漫天樹葉，間雜幾根斷枝。車過思源埡口，蘭陽溪谷豁然開朗，失去山脈的屏蔽，風勢更加凌厲。雨，則一陣陣的瓢潑，哪裡還有上下山的車輛？黑暗無邊，留我孤子闖蕩。

我強自鎮定，告訴自己，頂多一個半小時就到宜蘭，情況不妙可去住親戚家。到了南山高麗菜區，終於看到兩部大貨車，看來是搶運高麗菜下山，也許可以同路到臺北也說不定。他們在風雨中飆得飛快，雖然明知安全繫在自己操控的方向盤上，若要出事旁人無可奈何。但此時有股恐懼驅策，緊緊跟著他們不願落單。車沿溪谷而下，風順溪谷而上，被山谷地形約束的強風，狂亂勁急，區區兩噸的帆布小貨車在風中頻頻震顫。我感覺到車身飄動，彷彿隨時有被吹落溪谷的可能，提心在口，不知這迢遙曲折的山路何時走完？

原以為前方的貨車因為「穩重」而無懼於強風，誰知他們一到松蘿就停進加油站，這個加油站六點鐘就停止營業，此時燈火全暗，他們顯然不是要加油，而是要在這避風歇腳了。我的精神夥伴同行到此為止，我的決心也跟著潰堤。也好，就去拜訪多年不見的親戚吧！

堂哥見了面，第一句話就問：「哪會這落天擱佇走貨？」我笑笑：「沒法度啦，桃仔熟啊，𣍐放哩！」

堂哥家在公寓樓上，櫛比鱗次的水泥樓房緊緊捱靠著。窗子打開不是別人家的窗，就是冷冷一堵水泥牆。但這環境此時竟給人一種溫暖的安全感，「相濡以沫」就是這樣的吧？

夜間十一點多了電視還開著，夜線新聞播報著災情：一輛雙層巴士在強風中翻覆，多人受傷……我回想來時景況，暗呼僥倖。竟日的勞累和歷劫的心情一時得到鬆懈。有點虛脫，在光潔明淨的浴室裡，沖了熱水澡，頓覺幸福洋溢，倒頭一覺到天明。隔天得知臺北市停班停課，貨也不必急著送了，安心等到中午暴風圈遠離。

一早上新聞不斷放送著各地的災情，其中一則報導，南部一戶農家冒著風雨搶收種在溪床上的小黃瓜，被洪水圍困險象環生，我盯著螢幕上滔滔濁流中幾個無助的小點，眼眶模糊了起來。以前，我會懷疑為那一點收成冒著生命危險，值得嗎？下一季再種就好了嘛。可是回顧昨晚的驚險，這為錢賭性命的行徑，做夢都沒想到有一天也會輪到自己頭上。

河洲上那一家子所不捨的，也許不是金錢的多寡，而是那一季收成多少血汗，老天爺怎麼可以這樣予取予奪？我不知道在別人眼裡這樣出生入死所為何來？只知自己再也無法用任何價值標準去評斷類似事件值不值得了！

桃子順利送出去了，山上還有許多工作需要打點。不料，回程又在四季附近遇上坍方。當時已近午夜，落石還在滾動，不敢貿然開過，將車退到安全的路段，就在車上打盹。隔天起來，後面排了二十多輛汽車，而我首當其衝。這一折騰，又到傍晚才通車，回到山上又已天黑。

眼看著只差二十分鐘車程就到家，偏偏心急大意，幾乎一頭撞上正在傾洩的泥石流裡。這是一個沿山勢外凸的彎道，彎道外側的路面較高，原想在對面無車的情況下「截彎取直」，一時沒看清路面的積水深度，往低窪的內側駛去，知道情勢不妙時車已熄火，轉眼一看左側山壁，不由倒吸一口冷氣。這不只是一灘積水，山壁上正緩緩推下一堆夾著石頭、樹枝的泥漿。這堆錐形物正緩慢而邪惡地向我車身逼來，黑暗中看不清泥流的來源有多高，但這時錐腳已推到路面四分之一。

我想起那年在川西木里過泥石流的景象，那時和一批馱貨的馬幫同行，馬幫漢子慣在險山惡水裡討生活，山崩路阻向來面不改色，獨獨遇上泥石流時，個個如臨大敵。泥石流看似緩慢無事，有些表面看來還像乾土石，其中卻蘊藏著無比強大的摧毀能力，最恐怖的是算不準它何時會突然傾洩而下。見他們搶護著馬貨，跋涉在泥石堆上呼人喝馬，受驚的馬匹嘶鳴騰躍，卻愈陷愈深。漢子們卸貨拉馬，汗流氣喘，被泥流帶下去的馬匹折脛哀鳴，三、四個壯漢折騰了個把小時才周全所有的貨物牲口，脫險之後久久驚魂未定！他們說：

別看這東西表面安靜，溺人陷馬從來不吐骨頭。

這時我身在文明世界，往日驚險記憶交錯浮現。不知道這泥石流規模會有多大，急急轉動鑰匙發車，想盡速逃離現場，只是火星塞溼了，一時哪裡發得動。由於對車的構造不甚了解，不明問題就裡只有著急。我下車察看，還好小貨車底盤稍高，見泥水還沒淹過底盤，就先放了心，暫時熄滅大燈以免浪費電瓶，靜靜等待過路車救援。

坐在車裡，眼睛忍不住直瞪向那泥堆，但見情況不妙就要棄車而逃，車外的積水還慢慢在升高，時間一分一秒都像一個世紀。好不容易對面來了大貨車，我的車拋錨在路中央，正好這裡路面較寬，兩邊都還錯得過車，而我怕來車一時不察，按正常開法從我左側開過會陷入泥沼，急急開了手電筒下車猛打手勢，讓來車從我右側過，沒想到這滿車疊著菜籠的大傢伙呼嘯而過，無視於我拋錨的窘境。不久又是一輛，看來是同行，我照樣下車指揮，對方也照樣揚長而去，喇叭都不按一個。我生氣了。第三輛又是貨車，我索性只開警示燈，讓他看著辦好了。沒想到這些運匠都是老江湖，不用指示也知道走外側。我落回黑暗中，無奈地撥行動電話向老弟求救，他和小馬立刻備好纜繩，雙雙來援。焦急等待中再試發車，大概火星塞乾了，竟然順利發動。總算有驚無險，見到迎面而來的老弟和小馬，心中百感交集。

同一年，颱風警報一個接著一個，鑑於去年的教訓，梨子成熟前就提早在宜蘭租下冰庫，未雨綢繆。梨子一熟趕緊放手大採，請來幾位工讀生幫忙，竹屋還沒蓋好，借弟弟的工寮安頓食宿和包裝工作。這年開花時我勤奮授粉，產量大增，採收期老弟幾乎放著自己果園的工作全力幫我，弟妹阿倫關照工讀生溫和體貼，更是緩和我這魔鬼老闆娘在工作場上給他們的壓力。幾位工讀生勤奮賣力，緊鑼密鼓，一週內就結束採收。除了現有的訂單立即配送外，其餘送入冰庫再慢慢銷售。

颱風果然來了，「納莉」在中秋前來勢洶洶，斬斷梨山所有對外交通命脈：花蓮方向新白楊以上多處坍方嚴重，臺中方向中橫西線自「九二一」以來就不曾通車，替代的兩條路線，一經大禹嶺、合歡山到霧社；一為力行產業道路，自福壽山農場經紅香、瑞岩，由霧社出埔里。

力行產業道路在華崗一帶原本路況就差，此時更不堪行，而合歡山也已斷絕，修修搶搶勉強通車，卻是崎嶇險阻事故頻傳，這年才在梨山地區展開業務的宅急便就出師不利地慘遭翻車。宜蘭支線這年更是柔腸寸斷，癱瘓半月有餘。納莉來時我暗自慶幸，大部分梨子都已運到平地，趕在第一波土石流搶通的空檔，再送一批水梨下山，山上存貨就不多了。當時四季、留茂安一帶的坍方規模已經不小，暫時搶通，只維持一日通車，隔天又是豪雨不斷，終於水漫山倒，四季到松蘿之間災情慘不忍睹，我也歸去無路，還留在山上的部分水果，交付弟弟代為處理。

我在山下奔走於臺北—宜蘭之間，趕在中秋節前出清存貨。中秋節前正是訂單最熱絡的時候，偏偏天不作美，颱風一個緊接一個，風雨威脅旬日不去，這時北宜公路也告封閉，唯有繞行濱海線。海岸的風勢平時就不文弱，颱風天裡更是暴悍，我的帆布小貨車兩個月前被人砸碎車窗，當時沒時間下山去修，裁塊木板權且遮擋，但開車時就不能全關，在這出貨的緊要關頭更沒時間進修車廠，只好開著一輛沒有窗玻璃的車，颱風天裡來回奔馳。濱海公路上狂浪翻湧，掀起的浪花夾著風雨打在臉上，麻麻鹹鹹的，我忽然有種亡命江湖的心情。

最後冰存策略仍告失敗，豐水梨不耐貯存，超過兩週再銷售的都有過熟現象，風味已差，不得不忍痛低價拋售給行口，果型較小的等級不敷運送成本，全數捐贈育幼院、養老院，草草收兵。

就這樣兩年不同的做法，蒙受不同的損失，在天災的壓力下，應對的策略還有待琢磨。而這一年果菜價格狂飆，卻怎麼也沒聽說行口回報的價錢有絲毫的攀升。

之三（上）

天作威福，非澇即旱。連續兩年風災水患，討山人備嘗艱辛，第三年卻來個久旱不雨，德基水庫水線降到谷底，佳陽以上河段，乾涸龜裂的河床大片出露，農人日復一日翹首望天，卻只有千篇一律的晴天烈日。農曆年後，該是雨水的節氣，只有兩場潤土不溼的短暫春雨；該是憂愁行人的清明時節，也少了紛紛綿綿的雨勢，盼過四月、盼向五月，最是霪雨霏霏的黃梅季候，也焦涸空過，成了乾梅。

梨農眼看賴以灌溉的水源紛告枯竭，草木奄奄一息，只有放下工作，四處覓水灌溉。討山人做下一片地，首要之事就是架設給水系統，一旦覓到穩定的水源，拉好管線，依照此間不成文規定，就據有該處水源的擁有權，平時大家也遵守這個默契。然而這年龍王實在鬧彆扭，集水區缺雨已超過半年，連梨山中心的自來水輸送區都面臨分區給水的困境。時至五月，已有不少人爭水反目。小馬家的灌溉水總是灌著灌著就停了，巡向水源，接頭已被拔去，換上別人家的，小馬禮尚往來，也出手一換，回家再灌，沒多久又告停擺。如是者一天奔走數次，最後只得派一個人到源頭守著。對手也不是省油的燈，回敬得更徹底——小馬幾公里長的水管，被從中打斷五、六截……

我的水源原本就不算充沛穩定，這時當然也不能倖免，涓滴細流早就只夠生活日用，談不上灌溉，別人老早千方百計連排水溝的水都截引灌園，我還只能束手無策等待降雨，靠著平時養得茂密的草皮，比別人撐持得久些，直到蓄入儲水塔的涓滴細流滴完最後一滴，我才開始奔走求水。

屋子後方不遠處有一口水土保持局鑿下的深水井，井深二十五米，由於附近地區位於地層滑動帶，深水井的目的是蓄積地下水將之排走，減低地下水營力造成的地層滑動。環顧四周，這口井是我最近的資源，我打了這口井的主意，開始下井探勘。深水井鑿穿的不透水層在地下十公尺左右，水量穩定，但井底的蓄水不深，原因是井底共埋設三支四寸排水管，隨時將水排走，排向何處則不得而知。第一支排水管離底四十五公分，第二支一米高，第三支約一．二米，這時的進水量由第一支管排放綽綽有餘，因此水深只維持在四十五公分左右。

勘察了井的狀況，接著下山備辦材料：沉水馬達、水管、電線。安放沉水馬達和架設管線借重老弟的專業，很快水到渠成，聽第一道水放進蓄水塔的聲音，實在令人雀躍！之後我將家用水塔和果園灌溉系統之間的分支開關做好，就可以為奄奄一息的果樹澆水了。

馬丁在一年多前曾分享我在安放蓄水塔，第一次引水入塔時的興奮時刻，那時果園中最初的水源在一次颱風之後宣告枯竭，我過了半年必須提桶汲水的日子。竹屋啟建之後另覓新水源，賣力工作兩天才聽到第一滴流入水塔的水聲，當時兩人相擁歡呼，像中了頭彩。

這次馬丁又碰巧參與了旱荒事件。汲井成功，我繼續果園疏果工作，將每日灌溉的工作交

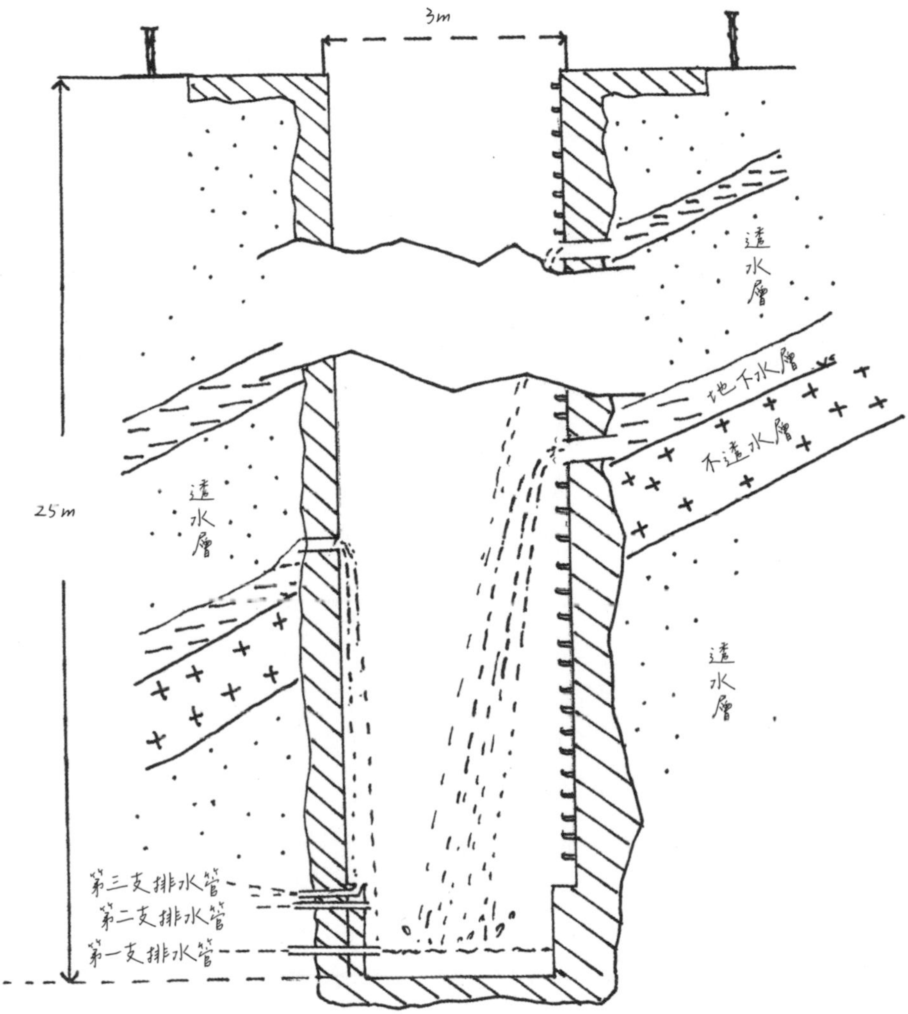

深水井示意圖

給他，瑞士人的謹慎性格，在此表露無遺，在這件工作上，他的負責與稱職讓我欽佩。

首先是集水井進水量與馬達抽水量之間的差距有待評估，因為無水空轉會導致馬達損壞，而馬達的抽水速度顯然快於集水速度。我想試抽一次，然後大略估算即可，馬丁卻堅持實事求是，不厭其煩地上下二十五米高的深井，每次拿丈量棒（其實只是一支長竹竿）反覆探測，直到確定每次抽水時間不會超過安全臨界，而又可以將井水抽到最大限度，一有疑慮，又立即下井求證。幸虧這樣的仔細，後來幾天井裡的進水量並不如預想中的穩定，抽水灌溉的時間自然也需適時調整。

第一天抽水灌溉，每蓄兩小時，水量可達第一支排水管，抽灌四十分即告罄。沒有定時裝置，馬丁必須頻頻計時，控制開關，臨睡前做最後一次澆灌，然後直到天亮，整夜的水都任其排走，在需水孔急的時候實覺浪費。第二天重勘排水管位置，決定將第一、二支水管堵塞，使蓄水位增高，這一來，一夜蓄水可在隔天清晨抽灌一．五小時，一天可抽三次，兩天即可將全園澆灌一遍。而這樣的旱天，輕輕灑過一遍是不夠的，第三天回頭再澆一次，但這時進水量卻大量減少，蓄到最高水位要十二小時左右，這一來三、四天才澆遍全園。更糟糕的，是鄰人來抗議了——阿牛兄要求取走堵住排水管的蓋頭。

原來這座集水井兩年前才興建，阿牛早在水井施工時就到排水管的出口埋管引水作為家用，自我開始抽井水甚至堵住排水管，他家已斷水數日，深夜我停止抽水，水位蓄滿後，他們才有水用。

阿牛夫婦二十餘年的老梨山了，罕見的樸實溫厚，阿牛兄夜裡打著手電筒上門來參詳，我先是吃驚，接著是抱歉和不安。以這時的進水量，即使全數抽灌，對偌大的果園都還只是杯水車薪，若再遷就阿牛家的用水，就更加捉襟見肘了，而他取用深水井排放的水在先，我卻是直接抽用井水的第一人，「不成文法」默許的使用權究竟歸誰？這件事該怎麼「ㄑㄧㄠˊ」（臺語，意為協調）呢？

先委婉了解阿牛家的用水情況，還好他並不仰賴這口井水灌溉，只做家用，卻難在他沒做蓄水塔，用水都是隨開隨流，要保持隨時有水用，除非我不抽水，任水時時從排水口排走。我「後來居上」，要他們遷就我的抽水而去安置水塔，自覺有點霸道，始終不敢啟齒。但要在這時候眼巴巴放著井水流走，又心有未甘，只有詳細說明我抽水的方式和困難——即使取走排水口的蓋頭，也只有讓我的抽水次數更加頻繁，而從我抽水到蓄滿水位這段時間，他仍然無水可用，白天能供水的時間只有每次水位剛滿而我尚未抽水前的幾分鐘，而且要分割成許多時段，他們也不見得能在要用的時候就有。

阿牛兄的讓步是只要在傍晚收工到臨睡前可以盥洗就好。我們要在白天盡情灌溉之後，傍晚前下井去將排水管蓋頭拔開。若要將深夜到翌晨的水再收集起來，就要在半夜再下一次井去塞住排水口，這差事實在不好玩……

最後還是阿牛兄聰明，建議我們在堵住排水口的蓋頭上開個小孔，讓水能少量但持續地流走，一個可能引發紛爭的問題總算圓滿解決。我們把孔開在第一支排水管上，這樣可以供水的時間就很長，我們慶幸有這樣可以相互體諒、商量的好鄰居。

這樣的灌溉雖救急於一時，大家仍眼巴巴望天降雨。

之三（下）

這一年旱象持續到五月下旬，接著一路風調雨順，八月，我的豐水梨在平順的天候下順利採收，其他梨農也都欣傳盛產，然而，這卻並非好事。

先是這年WTO效應開始出現，水果多樣而廉價。繼而平地高接梨也告豐收，價格一敗塗地。平地氣候溫暖，高接梨五月起即行採收，高海拔地區的溫帶梨卻到八月才開始上市。高接梨往年總有冷藏庫存持續供應到八月以後，和當令的高山溫帶梨重疊競爭，這年囤貨特多，更使溫帶梨在WTO與高接梨的雙重夾擊之下，行情崩潰慘不忍睹。

眼看情勢不妙，只有撙節工本，速戰速決。梨子屆熟，就以出「包仔」①的方式低價傾銷，減少工資和包裝、運輸等花費。只是賣完豐水梨時，收入竟不足以支付果園租金，遑論其他開支。

九月份的福壽梨隨之成為一年盈虧的關鍵，我不敢再魯莽行事，一面積極爭取直銷客戶，一面漸次採收，平穩出貨。福壽梨又稱蜜梨，較耐存放，採收時間彈性也大，可以用整個月時間慢採慢賣，我一人工作尚有餘裕，眼看著就可以順利挺過，卻又傳來颱風警報，這次非同小可，預報颱風即將攔腰橫截臺灣中部，梨山正在颱風眼必經之地，山中人心惶惶奔相走告，一片搶收聲中哪裡去調人手？我又陷入孤軍無援的窘境。

其實這次颱風移動緩慢，足有兩天時間預做準備，以我所餘的數量，要獨力採完也應不成問題，只是每天手上都有一批訂單，畏懼風災過後山崩路阻無法出貨，屆時山上私人冰庫也必爆滿，於是將未來幾天的訂單都邀集在颱風登陸前提前寄出，客戶也都體諒接受。

但如此一來，包裝出貨的工作更加繁重，採收工作無法全力進行，一時左支右絀。

得知警報的第一天，從清早開始採果，近午分裝，下午倉皇急迫地趕在宅配車輛下山之前將貨送到站所，出完貨不敢喘息，又去搶收，直到夜幕低垂仍滴水未進。天黑下來了，也顧不得吃晚餐，才蓋好一半的包裝寮堆滿包裝材料，需要收拾遮蓋、捆綁加固的地方太多，繼續漏夜打點，唯恐風雨提前來襲。遠在地球另一端的馬丁也在網路上得知訊息，急切來電問候，我笑說有萬全準備要他放心，心中卻是勝算無多，包裝寮的補強工作就忙到半夜。

次日黎明陰霾重重，前一天的疲憊尚未恢復，又投入緊迫的採果、包裝、出貨，警報沒有鬆懈，隔天就要進入暴風範圍，而我待採的碩果還有許多，碧利絲的慘痛教訓，教我事前只能盡人事，不能聽天命，我驅策自己務必在最後關頭堅持到底。六點半天已全黑，我仍手提採果籃，移動三腳梯攀行在斜坡果樹間，到夜裡九點完成八成的採收，黑暗中只憑形影分辨枝椏和果實，而靠紙袋的質感辨別品種——雪梨成熟還在兩個月後，這時採下只有報廢，而我在黑暗中摸索，竟無一失手。筋疲力竭才告收工，欣慰自己對這片果園的熟悉程度已到夜行無阻的地步。

奔忙到第三天已經心力交瘁，兩天來披頭散髮寢食難安，颱風登陸的那天卻只是尋常

①包仔，即水果商直接包買整園收成，不必分級或粗分二、三級，也不需包裝等手續，採下的梨連同套袋一起過磅運走，價格十分低廉。

陣雨，陽光還偶爾露臉，一番緊鑼密鼓的搶收全是虛驚！轉頭面對著堆積如山的存貨，一時不知哪裡去找出許多訂單，又得出給行口。劫難才平，又陷入另一種焦急，哭笑不得。

◎回顧：

生平不曾真正受過饑寒的威脅，這些經歷都只是淺嘗靠天吃飯的盃緣，而我也在這幾年的磨練中看到自己由懦弱無能的都市嬌女學會向天討食的應變和擔當。

討山的第四年，杜鵑颱風掀走我包裝寮和藥肥棚的屋頂，風停之後又接著兩天豪雨，猶記第一年碧利絲走後，我看著滿目瘡痍的包裝寮，忍不住當場落淚，這回我卻振奮昂揚，穿起雨衣雨鞋就挺進雨中張羅材料和人手，從老弟那裡帶回兩位工讀生，一天之內修復屋頂，隔天立即恢復採收，不再束手無策。

靠天吃飯，誠大不易，靠天鍾鍊，真實不虛。

13官司記

在一個揖讓進退、彬彬有禮的文儒世界，討生活的方式也被頤養得十分溫雅。至少在過往的記憶裡就不曾為了分毫金錢與人惡言相向，總是從事工作就得到報酬，想得到東西就付出代價，彷彿那循規蹈矩的模式天經地義。

說起農人這個最無爭的行業，不知撩撥過多少人的夢境，我卻在踏入這個行業之後才開始我的人生歷練，經歷種種爾虞我詐、爭奪算計，也為維護自己的蠅頭小利，不時張牙舞爪。

菜鳥的尷尬

果園一租下來，就喜孜孜地埋頭耕耘，心無旁騖地隨著果實的成長追趕工作進度。以為詩賦歌詠的豐收是身為農人的無上喜悅，怎麼也沒想到，乍見果實成熟待採，竟是無以名狀的倉皇憂急，因為不知道怎麼賣水果、賣給誰？而農產品不比其他商品可以久存。

硬著頭皮向三五故舊推銷，數量畢竟有限，一片七分多地的果園收成可觀，需有迅速大量的銷售管道。知道大部分果農都把水果寄到「行口」，一般水果商會到行口批貨，行口依賣出的價錢回報給果農，然後從中抽取一成行仲，再扣除托運費，其餘就是果農應得的款項。也聽說行口的誠信度與銷售能力良莠不齊，常有人吃虧上當。開始以為滿山都是梨農，只要多打聽，還怕沒有人介紹好行口？都是辛苦的討山人，怎會不肯相挺？

以為平日哈啦牽扯，稱朋道友的左鄰右舍們，到時多少會透露一點。誰知這些平時狀至親暱的人，一到利害關頭就一個個言語支吾。其實，要細參其中原委也不難明白，只是我當時確實菜得可以。在參不透其中奧義時，總是逢人就問：

「你們的貨都出哪家行口？」

「外面行口很多，隨便都可以啦！」

最後話鋒一轉，聊遍東南西北，就是不願透露一家字號、給個電話號碼，更甭說出面介紹。菜鳥的尷尬有口難言，想到貨運行南北走貨，總該知道不少吧，誰知道還是碰了軟釘子。

「你們常在送貨，有沒有好一點的行口，介紹我幾家？」

「外面行口很多，可是不要隨便出哦，有些沒人介紹的，價錢就隨便報，有些還要不到錢，有人介紹比較妥當啦！」……真是多謝了。

「你們總該知道哪些行口信譽比較好吧？」

「這……這很難講咧！問你們附近的人嘛，他們一定知道！」唉！

農會呢？一直以為他們是農民的保母，叩問半天，辦事員只知道賣肥料，對產銷輔導一問三不知。誰知呢？產銷班吧?!既名為「產銷班」，一定管銷售。

早聽說農會輔導許多產銷班，技術輔導之外還有補助，這是政府對農民的德政，怎能不好好利用呢？加入產銷班應是我走上農業坦途第一件該做的事！

以為加入產銷班，向農會申請就可以，令人驚奇的是，農會說他們無權受理！那誰有權呢？產銷班的成員！

如果既有的班員不同意，就得自組成員開立新班。心想，這也不難。雖是新手，自詡勤奮向上，學習能力也不差，要入班應該會受到大家的歡迎才對！打聽到附近一個產銷班的電話，問出人家的集會時間，就去毛遂自薦。人家問起加入的動機，也據實以告：

「因為新來，樣樣都需要學習，尤其希望在產銷方面獲得協助。」

得到的回答意外地開門見山：

「銷售產品，最好自己想辦法。」

連農會既有的共同運銷合作系統也沒有人透露。

到了第三年，老弟終於加入一個新成立的產銷班，這才知道有這樣的組織。這也罷，班裡不開銷售管道，至少還提供一些技術講習。和大家相處久了，總也有切磋的機會，還是打定主意爭取入班。

不料，既成的班常有種種的因素不願再納新人，這個班的門檻則是規定班員必須是農會會員，這項規定在一般自耕農而言可能不難，我卻因為只有一紙二手的租賃契約而膠著在奔走種種文件的關卡之中。

首先，為了加入農會，我必須入籍本鄉。為了遷籍我先走了一趟東勢。這時中橫公路剛經歷「九二一」的摧殘，原本兩小時的車程，改道紆盤合歡山，單程即需六小時以上。這時尚無公車可通，我又只有機車代步，二月寒天，騎著一輛野狼翻越合歡山，急行趲路實在不是什麼賞心悅目的旅程。平明出發，下達埔里再轉谷關入東勢，遷籍完畢已經天黑，得在埔里投宿朋友家，翌日再返梨山。

由於耕作的不是私有地，我必須有從事耕作的證明。光是為了證明這個事實，就進出村里辦公室不下五次，始終只見一屋子空桌椅，遇不到一個人影。最後輾轉問到一位村幹事的地址，數度登門終於取得一方簽章。

在梨山取得耕作證明之後，加入農會的表格還得在東勢呈遞。農事繁多，山路險阻，都阻撓不了我鋼鐵般的決心。最後卻是由於要不到原地主的土地使用權狀，徒勞無功。再去請求班上通融，班長為人客氣，卻翻來覆去說著不便破例的老話，想到這些日子苦苦奔走公門實在心酸，從此決心自立自強，放棄加入組織的努力。

險惡江湖

一路相信船到橋頭自然直，到採梨時節，果然有人輾轉介紹了一家行口，我連介紹人都不認識，還是竊喜有個電話可以聯絡，有個行口知道的名字可以一提。果然行口知道那個人，也答應代售，一時看到雲破天開，歡天喜地去寄貨。

第一次出貨，貨運行小正皺下眉頭：「這家像是個黑店！」我心裡打個突。

「不會吧？有人介紹的啊！你要不要幫我問問看？」

小正真的立刻撥電話給貨運同行，對方的回答似乎否定小正的懷疑。

「他們說沒關係，沒關係就好。」我巴不得聽到一句好話，立即疑慮盡除。

出了貨，也有口頭售價回報和寄來的售貨清單，就安心地繼續埋頭採收、包裝、出貨。既無暇細核出貨明細，也不知道要問結帳方式。這年結果既差，又遭碧莉絲颱風凌虐，能賣的東西已少，行口報價又低，但求售無門，只求順利賣出。凡是直銷多餘的都往這家行口送。梨全採完了，還不曾收到分文匯款。

活了大半輩子，沒開口向人討過錢，「子何必曰利」的君子德性在心裡作祟，這時連電話也不好意思打，只有痴等對方主動結帳。一等三個月過去，忍不住向農友打聽一般的行口交易情形，這才知道這種貨款的拖延並不正常。通常行口一週、半月結帳都有，但不會拖這麼久。我開始試著催款。至於款項，只有對方寄來的售貨清單為憑，偏偏我丟三落四，這年又過著簡陋的帳篷生活，清單老早散落不全。沒有供核的明細，不願洩底，從不提對方該付多少，只是催款，指望對方主動清算。以為這樣就算聰明，不想對方早已摸清自己菜鳥的底牌。

起初，對方只是拖延，先說搞丟了我給的帳號，再說過幾天就匯，幾次之後我口氣轉硬，對方乾脆說已經匯了，我卻三番兩次去刷存摺而無結果，要求對方寄出匯款憑證也如石沉大海。正好老弟要下山，託他跑一趟那家傳說中的「行口」。

老弟真的找上了門，行號也還不小，只是仍然沒請到款，對方咬定錢早已匯出，卻不記得匯款的憑證在哪裡、是哪張，於是找出一疊郵局匯款憑證要我們自己去查。老弟老遠從中壢帶回幾張紙片，我也滿懷希望帶著那疊紙張，到郵局去請人核對，可笑的是小小郵局裡幾個人全數卯上幫我翻箱倒櫃，那疊紙張全是匯進張三李四的戶頭，哪裡查得到一張匯我帳戶的號碼？

這招耍得人面紅耳赤，耍得我火冒三丈，有生以來頭一次我看到自己斯文掃地，抓起電話對人破口大罵。

「你給我裝瘠耶……」我威嚇他三日內收不到貨款就法院相見。掛上電話怒氣沖沖地去寫存證信函，翻出來的清單既不齊全，失落的部分打算認栽，其餘依單催討。這招奏效，三日後果然收到匯款。只是，賣出一百多箱梨，竟只得一萬出頭。我在這樣的周旋中急怒懊喪，早已無心工作，這時對方既已匯款，只盼早日平復心情，鼓舞精神繼續工作和生活，連匯進來的金額和清單上的數目是否相合都懶得去看。

賣花苞

一場虛張聲勢的官司雖沒打成，已經元氣大傷，可是卻沒有讓我學會如何閃避險惡商人的欺弄。

轉眼秋意蕭條，果樹即將進入休眠，眼看樹葉漸次黃落，該是剪花苞的時節了。這一年梨果收成大勢既去，指望花苞可以貼補一些收入。

「花苞」是當年梨樹新生枝條上已分化完成的花芽。低海拔、乃至平地的梨園，因為氣溫過高，一向只能種粗梨而無法栽培溫帶梨，民國五十多年，果農發現高接技術可以克服氣候對品種的限制，只要將分化完成的溫帶梨花苞嫁接在平地梨的徒長枝上，就可當年開花結果，只是嫁接的動作必須年年施行，因此花苞的需求量頗為可觀。在引進日本花苞之前，梨山地區的花苞景氣一度如日中天，部分果農甚至以花苞為收入大宗，梨果反而退居其次。這片果園的前任業者就曾以銷售花苞叱吒一時。近年來，日本花苞大量進口，本土市場一片萎靡，除了極少數高接果農仍用國貨，梨山花苞只有在首次高接失敗之後，「翻

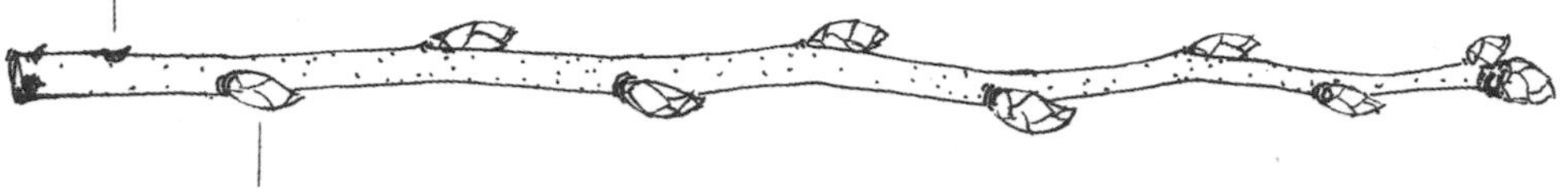

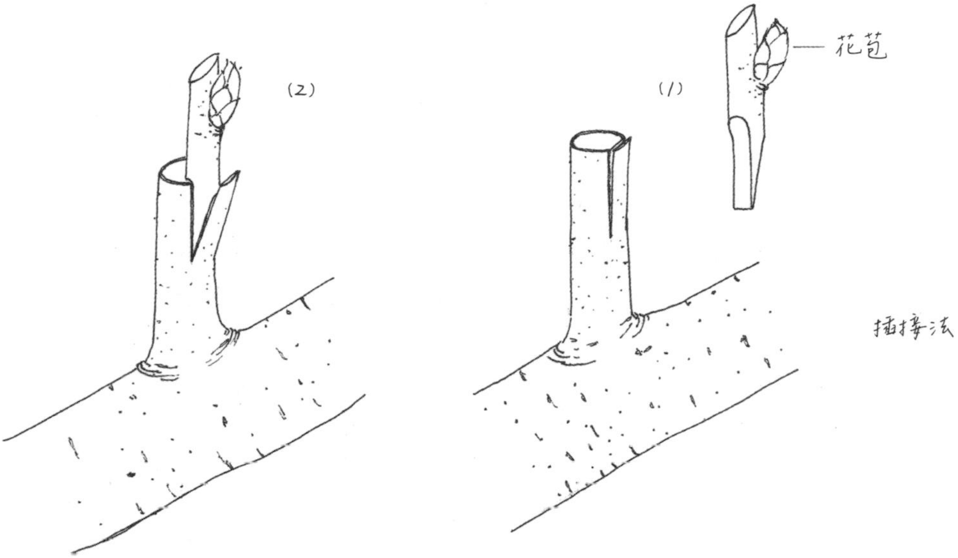

刀」①再接時才有出頭的機會。②通常翻刀時，進口花苞貨源告罄，全靠本地花苞支應，有時貨源短缺，身價一夕數倍，這種機會形同賭注。

同樣的銷售困境要面臨，我不再坐待別人仲介。時候一到，剪下兩箱

---

①一般嫁接梨採用「插接」法，用特製的接枝刀切開母枝的皮層。接枝講求節氣，節氣一到必須調集師傅，集中在幾天內接完，完工後接枝刀擱置起來。初接失敗時又要翻出接枝刀，故稱「翻刀」。

②高接梨選用的花苞品種，一般以「新興梨」和「豐水梨」為主，新興梨在日本已幾近淘汰，故花苞仍以梨山產的為市場大宗，豐水梨則是日本盛產的品種。近年開放花苞進口，梨山豐水花苞隨之式微。我的果園過去以產豐水花苞為主，故清一色種植豐水梨。

花苞自行下山推銷。山下兩大高接梨大本營一在東勢、卓蘭，一在宜蘭三星一帶，我就往這兩處跑。三星高接歷史不如東勢悠久，行口也少，我只好一一拜訪農場和產銷班。這一帶原是山上一位熟識農友的花苞地盤，我不明就裡瞎闖，背後被人說得十分難堪，市場還沒打開，倒先得罪熟人，我心煩氣悶，不想再涉這方市場，轉向東勢努力。

東勢林立不少花苞店，我挨門叩問，出示樣品，無奈所有行口對梨山的貨源都不願買斷，必須自行存放，待翻刀時再視市場需貨量交易。唯獨有一家願意即時收貨，但交易方式仍是代售——售出多少結算多少，我卻不必處理庫存問題，議定的價格也算優厚，對方又是女性，想同是獨力創業的女子，該不至於相欺，而首次見面的言談極為熱絡，問到我獨自經營果園、開拓市場，不斷誇讚我年輕優秀，說得人飄飄然如在雲端，從此死心塌地只願把貨往她那裡送，不再挨戶奔走，把前輩們的告誡「會嫌的才是好買主」丟在九霄雲外。

興高采烈回到山上，開始收剪花苞，精挑嚴選，希望奠下信譽的基礎，淘汰的枝條近半數，每晚在燈下挑撿到眼皮痠澀，呵欠連連。由於寄賣沒有十成把握，萬一滯銷就是做白工，剪了一百多斤就收手。

前次的教訓，沒讓我學會盯緊行口東西賣得如何、是否該結帳，反而讓我有點害怕去聯繫，因為能心無罣礙專注工作是一種幸福，我一向耽戀著這種幸福，隱隱迴避著可能會有的波折。

轉眼兩個月過去，平地接枝工作早已結束，花苞商卻沒有回音，我也渾然不知這一年初次高接失敗的已經翻刀，我的花苞早就供不應求。終於盼到對方打電話來，不是要結帳，竟是問我要貨。這年冬天我忙著起建竹屋，剪枝工作受到拖延，枝條多半都還留著。我說樹上仍有一些，那人十萬火急要我立刻剪給她，有多少就出多少。

不知道便罷，既知東西已經賣完，就要求先將前次貨款結清，這回我的清單明明白白，不必打迷糊仗。不料，對方卻說不能依原先議定的價錢支付，因為行情不好，賣不到正常市價，只能折半，我心中狐疑，既不好賣怎麼還會來催貨？靈機一動，請老弟假裝買主去詢問價錢，還價半天不得絲毫讓步，哪裡是折半出售。我心中有氣，回話刁難，不願再出貨給她。那人想必求貨甚急，開始口不擇言，罵我現實，說我東西求售無門時她好心幫我處理，我卻在她急需貨源時為難她。

我心防脆弱，受不了別人言語擠兌，頓時啞口無言，也自覺對方的話有幾分事實，一時心虛，答應將餘貨盡速出給她，又放下原先手邊的工作剪了兩天花苞，還請老弟也來幫忙，誰知，都是徒勞，到頭來說我剪得太晚，只賣出十斤。對方堅持全數賣完再一次結帳，我也讓步，價錢更沒再追問，希望她大發利市之後能多一點慷慨和良知。

這一讓，明眼人都知道再要催款更加困難，只有我以為這也算急難相幫，也算商場義氣。

從此我陷入一種煎熬，每想到要打電話催款，心情就起一陣厭煩，往往抗拒拖延日復一日，就此作罷又心有未甘，終於撥起電話，對方也總是拖延的老套：「最近很忙，還沒有時間匯給妳。」、「哎呀，妳的帳號忘記了……」、「我馬上就去匯，今天下午就去匯。」、「明天，明天，明天一定。」、「昨天剛好有事，今天就幫妳匯……」如是者，不知凡幾，我也像個傻子般三番兩次去刷看存摺，飽嘗受愚弄的羞憤而無可如何，半年過去，已經心灰意懶不再打電話。

後來，聽一位有過討債經驗的人說起，生意人最怕人上門在買賣場合上討債。有次和一位朋友下山，就特地繞道東勢，這時她花苞店面已不開張，改在果菜市場批發水果，我們打聽到她攤位所在，前去突襲。做生意的果然眼尖，老遠就認出我來，連忙從椅子上起身，不等我們走到，已經滿臉堆笑走了出來，我還沒開口，她已經拉開腰包，掏出一疊鈔票要數，這反應出人意料，先前醞釀的怒氣竟無處使力——對一個卑躬屈膝、笑臉相迎的人，我拉不下臉來，還是和她客客氣氣笑顏相對。

她一迭連聲地解釋，沒有騙我，賣的價錢真的沒有原先講的那樣高，後來寄的那一批都沒有賣出去，錢也早準備好要給我，就是忙，她腰包裡帶著我的帳號，本來早上就要去匯……我在一旁自始至終一言不發，笑著聽她連篇胡謅。她俐落地當我的面再將金額核算一次，當然只有原先的一半，我也不發話，看她熟練地數下一疊鈔票遞過來，我接過就往背包裡塞——我數鈔票的動作很拙，一向討厭在人前表演，朋友大概聽我說過這人的狡猾，很不放心，出手攔截：「我幫妳數！」嘿，她數鈔票的動作可不亞於銀行行員，我樂得欣賞別人數鈔的樣子。

「這樣對嗎？」朋友數完了問。

「對啦！」我笑著說。

道了謝，拉著朋友離開。走出幾步，朋友壓低嗓門問我：「這不是只有一半？」

我說：「可以了，看到她的態度悽悽惶惶，我忽然覺得這種人好可憐。」朋友還想說什麼，我笑著拉她去吃愛玉冰，和賣冰的阿婆閒扯。

欺弄

這樣的生意人一定是鬼迷心竅才會和她繼續往來，而事實證明，我就是！

隔年，花苞通路既不易開展，我便不再指望。問過兩處花苞商回應不熱絡就打算作罷，前一年那家行口，說什麼也不會再去開口！

開始著手剪枝了，忍心把一枝枝花芽飽滿的枝條都剪在地上，說不心疼卻也是違心。意外的是，那差點和她撕破臉的花苞商竟主動打電話來要貨。第一個反應是不能再上當，要求對方先付款再出貨，協議不成就掛電話。

哪知電話一掛，再去剪枝時，碰著一枝枝挺拔的花苞枝條就更下不了手，那人又來催貨，苦口婆心勸我剪，說一切都是為我好，剪在地上白白浪費，她幫我賣，也是為我著想。我心旌搖搖，暗中稱是，聽她說得殷勤，也想怎麼有這麼好的人，我還為了多取利潤和她過不去……於是又把剪枝工作擱下，趕著出花苞，兩百多斤，忙了十個工作天。既然已經剪了，自己也留兩箱，預備萬一還有機會，也可在別處留樣品爭取多元客戶。至於售價，對方承諾會比前一年每斤高五十元，賣完再結帳。我沒同意，緣於去年報價太低，除非買斷付現，若以寄賣方式，風險仍然在我，就該依實際售價抽成計算，對方敷衍：「如果能賣得好，當然會多給妳，賣不好就沒辦法。」我把這樣沒頭沒腦的話也當結論，事後對方一口咬定賣價不好，我全沒轍。

這回留意平地的接枝時間，知道接枝工作大約結束就打電話詢問，回覆竟是一斤都沒賣出去！怕她哄我，請她把貨留著，我好調給別人。其實，我哪有別處可調，只想印證她話的真假，又不好意思懷疑得太明顯。不知她這回說的是真，還是算準了我沒有別的銷路，故意棋走險招，竟然順水推舟，說我這裡若有客戶儘管去拿，話說得很客氣，這下倒是自己失了臺階。

後來想起這年認識一位朋友，家中長輩親戚都做高接梨，只因交情不深，怕人家為難，不曾去推銷花苞，此時既然一斤都賣不出去，何不做個人情送人家用，也許重接用得著。聯絡上這位朋友，請他轉告長輩，果然只過兩天，他們村裡翻刀需貨，也願意買我的花苞。依言去到行口指名提領，行口說我的東西已經賣完了。

消息傳到，我也不追究前次說賣不出去是真是假，只要求結帳，這一來卻又說東西還有，不急結帳。問起存貨多少，我想賣給自己的客戶，又支吾說必須當晚點貨才知道。隔日回說還有兩箱，這些閃爍言辭和前言不對後語，在在讓人起疑，吃虧在我下山一趟曠日廢時，又急於弄清真相，顧不得和這位朋友相識不深，硬著頭皮向她說明原委：行口既承認還有貨，就請她再次轉達長輩將我的貨全數提出。售價不惜低於批給行口的價錢。他們果然又跑了一趟。

這次行口展示了我的貨，他們卻沒拿——因為十分劣等！聽了朋友的轉述，簡直七竅生煙，對方這招不但斷了我直銷的可能，還讓我的信譽掃地！

我對朋友的長輩無功奔忙十分愧疚，遂決定以自己額外庫存的兩箱花苞相贈，除了致歉，也證明自己的東西沒有行口出示的那麼不堪。聯絡既定，立即從冰庫提貨送到宅急便站所，朋友長輩們也準備隔天收貨，立即補接。

偏偏禍不單行，這年宅急便在梨山的業務才剛開展，營運尚未穩健，車輛也不足，這時一週只開三個車班，加上農曆年前貨件過多，無法當天全數運送，我的花苞在未被告知的情況下滯留下來，因為不知道貨還留置山上，也就沒有採取補救措施，等確定貨還在山上時已沒有其他貨運車輛可以轉託，而下一趟車班還要等兩天。

花苞在冰庫裡處於休眠狀態，一旦回復常溫即可打破休眠，據說回溫的花苞悶在塑膠袋中，兩天沒有打開，成活率就很低，算算等到下一班宅急便把貨送到，前後已經四天，朋友的長輩口氣透著不耐：「啊！那個沒有用了啦！」素昧平生，卻這樣三番兩次失信於人，想是自己也要動氣。我再三道歉，請他們不必再等，趕緊找其他貨源補接，我的貨即使送到，恐怕也因時間耽擱不能成活——已經是補接，萬一再失敗，更加對不起人。

這一周折心亂如麻，向宅急便申訴，公司處理理賠手續必須留存原物，東西既已無用，我便聽憑處置，誰知這一來棋錯一招，朋友長輩始終沒有看到我的貨色。

對於行口的反覆擺弄，氣忿難平，催款時我不再有好氣，對方更是明白拖延，不再說要立即匯款的話，也不敢再說東西賣不出去，只推說還沒收到貨款。而所有果農都知道，這種買賣全是現金交易。知道自己又陷進同樣的圈套，懊惱不已，也不想讓對方舒服過日，頻頻去電相催，對方被纏惱了，開始在身邊沒有顧客時也對我惡言厲聲，我更加火大，揚言要上法院，她索性耍無賴：「妳去告啊——又沒有說不給妳，現在就是不給妳，怎樣？」

訴冤

吃定了我不會為了十幾萬元翻山越嶺去打官司嗎？存證信函寄出去，準備荒了這一年的農事也要下山奔波，即使討不到債也不讓這人高枕無憂。這樣的人欺凌過的絕不只我一個，自己就為放不下那麼多的農事始終委曲周旋，有多少人也是這樣忍氣吞聲？

知道我存證信函已寄出，對方態度轉惡：「明知我在做生意，寄什麼存證信函？故意的是不是？去告啊！」我白天工作，再也看不見青山白雲，夜裡休息，也聽不到蛙鳴蟲叫，滿腦子都是和那人的爭論以及對旁人的反駁——多少人勸我把這事當作花錢學乖，我一遍又一遍在心中嘶吼：為什麼不叫惡人學乖？……我不能平，真的收拾行李下山去告狀。上法院前還託人輾轉打聽那人的情況和經商的信譽——生意做得不差，為什麼沒有錢？自己真的逼人太急嗎？

聽到的傳聞是，男人好賭，填不滿無底洞，又有一個孩子送到美國，總是有錢到手就往美國匯，任憑債務滿身，能賴就賴。

這些情況，好像沒什麼值得同情。我以為自己受害受騙事實俱在，官司不會難打——官司，也不過寫紙訴狀，按鈴申告，頂多跑幾趟法院了事，找人商量就不必了。豈知赫赫公堂，不是我片面言語可以論斷，我以為確鑿的證據都漏洞百出。

被告在東勢，我去豐原簡易法庭申告，這時我已有一輛二手小貨車，只是山盤路險，我又心事茫亂，不想自己開車，公車輾轉到臺中已經傍晚。臺中的好友連夜陪著我先找到法院所在，像個緊張的考生預看考場，隔日一早再帶我去寫狀。枉費念了十六年的書，這時生平第一次踏進法院，竟成了無知村婦，鬧了不少啼笑皆非的名堂，最後還以鬧劇收場。

首先，連要告什麼罪名都不知道，在詢問處比劃半天，依櫃臺人員的提示，鄭重寫下「請求支付貨款」！——只是討債，沒什麼罪名可言。後來聽說告詐欺是公訴罪，比較嚴重，我還想，她老實支付貨款就夠了，何必要她吃罪？

寫完訴狀，具附貨運行的出貨單作為證物，至於證人，事件始末唯一的第三者就是朋友的長輩，雖然對我們的交易協議過程並不知情，至少可以證明確有花苞買賣，和對方賣出與否反覆狡詐的事實，以及她店裡的售貨價格。但寫狀之前請朋友探詢他們的作證意願，卻說長輩們「忌諱」走法院，我就不便在證人欄上提具。反正公堂之上明鏡高懸，一定有辦法懲奸鋤惡。

出庭

訴狀遞出，等候法院出庭通知寄達，第一次出庭只是口頭辯論，但我必須出具被告的戶籍謄本。這可是難題，申請謄本需要身分證字號，都要告人家了，誰還願意把身分證字號給你？我拿著那人的名片翻來覆去不知所措。突然間，這人的名字讓我看到一線希望，這名字並不多見，雖是女性，乍看卻有點中性，同名同姓的可能性不大，只要戶政機關可以依姓名搜尋，再參合性別、年齡，就不難找到。

山上沒有戶政機關，只好將法院通告寄給山下的姊姊，請她代查。戶籍資料原本保密，憑著法院通告請他們出具，果然在連線資料上出現的這個姓名，全國唯一，既是女性，年齡也相仿，只是戶籍在臺北，但這點出入並沒有提高我們的警覺，生意人闖南走北也是常事。既然全國上下沒有第二人和她同名同姓，算她倒楣，我順利取得她的戶籍資料，滿懷信心出庭。

第一次出庭應訊險象環生。等待出庭時看不到被告到場，原是意料中事，她既存心抵賴，總會賴到最後，我沒有辯論的對象，以為正可以暢所欲言地訴冤，誰知全然不是那麼回事。

法官一開口就說：「被告戶籍在臺北，應該去臺北申告。」

多麼無情的開頭啊！取得戶籍謄本之前，我怎知對方戶籍在哪兒？

法官要我證明她在臺中，因為法院依我訴狀上寫的地址投遞通知，當事人沒有簽收，還留置當地警局，被告既未到庭，也無法核對我出具的資料，我舌頭打結，莫非要帶著法官到果菜市場找人？

她的店面地址除了賣花苞的季節，平日總是大門深鎖，通知書是可能無人簽收，法官再問我們協議的付款方式，我說我給對方郵局帳號，那是十多年前負笈臺北時開的戶頭。既然立帳局在臺北，法庭認定協議交款地點也在臺北，還是該去臺北告！我眼前開始冒出星星。

「可是，我在東勢交貨，對方也還在東勢做生意啊！」

法庭要做到勿枉勿縱，一切講求證據，我卻只能空口白話，不禁額上冷汗直冒。幸好，法官問我有無對方的名片，我也正好帶在身邊，名片上地址確與訴狀相符，法官這才決定轉移管轄權，繼續受理，但我仍必須回去蒐證，證明她在東勢經商。

法官沉吟一下，問我有沒有證人？我說當事人不願出庭。法官再問有沒有左右鄰居、知道這件事的人？想到山村迢遠出庭一趟來回至少兩天，大家正在農忙時節，自己豁出去也就罷了，哪裡好意思去央求人家，只好也說不能出庭。

我的交貨和議價證明呢？出貨時貨運行的收據不足為憑，對方的簽收才能作準，我得再從東勢的貨運站調到簽收存檔。至於口頭議價就更無憑據，若有證人指證花苞行情還有點希望，而這點我毫無把握。

就這樣，幾個簡單的問題問得我瞠目結舌，不到五分鐘就宣告退堂，下次再審。

蒐證

對方好整以暇還坐在家裡，我卻奔走得人仰馬翻，最後鎩羽而歸，心情彷彿洩氣的氣球，銳氣盡喪。見識過一番公堂開審，已知自己把事情想得太過簡單，像這樣往返奔波還不知要來幾回、拖累多少朋友呢？

當晚借宿朋友家，向朋友借來相機備用，準備隔天前往東勢蒐證。朋友開著一爿小店，平日朋友不少。這晚來了一位大姊，也曾經白手創業，見識既廣，又能言善道，聽說我的遭遇，熱心地開解種種世故人情，直讓我心生慚愧。覺得既不能斷絕世俗社會的牽連，又一心活在自己的世界裡，對許多人事不願學習，受人欺負怨天尤人，那已不叫天真，而是幾近無賴。

提到證人的部分，那位大姊鼓勵我再做嘗試，因為事到如今都還只憑電話交談，或託朋友轉達意思，連那位長輩的面都還沒有見到。我以為素昧平生，不好冒昧拜訪，她卻認為當面談較足以爭取認同，至少登門拜訪就是一種鄭重和誠懇的表示。這「鄭重誠懇」四字極具說服力，原本我就把朋友所說的忌諱想成和迷信晦氣同一件事，頗不以為然，這時覺得大姊的話有理，心裡又開始燃起希望想去說動證人。

隔天奮起餘勇，請朋友陪我到東勢，拍下她大門緊閉的店面，又到果菜市場拍她本人擺攤的照片，仇人見面分外眼紅，我按捺著怒氣，不願這時和她打照面，只由朋友出面偷拍。

既到了果菜市場，想到市場對進出這裡拍賣的農產品都抽取市管費，每一批貨託給誰代售都有紀錄，必然也有這裡做生意人的資料。這是一分有力證據！轉而向農會市管部門行動。誰知這些人聽說是債務糾紛，一個個走避唯恐不及，層層推拖，最後說總幹事不在，請我回家，等候聯絡，這一離開再盼不到回音，電話詢問更無結果。

接著我們到貨運行站所，要求調出對方提領貨物的簽單。我從梨山站所交寄時只取得一紙收貨清單，貨到這裡由貨主領取後，簽收單據即由貨運行保管，通常在雙方貨主有意見時才來查對，不料這時站所人員說簽單保留三個月即行銷毀，這時已超過半年。我一顆心如墜谷底。

不甘心，又翻出法院公文，說明糾紛已上官司，請求盡量協助，那人才認真地翻查起來，終於從堆積如山的存檔中找出我要的東西，我在翻看成疊的簽單時，順便瞄了幾眼同樣由那人簽領卻來自不同出貨人的單據，暗中記下幾個電話號碼，想了解她是怎樣對待其他貨主的。

至此物證的搜尋工作告一段落，回程中我再三思量是否該朝人證努力，因為直到此時，還沒有一樣證據足以證明花苞的售價，只有買花苞的梨農可以佐證。終於決定甘冒唐突，前去拜訪朋友的長輩。

這位阿伯是很典型的客家農人，看來勤勞樸實，畏懼行走官衙可想而知。早在頭一次請他為我出庭時，就力勸我不要打官司，說官司爭訟怎麼都划不來，至於作證，「出庭說的話一字一句都要筆錄簽章，不是開玩笑的。」我強調出庭不必為我說話，只要對法官的問話具實以告即可，不知的就說不知，用不著說謊維護我。阿伯依然不肯，只是勸我作罷。還當場打電話到行口勸說，要對方還錢。對方再三保證過幾天一定匯款，阿伯信以為真，要我再等，我卻心知肚明，要等這人不會是兩天、兩月，是無期。何況，現在我要討的已不只是錢，是一股冤，一股怨，一分世間的「正義」。

阿伯見我一頭鑽進牛角尖扳不過來，又當著我們的面去打電話。看到阿伯深皺的眉頭，想到他平白無故被一個素不相識的人糾纏不休，心中有很深的歉意，很想就此離開，只是他們的交談正在進行，說的全是客家話，我沒聽懂半句。琢磨阿伯的神色和口氣，卻是從責怪到諒解，不時有「喔——原來如此」的神情。我在旁乾著急，莫非對方搬弄什麼顛倒黑白的話？此時語言竟成一道莽莽鴻溝，我的國語和對方的客家，阿伯到底相信誰？

阿伯掛斷電話，重又勸我撤銷告訴，回去等待，我再要訴說那人的詭詐，已經淚湧喉噎。阿伯乾脆把話扯得更遠，勸我下山來，女孩子家不要一個人在山上做農……我無語望天，不再冀望有人為我出庭。但最後讓我姍然離去的，是朋友所說的忌諱不是我一廂情願以為的迷信，而是怕人尋仇報復。惡勢力之所以能生存，不是沒有原因的，我怎麼連這點都不開竅？如果理由是這個，爭論這一切是非曲直還有什麼意義？而我又怎能讓一個非親非故的長者為我擔這種憂慮？

再回到山上，怨氣只有更加熾烈，既沒有人可以為我作證，如能從對方的口中再把所有過節演述一次，豈不更直接？這時我怒火焚身難以自拔，東奔西跑猶如病狂。我先到警局請求使用他們的電話錄音設備遭拒，又向朋友借來一只電話密錄機自行錄音存證，我設計好談話的內容，要一步步引她親口承認和我有過的協議，並把這些談話步驟再三默演，寫下簡稿。

準備就緒，撥起電話，這回我按捺性子，蓄意周旋，她說得愈多口氣愈惡劣，而我愈滿意，對方承認我的貨物全部售完，也承認在幾次約定交款的日期爽約，只是在應付金額上仍然膠著，對方矢口否認以公定行情賣出，尤其拿阿伯看過我的貨根本不要來回頂，我只差沒有咬斷牙根。

想到在貨運行抄到的兩個電話號碼，我開始向這些陌生的農友探問，也做下錄音。

「聽說你們去年花苞也出給某某，想打聽一下這人信用好不好？」

「應該還可以咧……我也不是很清楚，阮交產銷班出的，我也佮伊無熟識。」

「啊貨款敢有拿到？」

「有啊，真早就拿到了。」原來是看人吃貨。

「聽講去年花苞很難賣，伊算多少給你們？」

「不會啦！去年哪會？去年行情擱不壞，是講阮嘛是照拿五百。」整個產銷班人多勢眾，是很難耍手段，再試第二位貨主。這位是個單幫，情況就有不同。

「這人信用好嗎？敢會拿不到錢？」

「嗯……還好咧，拿不到錢是不至於，主要是要親自去拿。」

「行口錢不是攏用匯的，工作那麼多，還要親自去拿喔？」

「啊沒法度啊，妳若要電話催，嘿是催沒啦，人若到位，伊錢就算給妳了！」我想起前一年的景況……

「聽講去年行情真壞，只賣三、四百，敢有影？」

「舊年？照阮知影，還沒這種行情咧，舊年翻刀真多咧！」

看來果真欺我是單身女流，不是沒錢，而我頭一年登門請款的態度，助長了她的囂張。再問附近一位花苞老手，這年翻刀時節竟賣到一斤一千二，正常行情的兩倍，再不濟的行口，也不可能低於平常的公定價，若是一開始定價買斷也就罷了，像這樣先哄我出貨再來抵賴，至為可惡。

誤告

才以為蒐集到這些錄音可添幾分勝算，卻接到一通青天霹靂的電話。

原來法院依我的訴請轉移管轄權，重新寄通告到被告位於臺北的戶籍地址，而接到通告的，卻不是我要告的人！那人的反應之激烈，讓我覺得踩到一條眼鏡蛇！

我滿心抱歉，答應在最短時間內撤銷告訴，對方氣也略消，奈何隔天正是週末，而當天已是下午，我百里加急也趕不上在下班時間前到達法院，遂請對方等到下週一。就這兩天的延擱，讓我飽受驚擾。

先是掛下電話思前想後，怎麼也不相信會去誤告一個沒有人和她同名同姓的人。我小心翼翼再撥一次電話想確認她有無證件遺失被人冒用的可能，對方已經很不耐煩，堅稱一輩子沒去過東勢，沒丟過證件，我還是硬著頭皮小心再問：「資料上寫著您是養女，會不會您的生父母家在中部住過……？」

這下一腳踩到地雷，對方大發雷霆。

「妳憑什麼去查我的祖公祖媽，還叫法院寄通告……」

一陣暴雷轟得我眼冒金星，自知理虧不敢回嘴，只有委婉道歉，一再解釋誤告的原由。也決定暫將所有的懸疑擱置一旁，先去撤案再說。誰知任何保證都無效，每隔幾小時就來一通恐嚇辱罵的電話，她本人、她先生、她的小叔……搬出許多和高官民代、法官律師是親戚的話，要在兩天之內收到法院撤訴的通知，否則也告我祖宗八代，告受理的法官，告出具簽單的貨運行，告出具戶籍謄本的事務所……

我只有低頭挨罵，盼望週末趕快過去！而這非比尋常的暴跳，卻也讓我心生疑竇——難道這人竟唆使人來恐嚇，逼我撤訴？經歷過這些，我已不知什麼該相信，什麼不該？

我一面準備下山去撤訴，一面還託臺北住在那人附近的朋友去「明察暗訪」。事後想想，這些虛構的懷疑，鬼鬼祟祟的布局，真像一場自導自演的鬧劇，幸好那位朋友遲遲沒有採取行動，不知是不是覺得我神智有異？

這突如其來的事件，一時分散我的注意力，不再全心糾結在怨怒上，有一剎那我忽然看見自己失常的可笑可悲，想到幾天來的偷拍、蒐證、密錄、暗訪，處心積慮套別人的話，千方百計託求別人出面，精神沒有片刻寧定，心情沒有一時平安，看看自己的樣子……我掩面長嘆，把密錄機還給朋友。

「事情解決了嗎？」朋友關心地問。

「沒有。明天就下山去撤訴。」

「為什麼？」

「我不是可以打官司的人，這種蒐證工作讓我內心很不平安。」

這次，我自己開車，破曉出發，午前就把事情辦完，受理人員向我說明萬一要重提告訴的規定，我過耳即忘，不想再踏入法院一步。

走出大門，覺得自己像一個被纏訟多年的被告，終於獲判無罪，重見天日。

後記

官司是撤銷了，但懸在心上天大的謎團未解，怎麼也放不下，我再驅車前往東勢，要查到水落石出。去到當地戶政事務所用姓名查詢，電腦資料上根本沒有這個人。這裡沒辦法為我做區外連線，緣於「九二一」震災，重建工作至今尚未完備。

我走到事務所門口，重又回頭領號碼。「麻煩再用地址幫我查一次。」

「……」

「也沒有喔！」

「……」

莫非是幽靈人口？我心中疑惑更大。

走出事務所，抬頭正見街道對面就是派出所，突然靈機一動：那裡值得一試！果然，謎底就在這裡揭曉。

我先去問那封投遞不到的法院通知，果然還押在這裡，再向警員說明事情的曲折，警員答應協助。原來——那人冠了夫姓，而在做生意的名片上卻只用本家名姓。警察局得以僥倖查出的原因，是他們沒有在電腦上查，卻用古老方法，翻出大簿依我提供的地址查對，而在同一條街的另一個門牌號下找到這個人。這人原來在同一條街上擁有的房子就不止一棟，戶籍掛在另一個住址，而營業店面幾個月來大門深鎖，無怪乎法院通告投遞不到。再瞄一眼她的出生年，和被我誤告的人只差三歲。至此，只有大嘆天下事湊巧如此！

既然已經來到了對方的地盤，離去前姑且再做最後的嘗試。去到她擺攤的市場，她到這時還不知我已進出法院三回，我自然更不願提這丟臉的事。她口口聲聲說有困難，要我再等幾天。既然有困難也不必苦苦相逼，但求開票立據，留下憑證。那人表示連票都沒有，低頭記她的帳。我在一旁靜坐不去，這一僵持就是四個小時。

這段冷眼對峙的時間裡，我又經歷另一番慨嘆，對人世的是非恩怨更加無奈。看著她做生意，也勾起自己擺攤的諸般辛酸。嫌東嫌西、討價還價的客人固然難纏，財大氣粗的買主也不好應付。

一個掛著金鍊、戴著金錶的男人，挽著一位妖嬈的女子來買水蜜桃，一到攤前就指著最大的一盒問價錢，老闆娘臉上猶如冰山解凍笑逐顏開。

「那盒算你五百就好，快沒人了，算你便宜……」

話聲未落，那人一臉不屑，摔出一張鈔票丟在攤上，順手拿起一顆水蜜桃遞給身邊的女伴，女子東張西望想找水洗，男的冷冷地開口：「有好呷麼？若歹吃，現給妳丟地下！」

老闆娘急忙堆笑，一面把錢塞進口袋：「莫（ㄇㄞˋ）按呢啦，拿錢買來丟地下……」

轉過身來殷勤地拉著女子的手。「那裡有水龍頭，妳拿去那邊洗。」說不出的慈藹和善。

我泛起一股心酸，不知她從什麼時候開始，已不把這樣的委屈當委屈，或者這些態度還進得了她的心裡嗎？

這個下午，討債的不止我一個。另一個女人來得晚，農婦打扮。這時對方正好出去辦事，攤子交給一位小弟看著，女人見人不在，開始和我攀談起來。她做的是高接梨，交給這人代售，梨早賣完，帳遲遲沒結。女人壓低嗓門，咬牙切齒地說：「個把月了，還拿無錢，嘿是我，後回若阮尪來，伊就沒赫好過！」看來只要是女人都不容易要到錢，一個多月算什麼？

人回來了，帶著提出來的現款，照她說的低售價算給我，還是只有應付貨款的一半，我照樣接過沒數就塞進背包，留下另一個債主和她糾葛。

望著將暮的天色，想一天的結束與開始，並不是對每個人都有同樣的意義。也想著，過這種日子，看這些臉色，要不是心如木石，就是活在地獄裡，這樣的人還需要法律制裁嗎？

猶記得那天回家的路上，山間明月清輝朗朗，搖漾著山形樹影，有種遺世的清寂，至今難忘。

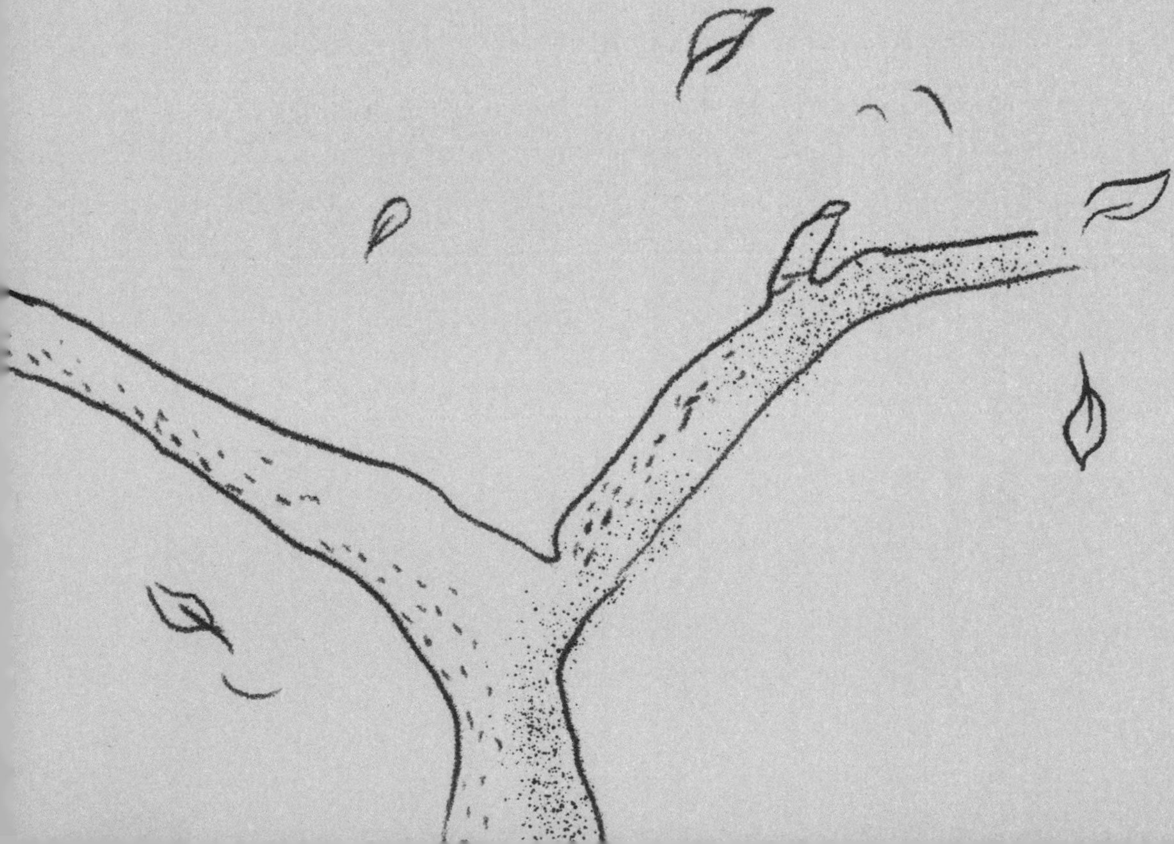

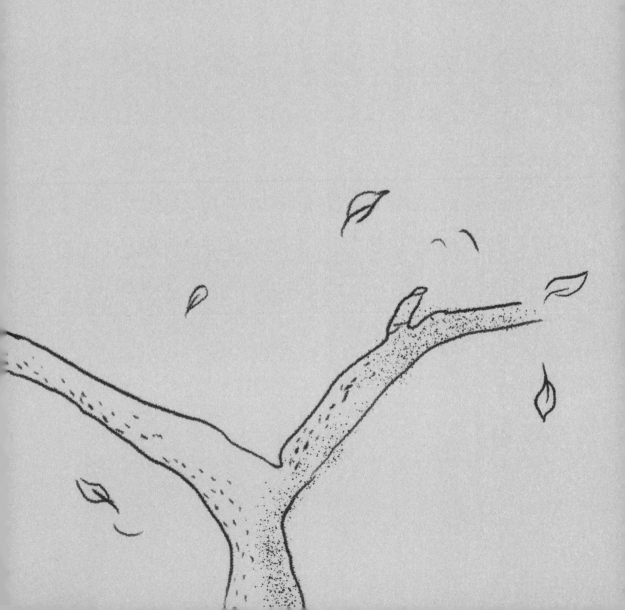

IV 激盪

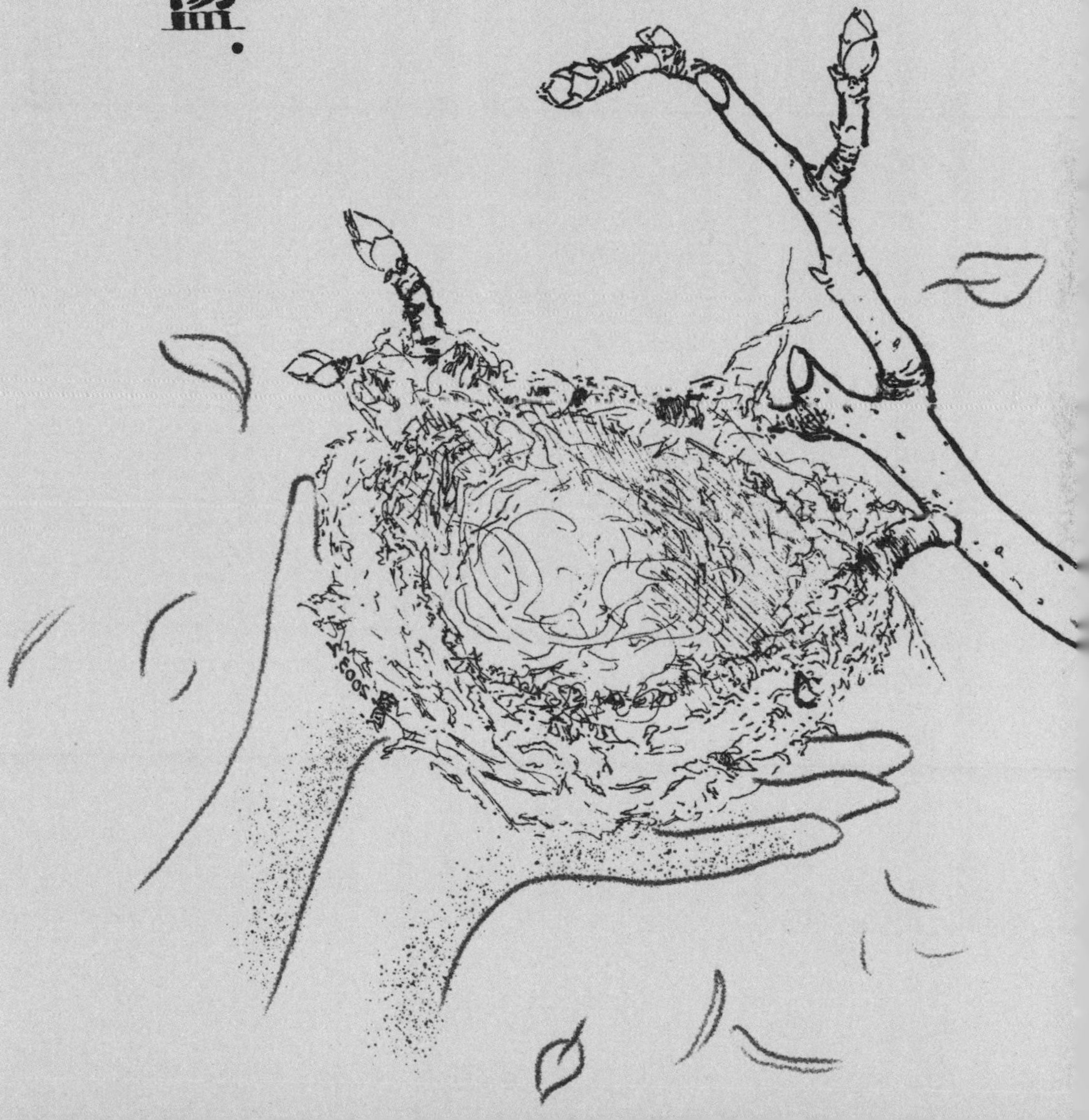

14 生命的沉思

人的生存免不了侵害其他生命，面對這個真相，正面尋找可以為自己安身立命的生命哲學，是個痛苦的過程。有人承受不起這種痛楚吃精神鴉片，接受神祕主義的安撫，或以素食自安，我卻仍有不甘……

後來認真思考「地下蟲」的處理方式，溺斃依然是緩慢的凌遲，最後我決定凡是要處死類似的蟲，一律當場擊斃，讓牠們瞬間死亡。剪刀不失為最好的武器，可是下剪的瞬間，我的心總也如電擊般一陣抽搐，每剪死一隻蟲，都要咬緊牙關閉目吸氣，任何時候想起，都是一陣寒慄，雙手微顫。

我已經是個農夫，除蟲是農人的天職。基於全盤性的考量，我認為土地一旦經人開發，原來在上面生存的物種，不是被消滅，就是被驅離或改變，再自然的農法也不過是人為的經營，原始生態的複雜多樣已不可能再維持，因此，一片土地既經開發，人們就沒有理由不善加利用，發揮它對人的最大效益，以期保留更多的原始野地，供其他生物生息繁衍。基於這樣的考量，我可以不務農，卻絕不願做「草盛豆苗稀」的農人，要我放任蟲害肆虐，最終使一塊地受過徹底干擾之後收成又歸於零，我做不到，然而要在這個職場上敬業，生命的衝突就無以迴避。

十五歲起就瞞著家人自願吃素，不是戒律規範，沒有宗教約束，只為生死之間一念不忍，二十多年來，不肯輕易殺生。走進這個行業，一門嚴肅沉重的生命課題捲土重來，才發現過去的輕鬆愉快，原來是一種自欺——該做的難做的功課都由別人做了，我卻渾然不願知覺。

在西藏，屠夫是最不潔的人之一，因為他們的殺業將在因果中追隨，使他們無法出離業報，永受輪迴之苦。理論上說，放下屠刀，可以立地成佛，但事實上，喇嘛們並不勸屠夫改行，只告訴他們精勤唸咒，把他們最好的酥油糌粑拿到寺院焚燒或供養僧侶。錢財布施，當然更有助於消災解厄。為什麼不教屠夫改行？因為那個世界需要這個職業，連喇嘛都靠吃肉維生，一年八個月的冰雪，荒寒的草原礫漠，莊稼是一種奢侈。可是，屠夫卻揹負著詛咒，淪為最卑賤的下等人，「你幫我造業，我幫你消災」，這真是一項千古以來就不曾公平過的交易。

在一場殲蟲大戰之後重新面對如何對待生命的議題，我驀然發現，這個躬耕生活中並不怡人，卻無比重要的部分，在許多高倡回歸自然、歌詠田園生活的篇章中，隻字未提。是早已超越，不屑再討論，還是刻意迴避？我腦中翻來覆去蒐羅著以往讀過的田園作品，想為自己找到一絲倚靠。

陶淵明留下「采菊東籬下，悠然見南山」的千古形象，勾引無數人對田園生活想入非非，然而只怕他是個放任病、蟲、草害肆虐的農人，我不做「草盛豆稀」的農人心志已明，不願效法。

頻遭貶謫，終因「家有食用之虞」而躬耕黃州的東坡，詠唱起「村南村北響繅車，誰家煮繭一村香」，也直將繅絲人煮死成千上萬蠶蛹的場景描繪得詩意盎然。文人不能為我解惑也罷，哲人呢？

孔子酸不拉幾地回答樊遲「吾不如老農」、「吾不如老圃」，還背地裡說這弟子不長進，根本不以為農人也有兼善天下的可能，遑論在耕耘中立德立功立言。①孟子追隨孔子，只醉心政治，看到「見其生不忍見其死，聞其聲不忍食其肉」的惻隱之心，卻沒去找出如何對待生命的真智慧，依然一心在政治上做文章，而用「遠庖廚」閃開內心的不安，眼不見為淨地繼續做君子，養浩然之氣。殺生取食（或獻祭）的殘酷，和長養仁德以為君子之間的矛盾，乾脆放給廚師和屠夫，只要把他們列為小人就可以了②。佛陀以一記「因果輪迴」化解一切生命間的恩怨糾葛，從不與生存本質正面交鋒，生存中形而下的部分，依然交給供養他的生產者去面對，似乎說不清道不明的，都可以推向來世前生；《聖經》中則動不動宰殺動物獻祭，認為萬物都為人所造，始終不曾關懷過人以外的其他生命。

這些都不是我在這迷思的關頭可以歡喜信受的。我一時翻潑意氣，摒拒聖哲，悠悠天地，更找誰去叩問這沉重的生命課題？只覺天地不仁、造化無情！莫非真如道家所說，萬物盡為芻狗，我們的悲憫感動都是虛妄？

經過數日沉潛，每一個自然界的生命都在不斷互換的法則，緩緩平復了我的思緒，這些法則無所不在，卻沒有人能解釋它的終極意義，我只能看到：人對一切空間的占有，生存資源的競爭，都不能避免直接或間接對其他生命的迫害，我們無所逃於天地之間！

為了安頓不寧的心緒，我不得不慎思對待生命的態度。如果取用或迫害，是法則中所不能免，在不需取用時的節制和善待萬物的意念，是否可以緩和這不得不然的衝突？

「善待生命」，讓我想起在喀什米爾跟隨牧羊人到高山遊牧的經歷。

喀什米爾的優質羊毛舉世聞名，綿羊是他們的重要財產。一年中有大約半年的時間，每個村落會把羊群集中交給一、兩戶人家帶到高山草原上遊牧，讓低地的草地生息，供羊群過冬之用。沿途生產的羊奶，就是遊牧者的酬勞。

牧人身上帶著獵槍，因為山上還有熊、豹出沒。春、夏季還好，秋天趕羊下來時，高山即將冰封，食物漸少，羊群常遭猛獸襲擊，牧人從不敢輕忽。牧人們為羊辛勤工作，山居野處為羊找尋最豐美的水草，處心積慮保護羊群的安全。羊群有朝一日會成為他們屠刀下的犧牲，但在這天來臨之前，卻活得平安而快樂，牠們在野外生活而不必如野生動物那般戒慎恐懼、憂戚風雨和食物，牠們也自由交配、角鬥，經歷生命過程中的愛恨情仇……

---

① 樊遲請學稼，子曰：「吾不如老農。」請學為圃，子曰：「吾不如老圃。」樊遲出，子曰：「小人哉，樊須也。上好禮則民莫敢不敬，上好義則民莫敢不服，上好信，則民莫敢不用情。夫如是，則四方之民襁負其子而至矣，焉用稼。」

② 齊宣王問曰：「齊桓、晉文之事可得聞乎？」孟子對曰：「仲尼之徒無道桓文之事者，是以後世無傳焉，臣未之聞也。無以，則王乎？」曰：「德何如則可以王矣？」曰：「保民而王，莫之能禦也。」曰：「若寡人者，可以保民乎哉？」曰：「可。」曰：「何由知吾可也？」曰：「臣聞之胡齕曰：『王坐於堂上，有牽牛而過堂下者，王見之，曰：「牛何之？」對曰：「將以釁鐘。」王曰：「舍之！吾不忍其觳觫，若無罪而就死地。」對曰：「然則廢釁鐘與？」曰：「何可廢也？以羊易之！」』不識有諸？」曰：「有之。」曰：「是心足以王矣。百姓皆以王為愛也，臣固知王之不忍也。」王曰：「然；誠有百姓者。齊國雖褊小，吾何愛一牛？即不忍其觳觫，若無罪而就死地，故以羊易之也。」曰：「王無異於百姓之以王為愛也。以小易大，彼惡知之？王若隱其無罪而就死地，則牛羊何擇焉？」王笑曰：「是誠何心哉？我非愛其財而易之以羊也。宜乎百姓之謂我愛也。」曰：「無傷也，是乃仁術也，見牛未見羊也。君子之於禽獸也，見其生，不忍見其死；聞其聲，不忍食其肉。是以君子遠庖廚也。」

喀什米爾有如香格里拉一般的景致，半個多世紀來在印、回的政教衝突中烽火不斷，摧殘著它的寧靜莊嚴。跟著牧人遠離村莊來到高山，才擺脫槍聲和軍隊警戒的緊張氣氛，真正體會到它遺世獨立的美。時值六月，高山冰雪才化，融雪匯入溪流，潤澤著高山草原，所到之處草綠天藍，繁花似錦，陽光明麗和煦，空氣純淨沁涼，山風吹動前一年的鳶尾花蒴果，種子在乾燥的果莢裡沙沙作響，和著淙淙流泉、和雲端的鷹隼呼哨，譜成原野交響，此外唯有寂靜。

我不由得羨慕起這些羊兒。我和牠們，都有面對死亡的一天，而牠們活著的每一天，至少每一個長長的夏天，都徜徉在這樣山明水秀的環境裡，生既豐美，死當無憾。春雪猶未融盡，我們常常必須穿行雪地，牧人為了避免在陽光下雪盲，大人小孩都用泥巴在眼眶周圍糊上一圈，因為沒有太陽眼鏡，而有時一片雪地要跋涉兩個多小時。

穿行雪地對羊群來說，想必也很辛苦，有一次在雪地中央，兩隻衰弱的羊漸漸脫隊走不動了，牧人把牠們扛在肩上。越過雪封的隘口到達平緩的草地，羊兒才勉強跟上隊伍。但同一天下午又要涉溪，此時高山溪流都是才融的雪水，接近零度。冬季積雪豐厚，此時水流豐沛，水勢湍急，連我走來都膽顫心驚，脛骨疼痛欲折。病羊又不行了，牧人抱著、扛著，幫助牠們渡河。一到對岸放下病羊，一放手，羊就癱跪在地，牧人幾次拉抱，牠們危危站起隨即又癱倒在地。幾個牧人商量一陣，就地生起火來，燒上一鍋熱水——他們把病羊宰了。不到一小時功夫，把羊肉裝進皮囊，繼續趕路。

知道他們要殺羊，我遠遠走開，不敢去看，心裡倒沒有太難過。那幾隻羊這一路翻山走雪，一定飽受折磨，往後的行程還更艱難，牠們一路盡力趕上同伴，不必牧人催促，是因為恐懼離群孤單。牠們還能苟延殘喘多久，我不知道。但與其病痛拖磨，不如死在牧人刀下痛快，牧人現在做的，是他們所能做的最慈悲的事。倒是我懷疑起自己，如果有一天也要面臨在「慈悲的殘忍」與「殘酷的仁慈」中做抉擇，我是不是下得了手？

這一趟遊牧之旅，讓我看到「殺戮」在對待生命的方式中，並不是最殘忍的部分，剝奪生物生存的快樂，才是最大的折磨。

反觀牢籠式的畜牧業，禽畜終年不見天日者有之，終生不曾接觸土壤者有之，下蛋的雞甚至被局促在狹窄的空間裡連轉身都不能，因為要讓牠們把蛋準確地下進蛋槽裡方便撿拾。被迫吃人工合成的飼料、打抗生素、荷爾蒙……就更不在話下。

如果有一天必須吃喀什米爾人的羊肉和西藏人的氂牛肉，我不會比吃樓房養雞場的雞蛋有更大的不安。

依然不願輕言殺生，只是更加深沉地思索：如何在不得已取奪生命之際慎取善用、坦然自處？感恩與懷愧似乎都不是最好的方式。感恩，可能是對交出生命者的嘲諷，牠們並非心甘情願；而懷愧，使心靈不安，更是糟蹋牠們的付出。是不是可以在取用時坦然，而在輪到交付自己時，不會不甘，也不懷恨？

活出淋漓盡致的人生，是不是對獻出生命者最好的回報？淋漓盡致不是創立豐功偉業，而是在生命的過程中保持高度的感知與感動。感知、感動是一種理智、靈性清醒的狀態，因為人特具著高度的靈性和理智，而能有千迴百轉的思維，和萬般細緻敏銳的感受。如果靈性和理智是生命設計的最高形式，那麼，人是不是有責任將這種形式發揮到極致，讓芸芸眾生的能量，在傳達到「人」的層次時，能轉換、昇華到這個最高境界？

至今沒有一種科學可以驗證這生命能量轉換最終可以「靈化」的事實，也許只是我用以安頓自己的農夫哲學，但看到古往今來多少偉大的生命超越時空而存在，似乎一時安頓了動盪的心。

一場風暴漸平，重新看到自己質疑過的人，其實都已在他們流轉的生命過程中把靈性與理性以美善的形式盡情地發揮過了，而我自己的一生，是否值得眾生供養？③

◎回顧：

這段文字應該是當年書寫過程中最沉痛的一章。那番對著古今聖賢，乃至幾大宗教的尖銳質問，讀來充滿怨憤，彷彿困住自己沒有答案，是這個世界對我的虧欠，是有人應該出來負責的。

如今禪修多年，讀來尤其刺眼，幾次羞愧想要刪改，終覺年輕時那段沉重心境，的確是逼迫自己這般活法的真實原因，正是這些尖酸與稜角，逼我從某些舒適區出走，希望活得真誠。想想，既是重要的人生課題，又何必粉飾？……

③在春秋戰國那個混亂的年代，征戰攻伐中民不聊生，對人的關懷，比對其他生命來得急迫，孔孟在亂世中的襟懷確實偉大。而佛陀對生命哲學的體悟已經登峰造極，入世傳教，確也是他能做的最大貢獻，我對他們都有無限敬意。

15 從有機到友善

影響農作收成的，除了天候、蟲害，還有土壤的肥瘠。幾大人類文明的發源地，都與肥沃的土地有關。百年前的美國農業科學家富蘭克．西拉姆．金（Franklin Hiram King）在一趟東方之旅後寫下《四千年農夫》（一九一一年出版）一書，盛讚亞洲人的農耕技術，這種汲取自然界養分循環法則而來的古老肥培智慧，養活數億人口、歷時數千年仍保地力不衰。而當時的美式耕作在數十年間就讓草原沃土大量流失，甚至沙漠化，讓金恩博士發出土壤危機的警告。

二次世界大戰之後，用於戰爭的化學技術，轉用於農業資材的生產——化肥與農藥。這表面和平的用途，卻是範圍更大、殺戮更廣、影響也更深遠的另一場環境戰爭。製造火藥的硝酸銨就是常見的氮肥；用於越戰叢林的落葉劑，則是田間除草劑的濫觴。

二〇二〇年黎巴嫩貝魯特港發生一起驚天爆炸，造成慘重的傷亡，強大的爆炸威力激起蕈狀雲，港口幾乎夷為平地，起因是二七〇〇多公噸的化肥硝酸銨儲存於此。肥料與炸藥的距離，恰也是人類戰爭與生態戰爭的距離！

綠色革命並不綠

農藥、化肥，加上農耕機械的廣泛運用，造就一場號稱「綠色革命」的農業奇蹟，讓二戰後飽受創傷的飢貧世界得以迅速恢復，人口快速增長。當時應該沒有人想得到，土地蘊含的生機，其實是百千萬年的生態積蓄，而一代人的竭澤而漁，竟在數十年內生生敗垮了地球富足的家底！

土壤從岩石風化而來，風化生成的是一堆無機礦物的微小顆粒，只是粉塵，不能稱為土壤。成為土壤的必要條件，是生物的參與——植物根系分泌的營養物質、地上部枯枝落葉的堆疊、動物的排泄、屍體的腐化，還有土中不計其數的細菌、真菌及各種微小生物，創造孔隙，形成膠質，富含營養。簡言之，土壤，是所有生物用千萬年的時間共同孕育出來的有機體。甚至有人認為土壤應被視為活物。這樣的化育過程、複雜多樣的生物參與和龐大的時間尺度，讓土壤成為不可再生的資源。

在良好氣候下，大自然生成一公分厚的土壤大約需要十年，而同時隨雨水和各種因素而流失的速度則幾乎相等，前任聯合國農糧組織（FOA）總幹事達席瓦（Jose Graziano da Cilva）就指出，平均累積一公分厚的土壤層，可能需要上千年時間。這是在沒有人為干擾的情況下而言，而以現今工業化的農耕方式，大面積單一種植，讓土中微量元素失衡、機械翻耕造成的土壤流失、劣化的速度，遠遠超出自然化育的速率。聯合國將二〇一五年訂為國際土壤年，揭櫫土壤的重要性，呼籲世界各國重視土壤功能下降的危機，致力緩解人類施予土壤的壓力，否則在二〇五〇年之前，全球人均使用的土壤將只有二十世紀中葉的四分之一！

在生物多樣性方面，土壤同樣有著舉足輕重的地位。地球四分之一的生物多樣性藏在土壤中，土壤中的微孔隙，加上溫度與溼度的變化，蘊含不計其數的多樣物種，其中多數是肉眼不可見並且難以培養、難以研究的微生物。九九%的土壤微生物可能都尚未為人所知。而土壤的危機，除了城市、道路、種種人類設施用地的擴張，就是綠色革命之後，農業耕作方式的改變。

多數化學肥料依賴強酸強鹼解離，融合氮、磷、鉀、鈣、鎂……等植物必需的生長元素，施用時劇烈改變土壤酸鹼度、電導度；以及有機質的回補不足，都影響土壤微生物的豐富度與多樣性，進而降低土壤團粒結構的形成。土壤不再健康，長養出來的作物，抗病蟲能力、營養成分也相對降低。惡性循環便是依賴更多化肥、農藥來確保糧食的生產。追求效益的工業化種植、大規模清耕翻土，則加速了土壤流失的速度。

選擇務農之後，有很長一段時間，我內心依然懷揣著對自己的懷疑，不確信自己是否夠格做一個農人？如果這是一個需要證照的行業，我能否通過檢驗？標準又該是什麼？

直到竹屋破土動工那天，我開挖整地，每一鋤落下，都看到一層顏色烏黑鬆軟的表土被翻起，隨之露出堅硬褐黃，缺乏有機質的底土，而我知道，那層肥沃的表土是年復一年的基礎肥料、枯枝落葉，和無數土壤微生物累積而成，是長養果樹、蔬菜和雜草的基底，是我此後賴以維生的根本；然而它如此淺薄，薄到讓人感嘆它的珍貴！我一時觸動，覺得因一己的居屋而讓這些富含生命的土壤成為死土，是一種罪孽！於是將表面大約十五～二十公分的表土一鏟一鏟堆到旁邊，之後才開始整地。

做完這件事，有那麼一刻，我覺得自己領到了農夫的證書！雖然沒有典禮和掌聲，只有滿身的汗臭與痠痛，伴著四野寂靜和無邊的青山與藍天，但內心湧出莫名的感動和驕傲，覺得一個農人若對土壤沒有這樣的感恩和珍惜之心，無論種出多少東西，都不能算是真正的農人吧！彼時，我對土壤的認識比我挖起的土層還要淺薄，對所謂造福人類的「綠色革命」也一無所知，這一切的覺醒，都來自土地無聲的教導。而我的學習，用的是身和心，不是腦。

友善耕作的推廣

所有的食物都直接或間接來自土地，從生產到銷售的過程都牽動著生態與環境，消費者對這些議題的無感，是環境劣化的根本原因。

當人們無感，即使有政策法規，也難以推行。加上法規本身就是個無機的系統，套用到現實中，總有許多的不盡如人意。有機栽培的原始立意，是順應自然法則與尊重環境複雜度的明智操作，照顧土地也照顧人與生態，但在推廣的過程中，卻落入狹隘的消費者保護和驗證論爭，偏離核心精神，重要的環境倫理遭到忽視。例如執著於高貴的進口資材，使用運送半個地球的有機肥料甚至不可再生的泥炭土；愈來愈多的生產環境採取封閉式管理，隔絕了生態系統，剝奪了同樣需要土地的生物棲地；跨國遠距銷售，如同其他全球化商品，也同樣在能源與碳足跡上加重了環境的負擔。以整體的尺度來看，沒有健康的地球，就沒有永續的食安，雖然有機，依然堪憂。

然而，有了認證制度，一個名詞就被「專賣」了，諸如上述在法規中不被涵蓋的議題，就需要另闢蹊徑刺激反思，此後陸續出籠的可循環式農業、百哩食物、自然農法、綠色保育標章、社區支持型農業、參與式認證、友善耕作……各自有其闡述的重點，從方方面面補足「有機」一詞專賣之後產生的缺損。然而這些新名詞，在無暇細究的消費者眼中，很容易被粗暴地當成「逃避，或無法取得認證」的次等有機。

務農的第十年，目睹種種有機怪象，且以環境關懷為出發點的自己，在不滿官方宣導：「未經認證的農產品不能聲稱有機」的情況下，首先提出「友善耕作」的倡議，對社會拋出食安之外，更重要的環境永續思維。不用化學資材只是對消費者最基本的承諾（六十分），土地、生物、勞動者、環境、能源，乃至全球暖化，都應該在友善耕作涵蓋承擔的範圍（六十～一百分），「當季、在地、小農耕作、友善環境」就是當時揭櫫的友善生產與消費原則。

二〇〇九年，我在宜蘭發起全國第一個友善耕作團體「友善耕作小農聯盟」，創辦「友善耕作小農市集」（後改為「大宅院友善市集」）同時在社大開課，與生產者和消費者展開雙向討論——土地和生態需要農夫的照顧，農夫需要消費者的支持，受到消費者照顧的農夫和土地，才能持續產出「良食」來照顧消費者。這是一個善的循環，以友善的力量來運轉，不同於以生產效率和利益為核心的市場，生產者與消費者的關係，更像親友，彼此照顧，共存共榮。在地的消費，不但減少碳足跡，更是直接守護了自己的生活環境。讓生產者與消費者面對面，訊息透明，是至關重要的環節。消費者甚至有機會親臨現場參與，取代第三方認證。

諸如全球暖化、生物多樣性喪失……等這些太過龐大的環境議題，不容易讓大眾和自己的生活產生連結，因而感到無力，從而放棄關注。而透過日常必須攝取的食物，卻是一堂從綠色飲食、環境保育、健康、社會福祉等面向，全方位展開的、活生生的環境教育課程！

友善農夫的使命——重新連結土地與消費者

生態是個複雜無比的網絡，無論人多麼自以為優越，都無法自外於這個生態網。而我們所加諸於這個網絡的任何影響，無論途徑多麼曲折，也終將回到人類自身。

當人們發現化肥可以讓作物增產，農藥可以輕鬆消滅病蟲害，機械可以高效率耕作，而一步步對之產生依賴的同時，也正一步步將自己的健康和環境的永續交付出去。所幸，人是有能力發現問題的物種，總有人感到不對勁，總有人想對自然多些尊重。有機農業的提倡，正是如此背景下的新時代需求！

暫且不說有機農業在國外的倡議與發展，臺灣的有機觀念起始時間並不長，在我務農之初，才剛起步，官方的認證制度尚未建立——更精準地說，官方還沒有將之視為臺灣農業應有的走向；自己對它的了解，也都還在懵懂之中，但對社會大眾將有機蔬果視為「重症者的特殊飲食」相當不以為然。雖然一開始並沒有朝有機栽培的方向前進的想法，只想簡單存活下來，畢竟，能夠在此立足的一天，就有權決定這塊土地如何被對待。然而，一步步走向無農藥、無化肥的經營，對一個環境關懷者，終究是命運的必然！

只因每次要打藥，心裡都要抗拒好久，站在槍林彈雨的最前線，常常會想，要論對無農藥或減農藥栽培的期待，農人難道不該名列第一嗎？幾年的實地經營，終於了解，耕作者要如何對待土地？用何種方式耕作？決定權並不在他們，而是市場與消費者。而消費者的選擇依據又是什麼？由於資訊匱乏，他們做出選擇的依據，只能是品相、價位、包裝或口感，市場不會提供產地與生產者的訊息，農夫用什麼方式耕作？土地如何被使用？勞動者如何被對待？他們的消費又將對環境造成何種影響？……這些真相，消費者一無所知，正如自己過去也無從得知，只能無力地繼續站在盲目的消費群中。而盲目消費的後果，又惡性循環地讓生產者與環境更加惡劣。

在成為環境教育工作者，以及其後的許多年，自己曾經拒買進口水果，也拒吃過「破壞山林」的高山蔬果，然而，我知道環境問題遠遠不止這些，所有其他的農產品，環境問題也不遑多讓。即使「有機」，也會在銷售過程中產生包裝、保存、運輸以及食物里程等等環境負債。超市中看似琳瑯滿目的選擇，其實並沒有真的給予我們多少選擇權——上架的商品已經被商家選擇了，他們選擇了產地、賣相、價格、包裝……最後留給消費者的，其實是商家要我們選擇的選擇。但，這對消費者而言，又何嘗不是一種便利？不知者不煩惱！

然而，我也相信，必然有人會如我一般，希望用自己微薄的消費，為世界做些小小的改變，因而不能滿足於如此匱乏的資訊。有朝一日成為生產者的我，當然就會想：我何不提供這樣的選擇？市場不為我傳達的訊息，我何不站到銷售的前線自己提供？

身為農人已經夠忙，還要肩負銷售和消費者教育工作，但這非但不是負擔，反而是讓自己勇往前行的鼓舞！

直接和消費者互動，是一種雙向的滋養，我的網站在《女農討山誌》首次出版前幾個月成立，佳科資訊創辦人以幾乎無償的條件提供協助，當時的我不但沒有電腦，連傳真機都沒有，他們將文案裝信封，貼郵票寄到郵局信箱，我收到再修改寄回去；網站架設好之後，被迫買了傳真機，依然沒有電腦——也不會用。有人留言，網管將之列印傳真給我，我寫好回覆內容再傳真過去，由他們代為打字貼文……網站開通時有幾篇媒體報導，隨後湧來許多詢問電話，好奇多於支持，我非常不適應，幾次想將網站關掉，是在網管朋友的勸解下才持續下來。

從慣行農法入手，從減農藥、減化肥的方式漸次改變。開拓直銷市場的頭一年，每一箱送出去的水果都附上討山的動機和果園經營的理念，用產品銷售來進行環境教育。有了網站之後，會在每一項水果採收前發電子報，分享生產過程的林林總總，有時是當年的特殊狀況、異常氣候、病蟲害，有時是工作花絮，生活小感或產品簡介。

分享討山人的生活場景，對於離土地愈來愈遙遠的消費者而言，是產品的附加溫度；有生產者圖像的食物，提供的是物質與精神的雙重滋養。生產者與消費者直接面對，將中間商刪除的訊息補回來，重新鏈結消費者與土地之間斷裂的紐帶，才能促成真正友善的消費。

以下擷取幾篇寶蓮園電子報，與新版讀者分享：

電子報

水果訊息（二〇一九年）：今年除了奇異果尚稱穩定，其餘水果著果狀況都不好，加上松鼠比往年肆虐，目前情況是：紅櫻桃遭雨摧殘全軍覆沒，加州李和早桃鼠害幾近無收，雪梨差不多沒開花，其他梨零零落落，豪雨則讓正值開花的柿子落果殆盡……結論是：今年果農將獲得意外的暑假！（果農開心準備度假中～笑！）

大家說這是氣候變遷所致（去年暖冬加上乾旱，幾無霜期）。但憂愁不能解決問題，如果可以，請為地球盡一份節能減碳之力，然後，好好珍惜現有的一切，用感恩滿足的心過快樂的人生。一來這是對提供我們生存所需的一切最好的回報，再則我相信，負面情緒會帶動更多盲目的負面消費——購買愈多愈不滿足，愈讓環境陷入萬劫不復之境！

最後，請您花一點點時間，關注腳下的食安——農地違章工廠處理議題。本週內，糟蹋農地、食安與社會正義，並將架空《國土計畫法》與多項法律的《工廠管理輔導法》即將三讀通過！以下是打這篇電子報的同時，正在發生的事：「地球公民基金會：驚爆經濟部官員操作造假，衝十萬人連署，護航違章工廠合法化」

https://www.newsmarket.com.tw/blog/121549/

延伸閱讀：農地最黑暗的一天！《工廠管理輔導法》修正案，違章工廠永世占用農地，架空一切法律

https://www.newsmarket.com.tw/blog/119718/

重點速記：

※地球公民基金會四大訴求：一、農地違章工廠需有落日。二、公民訴訟機制要納入。三、反對就地合法條款。四、中高汙染認定要有農委會、環保署的參與。

※你可以做的事：捐款支持地球公民基金會、臺灣環境資訊協會、上下游新聞等環境保護團體。

16 食安與農安

在人們憂心於食安問題的背後，更根本的是農安問題。全球化潮流中，農業大國的產品在經貿談判中強勢叩關，小國農業被迫犧牲，甚至政策性弱化，這是許多國家在發展進程中的共同課題。農業的多元價值以及和環境緊緊扣連的重要性，也是極其晚近才開始受到重視，但許多現狀已難以挽回。

農地破碎、流失、汙染

現代化農業造成的生態破壞、土壤劣化、水資源匱乏、碳吸存降低……都是被外部化的成本。這些環境成本都未能反映在農產品的售價上，也就是說，農民和消費者共同對環境施加的破壞，並未被要求付出代價。採取友善耕作的農民很大程度承擔了這些成本，且站在並不平等的起始點上，例如比鄰慣行農法的有機田區，在認證法規中會被要求退縮耕地範圍，自行建立隔離帶，而不是由汙染者提供……

另一根本問題是，臺灣沒有限制農地繼承分割的法令，隨著繼承分割而愈發破碎。二〇〇〇年《農業發展條例》修正後，〇．二五公頃農地可以興建農舍，誘使地主進一步將土地分割為〇．二五公頃，符合最低允建面積，逐筆銷售。農民平均擁有的農地面積太小，一旦採取有機／友善耕作的農地錯落在慣行農田中，處境便萬分艱難。加上土地使用管制未能落實，許多農地遭到違規使用，農地工廠、非農用農舍、廢棄物掩埋、灌溉水汙染……這些政策性與管理層面的疏失，造成農業環境的劣化；農業部門的弱勢，導致其他發展部門以各種建設、產業計畫、都市計畫為由，徵收、變更農地，農地總量不斷受到蠶食鯨吞。

農地非農用，耕者無其田

在農業時代，絕大多數的人都有農村生活經驗，對土地的情感深厚；但農村也是貧窮的象徵，務農則是勞苦低賤的代名詞，當社會漸漸轉型，離鄉入城成為力爭上游的表徵，農地成為上一代農民既愛又恨的情結。後繼無人的農村，期待農地開發轉用帶來土地交易的暴利，政府在管制與取締上的消極，早已使農地成為不動產炒作的商品。農地持有者待價而沽，務農者無論承租或購買，土地取得都日益困難。

二〇〇〇年《農業發展條例》修正之後，農地自由買賣，加上可以蓋農舍，一夕之間，農地成為熱門炒作標的，良田上矗立的售地廣告如雨後春筍，農地價格扶搖直上，高居全球之冠，買賣農地從過去的以分、以甲為單位，變成以坪計價，形同建地。以農舍為名的豪宅、工廠、倉儲、餐廳、民宿、招待所……四散在鄉村農業區，直接架空《都市計畫法》與《區域計畫法》，亂象舉世無雙。

這些非農用建築，在地狹人稠的西部，工廠、倉儲搶占農業資源投入最多、交通最便利的優良農業區；在東部和山區，地景最美、生態最豐富的鄉野則成為民宿、豪宅、田園餐廳的首選。

上一代的農民因為社經地位低落，所以窮盡最大的努力，不讓子孫走上務農之路，許多農地的繼承者，因為不再務農，土地不是轉用就是轉賣，售地者雖多，但農地的天價，實則讓有心進場的新農，或繼承分配到土地太小的二代農一地難求，漸漸的，農地擁有者不再是務農的人，而真正的務農者不再擁有自己的土地，臺灣的農地發展，正開著「耕者無其田」的歷史倒車。

在進行友善耕作倡議的幾年間，接觸到不少懷著理想回鄉務農的年輕人，因為沒有自己的土地，承租的農田又頻頻因售地與蓋農舍而不斷在轉換，成為無法扎根的游耕農民！無論慣行農法或是有機、友善耕作，土壤的培育都是長期工程，而這些小農，別說長期養土，連有機認證轉型期都熬不過！

農地農用運動

我的故鄉宜蘭，是農舍的重災區，每一塊農地都成了計畫規範之外的「建地」，將農田水利渠當成汙水排水溝，電線恣意切割田野，建築物侵奪作物的日照，以提高生產效率為名的農地重劃，為農地的流失開了大門！當農地被當成建地買賣、使用，等於逼迫務農者買建地來耕作。

優美的蘭陽平原如今千瘡百孔，地景驟變的背後，是愈來愈失控的國土分區使用，也是處境愈形艱難的農民耕作權，和獨一無二的生態環境。

蘭陽平原的水田是東亞澳候鳥遷徙路線上重要的補給站，東北季風帶來的豐沛雨量，讓蘭陽冬季水田即使休耕，也蓄滿了水，廣袤的水田就是最大的人工溼地，飛行數千公里的候鳥在此停棲覓食，休養補給之後繼續長途旅程。牠們警戒、敏感，總是停在遠離建築與道路的寬闊水澤，才能安心覓食。如今建築物全面入侵，以及隨之而來的人車干擾，讓牠們的棲地愈來愈窘迫，數千公里的漂洋過海的飛行中，每一個中繼站的環境劣化，都攸關牠們的生死！

二〇一四年，我從友善耕作的倡議，轉向農地保護的社會行動，成立了「守護宜蘭工作坊」，幾年之間，頻繁往返於宜蘭與梨山，果園半荒。回山務農，更像我在塵世奔走後，滿心疲憊的療癒之所。而這項農地農用的倡議行動，轉眼十年過去，西部有地球公民基金會關注農地工廠，東部有守護宜蘭工作坊掀起農舍議題，農地濫用問題一度趨緩，但始終無法止血！

眼看著二〇一四年《區域計畫法》通盤檢討，卻對農地亂象束手無策；二〇一六年國土計畫意欲訂定「全國農地安全總量」，分配各縣市應保留農地面積，卻因農業縣市大力反彈而作罷；而一路視《區域計畫法》、《都市計畫法》為無物的「農業發展條例第十八條」，不管分區如何劃設，從最高保護等級的第一類農業發展區，到第五類都市計畫農業區，都留下可以蓋農舍的法令破口，「農業發展條例第十八條」已經堪稱農地的毒瘤，在國土計畫面前仍舊屹立不搖，維護農地的公民行動，彷彿螳臂擋車！

沒有農地，何來農安？沒有農安，何來食安？臺灣在沒有戰亂的歲月中安逸了八十年，糧食安全早已被人們拋諸腦後。而更大的環境問題，食物的碳足跡、在地飲食文化、農村地景……都在GDP中失去價值，我們的社會，究竟如何看待農業？

務農二十餘年，從個人生活實踐，到公眾倡議，以至發起社會運動，是一股內心的不忿；視野，從高山農業到全國，乃至世界的農業議題，我為自己的渺小汗顏，更為生而為人感到羞愧——為人類無止境的欲求、製造的問題、迫害生靈的程度為恥。攘臂高呼之後，又趨於靜默的原因，無非是感覺到：似乎人們每提出一個解方，就會發現，或衍生出更多的問題……或許世界終究不會完美，作為一個世間過客，就在這些問題與解方之間提起、放下、成長，最終希望能夠超越吧！

V 守護・

黃尾鴝

金背鳩

小剪尾

17 天籟

做了農夫之後，再也沒有時間和閒情拿著望遠鏡到處賞鳥，可是，也從此不會錯過山間鳥兒們的每一場「晨間會報」。

從犀牛帳篷中醒來的第一個早晨，嚴霜封凍，天地肅殺。一片死寂中……忽然，一隻紫嘯鶇引吭破曉……「追憶——」那麼清亮孤絕！

此後每一天，大地還浸在濛濛曙光中，紫嘯鶇就抖擻精神開始牠的領域宣示。聲音總是從東南隅的樹林裡開始，逆時鐘方向移轉到東邊，營地上方一片荒地。在這兩處做長時間的逗留，然後繼續往北、往西，最後消失在南邊溪流畔。到了二、三月間，紫嘯鶇的聲音陡然一變，從單調的「追憶——」變成豐富婉轉的鳴唱，曲調繁雜不曾重複，簡直難以描摩。而且可以五分鐘十分鐘地唱，痴情而執著，囀唱中的抑揚頓挫充滿表情，令人讚嘆。我在帳篷裡一動也不動，全神貫注追隨牠第一個音符，直到最後一個音節，每天做牠最忠實的聽眾，仍然每天深深感動。

紫嘯鶇唱完之後，大地又陷入一片沉寂，彷彿一場精采的表演之後必須暫時落幕，平復聽眾的心情。

這場沉默過後，天色漸明，接著是一場熱鬧的大合唱，由金背鳩單獨開場，用牠沙啞低沉的Bass起音：「咕咕，古古……咕咕，古古……」如怨如慕，婉轉淒涼。牠們自居老成，總是在高處表演，不是電線上，就是樹林裡突出的枯枝，和來自低矮灌木叢裡的其他音部形成立體環繞音效。

灌木叢裡的竹雞迫不及待要領袖群倫，一出場總是充滿急躁不耐，「雞狗拐！雞狗

紅隼

冠羽畫眉

橿鳥

拐！」一聲緊似一聲，像一場潑婦對罵，容不得對方開口，最後一聲「夠拐——」彷彿力竭歇手，餘怒未消。實際上竹雞也確實是領域性極強又好鬥的鳥類。一位曾經是職業捕鳥人的鳥會前輩就說，他們捉竹雞的方法就是放一隻善鳴的雄竹雞在籠子裡，周圍設陷阱，籠子裡的竹雞一叫，附近的竹雞就會對叫起來，然後趕過來驅逐入侵者。

當竹雞氣急敗壞地叫完，其他鳥兒的聲音才從細瑣的背景音中再度凸顯，好像要用牠們嬌媚委婉的和聲來勸架：白耳畫眉嘹亮的哨音悠遠地響遍山谷；棕面鶯一貫害羞地躲在林蔭深處，也用細細的鈴聲應和。綠繡眼則東奔西跑嬌滴滴地「唧哩哩，唧哩哩……」滿園瞎忙，像個多事的小村姑。青背山雀音色外柔內剛，是個明理的和事佬，「青、青、青……」句句清楚明朗，說得頭頭是道。藪鳥向來不甘寂寞，常在一片和諧中不分青紅皂白插進嘴來「嘎嘎嘎嘎」一陣噪叫。其實牠們另有優美的嗓音，「嘰——救兒」清澈

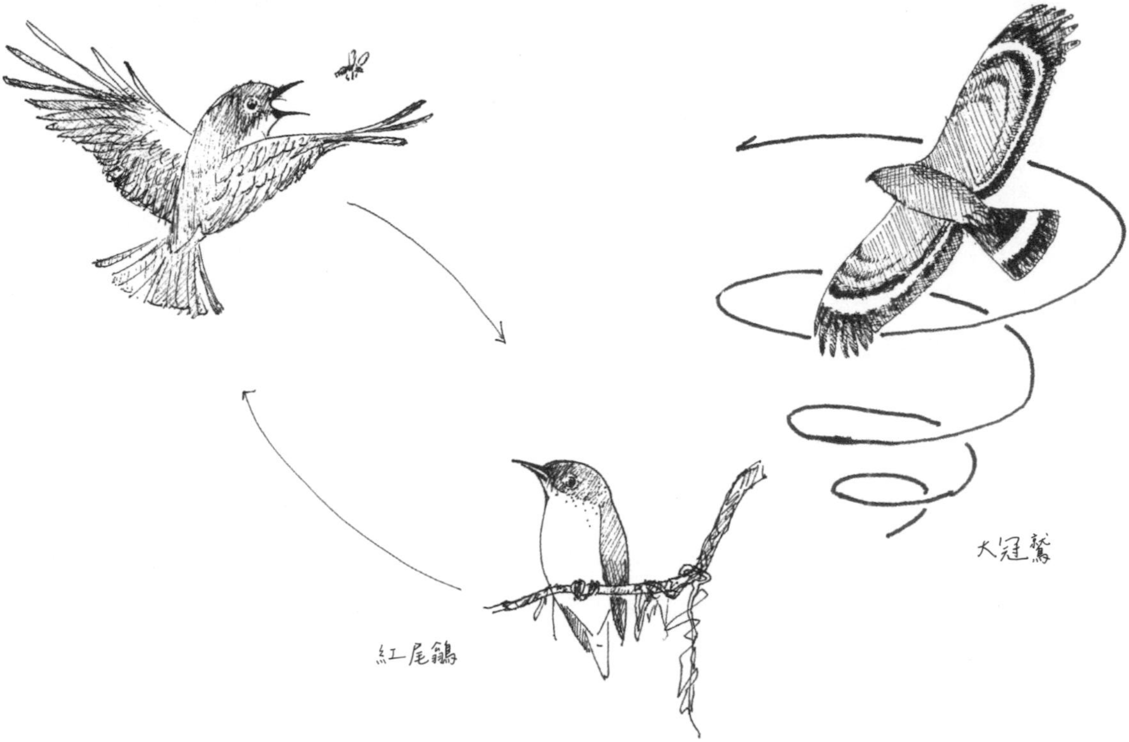

嘹亮，但成群鼓噪時就顯得嘈雜。

紅胸啄花的發言一向簡潔含蓄，「嘖、嘖」兩聲，輕輕帶過，總會讓我聯想起牠們的名字「啄花」，這輕短的節奏，一不留心就會忽略。巨嘴鴉晚到卻大方，一來就踞坐在高枝上，和電線桿上的金背鳩抬起槓來，兩人在高處比老，一個「咕咕，古古……」似訴平生不得志，一個「啊——啊——啊——」好似憤世嫉俗，又像笑開人世。

灌木叢裡的山紅頭不知人世滄桑，「飛飛飛飛飛」吹著輕薄的口哨。白頭翁最是愛管閒事，總是忙著打小報告：「警察佇趴笅（在賭博），緊看！警察佇趴笅。」（臺語發音）尤其一到春天，更是沒完沒了。夾在這些聲音中的還有紅頭山雀、白環鸚嘴鵯、繡眼畫眉……

另一種體型小巧十分善鳴的鳥是鉛色水鶇。在開始賞鳥之前，每在電視或影片中出現綠野清溪，伴著啁啾鳥鳴，就覺得那畫面和配音好假，直到有一天在野外聽到鉛色水鶇的求偶鳴唱，才相信原來世間真有如此美妙的鳥唱。牠們的嗓音細緻清麗、圓轉多變，可是很少在嘈雜的晨間會報裡聽到，總是單獨在一個寧靜時刻獨唱，似乎唱情歌都要選擇氣氛和環境。

這場晨會除了果園周圍的居民熱烈參與，也有遠方的鳥兒遙相呼應，大彎嘴畫眉和竹鳥就從來只聞其聲不見蹤影。有時也有臨時過客即興上場，冬季來自遙遠北國的白腹鶇和赤腹鶇就年年前來客串，這些遠道客人相當謙卑，只是偶爾低調地發出「滋、滋」「喀、喀」的聲音。一個四月的早晨，屋外一陣嘎嘎的噪動，聽出是橿鳥的聲音，卻不敢置信，出門張望，果見一群橿鳥五十餘隻從南邊樹林裡如亂箭般射出，此起彼落在梨樹上緊張停望，隨即匆匆朝北飛去，像是一項鄭重的遷徙。

我的一天就這樣熱熱鬧鬧地開場，在牠們的合唱聲中盥洗、整裝、打理工具。牠們的晨會結束，我也打點好一切開始上工了。白天工作也不會寂寞，九點過後，大冠鷲就囀著「忽悠——忽悠——」的呼哨聲在空中扶搖盤旋，我常忍不住追隨牠們襯著白雲藍天的身影悠然神往。五、六月間，牠們帶著學飛的幼鳥做飛行訓練，空中會同時有三、四隻大冠鷲翱翔呼喚，隔一段時間，數量就又回到原有的兩隻。此外，晚秋總會有一隻紅隼來到這裡，當空中傳來那熟悉的尖銳叫聲，你就知道牠又來了，牠最吸引人的，莫過於在空中定點鼓翅的飛行特技，常讓我看到入迷。

來自空中還有另一種聲音，細小而忙碌，那是成群的小雨燕和毛腳燕穿梭翻飛，一面用不可思議的速度和角度翻轉飛行，追捕小蟲，一面發出「滴嚦嚦」的叫聲，宛如珠落玉盤。

在南坡工作時，面對小溪谷，總有一種與世隔絕的幽靜，溪澗鳥鳴聽來也特別悅耳，白尾鴝「咪，哆雷咪」的歌聲常在溪邊密林裡出現。紅尾鶲也特別愛在這一區停留，牠在

雨燕

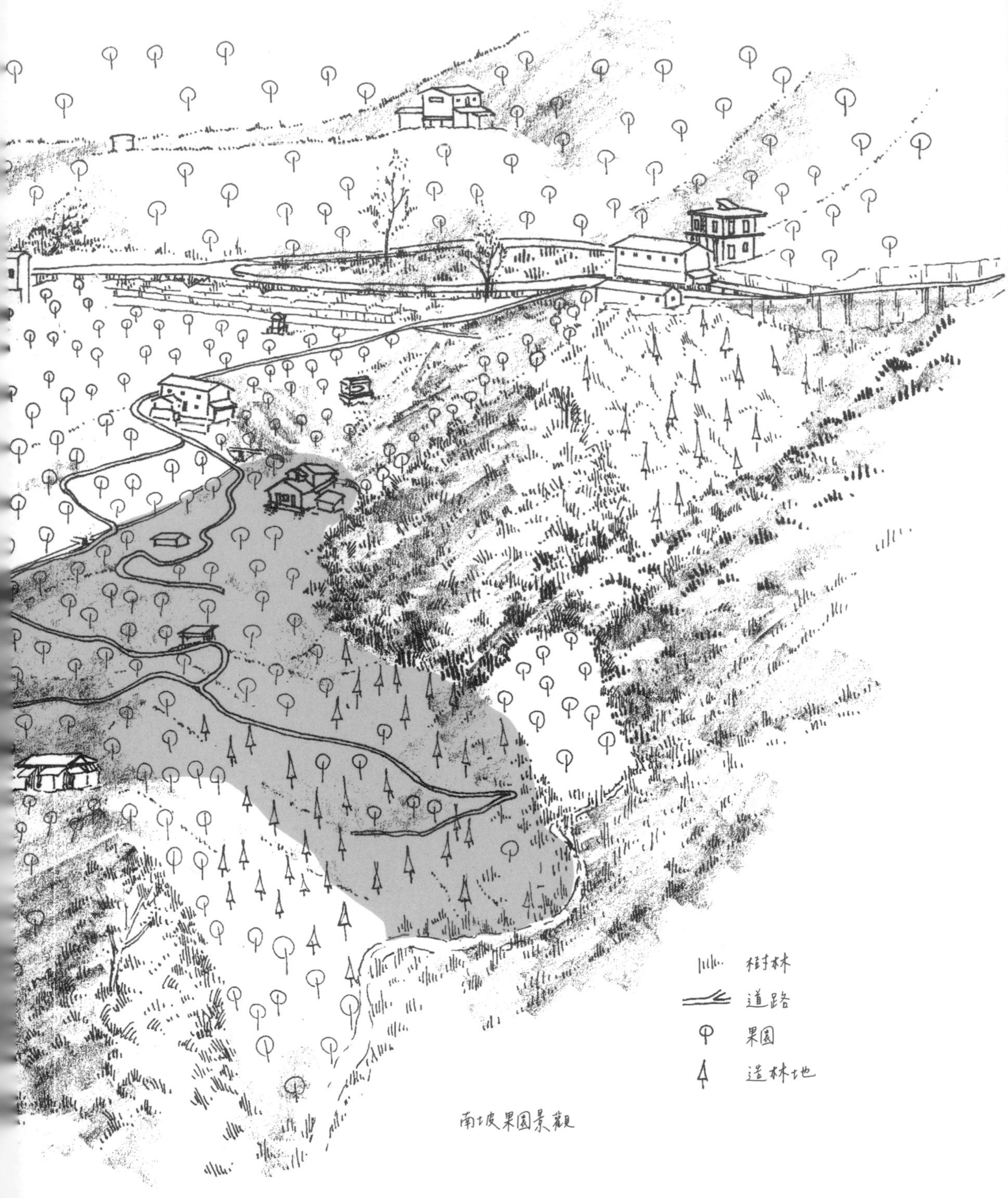

南坡果園景觀

禿枝上挺直站立，顫動尾羽，每每剎那飛起，捕食空中的昆蟲，瞬間得手又回到原地。最讓人驚豔的嬌客則莫過最常出現於三、四月間的紅山椒（已改名灰喉山椒）雄鳥的豔紅和雌鳥的鮮黃，雙雙彩綴山林春色。我也從來不需要費心尋找，牠們總會用恰恰符合牠們身姿的聲音「秀氣、秀秀氣」地招惹我的注意。

天一黑，眾鳥沉寂，夜間難得聽到鳥聲，只偶爾傳來鵂鶹「噓噓、噓噓」或領角鴞「不——不——」的聲音。鵂鶹夜啼原本最能襯出山林的空寂，可惜這一帶開發過度，早失去原始林的環境，這偶然出現的鳴聲，既稀罕又遙遠。

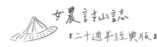

其實，何止鴟鴞科鳥類因開發而遁形，其他在我注意到的範圍內出現的鳥，也受著同樣的威脅。

原本每天早晨的鳥兒會報，都以營地東南面一直延伸到南坡溪谷的樹林為主要會場，營地上方的小片荒地是其次舞臺，比鄰別人果園的區域相形安靜許多。南側坡地，由於坡度大，管理困難，加上一條小溪流過，幾年來一直是我陸續造林，意欲還給自然的一片地，而緊臨小溪的狹長地帶更是一來就廢耕，想放任它自然復原，不料兩年後，對周遭土地蠶食鯨吞的鄰人見此區荒廢，竟然動手來清理，待我發現已經一片光禿，為免日後引發疆界糾葛，只好又要來樹苗一一種上。植樹後仍需多年時間養護，除蔓除草，以利苗木成長，這些都或多或少干擾、驅離已在這裡安家的鳥兒，但此地人心如此，徒嘆奈何！

營地上方的荒地原本有許多竹雞，第一年我在雨棚旁邊開墾菜圃，就常有竹雞下來踱步，第二年，這片荒地被墾伐、焚燒，竹雞失去了蹤影，倒是一來就廢耕的南坡溪流旁灌

通往閣樓的綠色走廊手繪圖

木叢生，成了新的竹雞棲地，很長一段時間，牠們參加晨間會報的聲音顯得好遙遠，直到第三年，我央求那片荒地的主人墾伐時手下留情，留下擋土牆上方一排水麻灌叢，這灌叢日漸濃密，綠蔭如蓋，底下藤蔓雜草也形成厚厚的地被，不久前我又看到成群竹雞家族出現在我屋子旁邊，早晨的鳴唱大會當然又少不了牠們的聒噪。

這一小片水麻是營地上方擋土牆施工後，第一批從滿目瘡痍的工地上長出來的植物之一。我啟建竹屋時，它們還只是小苗，竹屋建成，荒地的所有人將整片地上徑粗盈尺的雜木林砍除一空，種上桃苗。我的竹屋一夜之間拋頭露面，從公路上就可清清楚楚望見。

時值嚴冬，我喜歡睡在最溫暖的閣樓上，但每天清早從閣樓上爬出來，就毫無遮攔地遠遠面對公路上的車輛，即使清早無車，心裡也很不是滋味。就在下次鄰人前來砍草時，請求留下靠屋子的一排灌木以為遮蔽。我自己領域範圍的邊疆地帶，也特地留下自生的灌木不去砍除。

水麻生長速度極快，但枝條軟弱，容易下垂，我刻意維護修剪，不讓倒垂的枝子壓上屋頂。水泥牆原已和屋頂齊高，水麻很快長成一堵綠牆，從公路下望，我的屋子又隱入綠蔭中。而不斷修剪的灌叢一年後已將屋頂遮去一半，沿著擋土牆爬上閣樓的通道成了不折不扣的綠色走廊。更妙的是，紫嘯鶇又回來巡遊了，每天清早都從灌叢跳上我的屋頂，「踏、踏、踏、踏」鳥爪在屋頂上一陣亂蹬，跳躍夠了，才「追憶——」一聲長鳴，飛回南邊樹林。

藪鳥、白環鸚嘴鵯、綠繡眼、紅頭山雀……成群回來嬉戲，我足不出戶，站在窗前就看得到牠們忙忙碌碌。書稿付梓之際，一對金背鳩正在這裡築巢，每天啣著細枝枯草來回奔忙，為了避免驚擾牠們，這年冬天不再睡閣樓。但牠們在這裡出現的數量和頻率，明顯受著那塊地的除草行動牽引，我也時時警戒，不讓鄰人的刀鋸越雷池一步。

一次鄰人動手鋸我園內邊界上的一叢水麻，我不得不板起臉來喝止，因為前一天才看竹雞一家大小在這裡進出。水麻是一種材質鬆軟的灌木，不堪大用，連當柴火都不好燒，這完全「無用」的東西，平白遮去果樹的陽光，留它做什麼？我的小氣想必讓他匪夷所思。

◎回顧：

二十年後，林木蓊鬱，樹冠高大，生態更豐富了，林間除了赤腹，還來了條紋松鼠；林雕成了常客，有時低空掠過我的林子，帶來瞠目的驚喜——牠的獵物，可能是我的水果養大的小動物呢！冬日，一年收成結束，野柿最後留在樹上的果實，二、三十隻的黃腹琉璃會成群聚在一棵野柿樹上吵鬧啄食；果樹上，紅胸啄花鳥到處沾黏大葉桑寄生的種子，發芽成長的桑寄生會影響果樹的健康，這可愛的小鳥，竟成危害果樹的兇手！

近來，褐林鴞從偶而到訪，到夜夜棲於園中，聽到牠的鳴叫，很是欣慰——這全臺灣體型第二大的夜行猛禽，終於願意住到我家了！

這些動物們繽紛了我的山居生活，也分食著我的作物，開始時免不了心疼、生氣，久之，我從大地學會了慷慨——后土有情，長養萬物，總有牠們吃不完的留給我，而且足夠豐盛！

18 人籟

善待自己的聽覺，如果沒有現場的音樂可聽，何妨學些簡單的樂器或歌唱自娛，否則最好的聽覺饗宴就是——無聲勝有聲。

有些人來到我住的地方會驚訝著：沒有電視、沒有收音機和音響，怎麼過日子？我倒驚訝，依賴這些，日子將過成什麼樣子？山居生活，給了我許多美不勝收的感動，數年來唯一困擾我的卻是：人的噪音無所不在。

附近的果園，總是有人誇耀著音響的豪華，工作時從早到晚用擴音喇叭不斷播放著流俗歌曲，音量響徹山谷。視覺的亂象猶可逃離，聽覺的折磨卻無處躲避，忍受了四年，至今仍然無法完全麻痺，不能麻痺就還有痛苦。我卻沒有勇氣去一一找出聲音的來源，前去抗議。這是一個沒有真民主，卻有大自由的國度，我想像得到——抗議不可能生效，屆時只有更加惱怒，而一個人在這山區立足，誰都得罪不得。

白天努力工作，稍可忍耐，停下來寫作時就沒辦法充耳不聞，只有戴上耳塞。好不容易天色向晚，音響大放送也隨著收工而關閉，入夜後卻緊接著傳來街上的卡拉ＯＫ。不懂人究竟活到什麼樣的境地，需要透過機器嘶吼來發洩，有時吼到午夜猶不肯罷休。

我珍惜白晝光陰不願晚睡，偏偏常被吵到不能入眠，無奈撥起電話央求警察前去取締，在這天高皇帝遠的山區，此法也不奏效，只好又戴著耳塞睡覺。

在這些惡質的人籟中苟且偷安，沒有真正去做革命烈士，除了時間、精神，以及可能招致的安全威脅，也對活在這個層次的人們，有莫可奈何的同情。

有一種被我視為盲目的生活——對物質與金錢無節制的貪婪，無視於自身以外的環境災難、生態失衡，以及不公不義的一切。同樣地，也有一種社會氛圍，讓我心生厭離——既得利益者相互取暖，沾沾自喜於操弄資源，讓私人利益極大化。這一切個人的、群體的劣化，終將讓社會失衡，也會使表面上受益的人，無形中為那份利益受害。

我曾經也是一個「既得利益者」，如今為一種清簡踏實，和這群利益邊緣的人們並肩生活，這小小的噪音折磨，只怕是無數錯綜複雜的因果呈現——利益金字塔的上層，靠的是基層勞動者的供養，而這些拼搏體力的人，在生活壓力下，身心都很粗重，紓解壓力的方式，口味便也重了。知道這是一角冰山，剷去這一角，剷不去皇皇巨基。有沒有一種智慧可以消融這千丈寒冰，而不是力鑿硬碰？……也是我的討山功課之一。

也許正是這些「嘔啞嘲哳難為聽」的音波終年環繞，我對難得帶來「優質人籟」的朋友總是感懷彌深，而且記憶持久。

聽馬丁吹直笛、彈吉他，已經是家常便飯，特別的是，有一次他把「阿爾卑斯號角」帶來了。這種巨型的古老樂器，是一個長長的木喇叭，由數節鑿通的木管接起，由於全長有三．五公尺，重三．四公斤，吹奏時必須立在地上，末端開口彎起約四十五度，人得站著，在空曠的地方吹奏，才顯得出號角聲的宏遠遼闊。

這樂器我只在瑞士聽過，在美麗的阿爾卑斯山上，簡單的曲調、舒緩的節拍、雄渾的音色，穿透薄暮中沁涼的空氣，響徹千山萬谷，盪氣迴腸。

那次馬丁來，我依著慣常的作息晨昏鍛鍊，他也在這段時間安靜獨處。沒多久，果園的另一端卻傳來依稀熟稔的樂音，不由得豎起耳朵，一再懷疑是不是幻覺。後來問起，果真是他把號角帶來了！這人瘋了不成？帶那麼大的樂器來玩。看他抖出一條橡膠水管，不由得失笑——原來這就是他的號角！

由於這項樂器太過笨重，需要分幾段組合，而最前端供人吹奏的那一截極為輕巧，不過一支煙斗大小，可以放在口袋裡，走到哪裡都能練習，只是少了共鳴的木管，聲音顯得單薄。接上一條水管，稍可加強共鳴，不失為旅行中的好點子。後來他應我朋友邀請，同去爬雪山，也帶了這條水管號角去臺灣第二高峰上演奏，可惜那次我腳傷才癒，不能負重登高，沒有前去捧場。

更加神奇的是，當他拔去那支小吹管，直接就著水管竟也能吹出音調，只是音域窄了些。老弟的兩個小孩看他玩

阿爾卑斯號角聲遙闊宏遠（馬丁繪圖）

得有趣，也爭相模仿，紛來向我要水管（莫非以為姑姑的水管才有魔力？），姑姑生性大方，各剪一段水管相贈，孩子們玩得不亦樂乎。果然孩子的可塑性高，很快就吹出調子，而我這姑姑到現在還只會吹單音。

竹屋啟建的那年冬天，一位早年留洋長居國外，最後盡棄昔日繁華，提倡回歸自然的朋友，帶著畫具和小提琴來到我的果園，在我園裡露營。當他拉起小提琴時，我不得不由衷感謝他真的帶來好禮物。這麼「高尚」的樂器，我無緣鑽研，儘管他一再強調提琴不必學，但那不能做粗活、必須細心呵護以保持手指靈敏的要求，我就自知今生絕緣。還好「有福之人人服侍」，這時我就樂得做那有福之人，用我粗鈍的十指盡情地去和泥巴、搬石頭、糊地板、剪樹枝，一邊工作一邊享受悠揚的琴聲！不由得

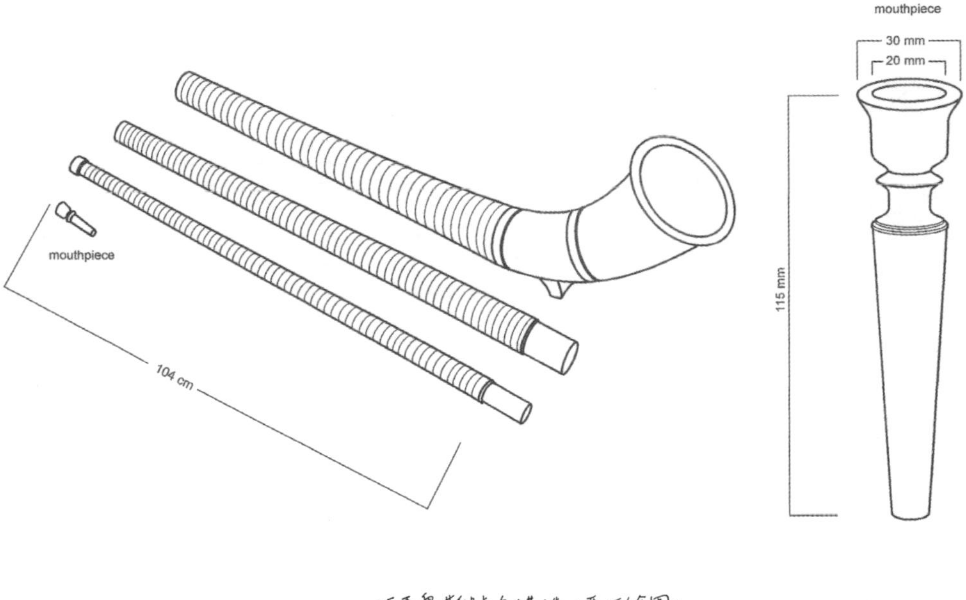

阿爾卑斯號角構造（馬丁繪圖）

心想：人們若把說話的精力都拿來玩樂器，該有多好？要抒情敘事、洩憤遣愁，音樂中不都有嗎？

經營果園以來，多少南北好漢拍過胸脯說要來幫工，我通常禮貌稱謝，冀望無多。有一回，兩位不曾謀面，只是慕名而來的朋友，說是來幫我工作，他們的工作效率不敢恭維，但我沒翻臉，就因為他們帶來了薩克斯風和非洲鼓。

既然他們擅長玩樂，我也睽違文化生活久矣，何不順勢與客同樂？白天我自顧埋首打拚，夜晚歇工，用獨創配方調起老弟自釀自蒸的梨酒，翦燭飲酒，消磨良夜。

來客擊鼓吹管，以娛主人。鼓聲沉渾洪隆，不需曲調自有懾魂攝魄的魅力，追隨鼓聲才入密林，忽出曠野，逐鹿馳馬，聲勢如雷。頓教滿座停盃，主人長嘆。

燭光搖曳中薩克斯風接著登場，音調悲涼。高亢處如鶴唳九霄，淒清孤渺；低吟時宛若嗚咽迴風，愁慘捲地，即使不解音律，也會動容。這兩位訪客盤桓數日，我的工作進度不見增快，只是在單純的生活中留下一點不同的波動。

山中生活極其規律，我喜愛獨自工作，鮮少出門，有時十天半月不必和人說話。對訪客帶進來的「能量」特別敏感，負面的「能」需要許多時間消解，正向的「能」也會久久鼓蕩。有一位唱曲的好友，就曾讓我留下餘音繞梁、三日不絕的印象。

千玲是一位大學時代同學崑曲的朋友，學校雖異，師承卻相同，常在校際之間的觀摩聯誼中碰面。我自學生時代就仰慕她清麗的嗓音和舞臺上的風采。畢業後玩票的同學四散各地，我也終因無法久居都會，離開人文薈萃的臺北，從此和雅韻絕緣。這位朋友對曲的愛好與執著卻始終如一，用功不輟。

討山的第二年，我申請到一批樹苗，卻苦於果園工作繁重，植樹只好向朋友告急。千玲不但幫我徵召一批義工，種了兩天樹，還幾次親自回來替苗木除草，而且工作悉心徹底。去年她來，梨花盛開，原本陰雨連綿的天氣，也霎時放晴，讓我們享受幾天的風和日麗。那是個可遇不可求的早晨，湛藍的天色擁著朝陽灑進山谷，千朵萬朵的梨花雪妝盈盈，梨樹下悄立著纖纖身影，仰頭深情看花，雙唇啟處，悠悠唱出：「最撩人 春色是今年……」一縷清音，游絲般抛進窅窅穹蒼，千萬縷花魂隨之游轉……

這是《牡丹亭》名句，明清傳奇登峰造極的作品，幽怨奇麗，傳唱數百年。數百年來，多少似水芳華老去，然而，生命可以短暫，美麗卻要永恆。

撿拾我們的生活記憶，收集得起多少這樣的美麗？幽幽過往，唱過這支曲子的人兒，可曾有過相同的情境？……我一時神思飄颻，心絃如縷，亂搭著青山游雲，纏入滿園爛漫的春光，似愁非愁，似喜非喜。

好友離去，但那一曲清歌，果真讓那一年的花事，成為最撩人的春色。有好幾天，走進果園就隱隱聽見那柔麗悠遠的曲子在迴盪，婉轉綿長的音絲還懸在花枝上……

19 血肉之軀

一直相信，肉體承載著心靈，心靈也引導著肉體。心靈的自由愉悅，和身體有極大的關聯。

父母生我四體健全，是一項莫大的恩賜，這具軀殼可以相當程度配合我的心靈意志，帶我出入多重生命領域，領略紛雜多樣的人世興味，更揹負著我源源不斷的願望。我加諸於她的負荷，常讓人以為我在體質上是個天生的女強人。我自己卻清楚，這具凡人血肉不具什麼異能！

也許是幼年窘困的家境使然，我從小就瘦弱，小學每張期末的成績單上，一整列的「甲」，總是在體育欄上出現唯一的「乙」。自己心裡明白，以我在體育場上的表現，不拿大丙或鐵丁，完全是老師的偏心。看我功課樣樣優異，不忍在這科目上傷我小小的心，只是每學期量身高體重時，老師總會在旁邊說：「回家要多吃幾碗飯！」老師以為我是要父母千懇萬求才肯吃飯的孩子！

國中時更誇張。也許是發育階段的營養不良，我臉色蠟黃、瘦巴巴的模樣，讓歷史老師以為我得了肝病，幾次下課把我叫到教室外，要我請父母帶我去檢查；一位自己病懨懨、講課有氣無力的化學老師，更是苦口婆心勸我不要為苦讀傷了身體——她自己就是個活生生的例子，讀完學位，身體也徹底垮了！可憐的老師，不知以為我的成績是怎樣苦熬出來的，天知道我有多用功。

國二時參加了一次小學同學會，騎單車到七公里外的海邊郊遊，全班都已到達目的地，只剩我臉色蒼白，渾身冷汗還在半路奮鬥，老師到了海邊又回頭來找我，放慢速度陪我慢慢騎，老師還是那句話：「回家多吃幾碗飯！」

上了高中，對體育課依然興趣缺缺，由於害羞內向，對所有的競技活動都心生畏懼，而在「有助人格發展」的團隊競賽中更是只有坐冷板凳的份。唯一尚有意願參與的項目只有跑步。在中長跑中，我可以耐力取勝，專注在自己的跑道上忘記對手的存在。原來我難以合群，怯於與人爭鬥卻勇於挑戰自己的性格，早在體育場上表露無遺。注重全面發展的教育策略，當然不會肯定偏狹的發展，何況我實在也並不傑出。於是高中三年，體育成績仍一貫徘徊在及格邊緣。然而，這段時期卻有一個轉機，讓我擺脫弱不禁風的體格。

當時家住羅東附近的冬山鄉，學校在十公里外的宜蘭，每天必須通車上學，一個到國中畢業還沒有獨自搭過巴士的鄉下孩子，擠車之苦，是一般都市人難以理解的折磨。每天把自己塞進密閉、怒吼的鐵箱，和七、八十個不相識的陌生人肢體相摩，擠得手抬起了就再也放不下來，一張張湊得那麼近的臉孔都面無表情，眼睛要看哪裡都不自在，卻又不是經常可以湊到有窗景的縫隙。我不知道別人是怎麼忍受過來的，我卻忍不下去。不到一星期，我開始試著騎單車上學。那次小學同學會的丟臉紀錄記憶猶新，不敢太過自信，心想盡力一試，不行了就繼續搭車。不料這一騎，不但騎出信心，也騎出無窮興味。

那天清早，我特意早起，提早一個小時出門。怕萬一失敗，淪為家人的笑柄，我什麼都沒說，悄悄推出小學六年級就騎的迷你車上路。晨光晞微，街道還沒甦醒。過了市區，九月的晨露微涼，水田秧苗劍葉俏拔，每支劍尖都頂著一顆晶燦的露珠，閃閃發亮。我像發現一個秧苗們的有趣魔術——而這魔術只在人們起床前表演，忍不住一個人笑了起來。

路上人車稀少，天清清的，還不甚開發的蘭陽平原綠野廣闊，地平線上龜山島映著晨曦遺世獨立；西側遠山綿長，在晨嵐中層次分明。羅東、宜蘭之間隔著蘭陽溪，蘭陽大橋橫跨廣闊的溪床，橋上視野更是無垠，溪水浩浩，沙洲平遠，騎上大橋，就忍不住深深呼吸，彷彿就這樣可以吸進天地靈秀，解脫蠢笨軀殼。從此以後，再要我回去擠車通學是萬萬不能了，連颱風天也寧願在風雨裡來去，領受暴雨狂雷的震撼。蘭陽多雨，我經常一雙溼透的鞋襪在學校裡捱一整天，而早自習第一節課也常打瞌睡。

母親知道我開始騎單車上學，可以省下一筆車費，高興還來不及，並沒有阻止。學校則有幾位老師為我擔心。當時蘭陽大橋狹窄，砂石車既快且狠，我經常被逼得貼在橋欄上不敢動彈，有同樣通車來上課的老師看過我在大橋上的險狀，三番兩次勸我別騎，我哪裡肯聽，還為老師們不能理解我的快樂而十分難過。直到畢業典禮那天，終於有一位國文老師握著我的手，拍著我的肩說：「恭喜妳，終於結束三年的腳踏車生涯！」她是唯一知道我騎單車上學而不曾勸過我的老師。我為這分相知感動，久久不能自已。可是，她和我都不知道，我的單車生涯這才是個開始。

這風雨無阻、每天二十公里的單車通學，不只強化了我的體能，也日積月累地長養出我獨自鑑賞美景、品味自然的能力，以及獨行獨處的癖性。我的身體總算爭氣，沒有讓人真正操心過，只有在報考軍校時為了體檢，連續一星期每天晚餐都「推」五碗飯，讓體重勉強過關。此外，就是唯一的殘疾——我戴了眼鏡。

如果以為我讀書成近視，那可太抬舉了！由於國中畢業，母親並不鼓勵我升學，幾番暗示，希望我像大多數鄉下孩子一樣畢了業就進工廠工作，我繳聯考報名表不敢向她提起，單槍匹馬前去考試，偏遠學校一向升學率就不高，我又是那年全校唯一考上女中的學生，老母總算睜一隻眼閉一隻眼，沒反對我去註冊入學。只是我心中懷愧，從此除了註冊費，其他開銷從不敢向母親開口，只有課餘時間埋頭做家庭代工賺「所費」。那時做的是日本和服刺繡。我十分沉迷，連升高三的最後一個暑假都不願意去上學校的輔導課，寧可在家繡花。班導師幾次找我去辦公室懇談——聯考在即，我是唯一拒上輔導課的學生。我當然不敢告訴老師想在家繡花，只是用沉默表示我的堅持。

這麼努力地做手工，並非只為了賺錢，而是真的對工作著迷，那些綺麗的圖案，典雅的設計，完成後的作品讓人愛不釋手，每次交成品都興奮地期待，想看下一次的花樣是什麼？代工老闆娘欣賞我的手藝，交給我的貨品愈來愈高級，我的興致也愈來愈昂揚，新件拿回家就迫不及待地動工，往往挑燈到夜深人靜不能罷手。高中聯招連考兩天，第一天考完回家，還是忍不住趴在繡檯上，聯考的壓力、生活中的不順遂，都在一針一線中靜靜隱去。而一幅作品小則數星期大則數月時間才能繡完，趕工時往往通宵達旦。我就這樣成了四眼田雞。雖說近視早已是流行的文明病，在光學科技發達的現代社會也無傷大雅，我的度數不深也不以為意，還為了可增添一點書卷氣而偷偷高興。直到有一次在印度眼鏡被偷，那是個找不到眼鏡行的偏僻地方，我捱了十幾天沒有眼鏡的日子，深深體會到，近視原來是一種殘疾。

雖然這項殘缺不算病弱，但離強壯總還有一段距離。真正開始刻意鍛鍊自已，是因為一場轟轟烈烈、至今不渝的戀愛——我愛上了山川自然。獨自行走在山巔水湄的清靈至樂，讓我一次又一次貪婪地要求我的肉體，帶我到更遠更深的山裡，到天涯地角……我知道，要到那些地方，我必須負重、流汗、純化心念、折磨筋骨，但，那是一種衝動，一種狂熱，我心甘情願領受，也心甘情願修練自己。在許多花樣年華的女孩為愛情而千方百計保持晶瑩剔透的時候，我卻讓陽光剝去我一層層皮、風霜刮出一道道早生的皺紋，還為了旅行的安全方便剔過幾次光頭——我那時只要不開口，常會被叫成小弟！

不是不具愛美的天性，而是瞻顧容貌之餘，還有更深的愛戀。我知道要怎樣才能親近我的情人，我自學簡單的瑜伽柔軟筋骨，用長跑訓練體力與耐力。三千米、五千米地跑，我愛上那種肢體舒放奔馳，心念純一無雜，全身汗溼淋漓的暢快。大學時代，已能在運動會的長跑項目上嶄露頭角，不算傑出，卻是從小到大不敢夢想的轉變。

對原野的親近，也從每年暑假逐一完成三大橫貫公路的全程徒步，到揹起重裝邁向一座座高山，一步步踏訪臺灣的山林。由於害怕團體行動的規矩和壓力，也不願群聚的嬉鬧分散自己的專注，我既不參加救國團，也沒加入登山社，只喜歡獨自來去，享受和自然相處的靜謐與深邃。登不登頂雖無所謂，卻也僥倖沒有力不能及的巔峰。經常有人問起：「登過多少百岳？」我無從回答，因為不曾在意，連哪些峰頭算百岳都不清楚。

一個人登山，又是帳篷又是炊具糧食，背包常在二十二、三公斤之譜，是我體重的一半，讓我肩膀吃不消，胸膛不能舒張，走來十分吃力。後來學著原住民用頭帶輔助揹負，竟然輕鬆愉快，健步如飛，被人說成「爬山沒心臟的人」。這些極耗體力的戶外活動，從忍受逐步進入享受，身體愈來愈自由，天地愈來愈開闊，終於我大膽計畫了一趟西藏之旅。

說是計畫，其實沒有路線沒有行程，更沒有時間的設定，只是要去看那未知的地域要呈現給我什麼？這一來，我更鞭策著我的身體，要有承受、應變各種不可知情況的準備。半年內足足有三個月我把自己驅上三千五百米以上的高山，除了要適應高海拔環境，更希望自己不只「撐」過去，還要有餘裕「享受」自然——我帶足了畫具，在烈日下、寒風中，甚至冰天雪地裡作畫，希望豐富這一趟對我而言極其重要的旅行。

然而，在西藏，地球上的第三極，旅行還是太艱苦。我取道川藏線，有公車搭到沒公車，有卡車搭到沒卡車，昌都以西，我只能徒步、趕驢、買二手腳踏車，翻過數道四千米以上的隘口，兼之一路棄公路而深入各處荒僻的地區遊走——往返察隅、徒步墨脫，經過五個月才到拉薩，又在冰雪封山之前翻越喜馬拉雅山進入尼泊爾。這段時間之中，肌肉筋骨常常忍受難耐的痛楚，我既堅持素食，一路所經又都是物資極為匱乏的地區，飢餓和寒冷侵凌著軀體，虛弱，更是如影隨形的鬼魅，在騎過五千三百米嘉措拉山口的那天，我因力竭而流淚……

然而，雄峻偉岸的高山大河，無邊無際的遼闊草原，以及未受現代文明侵染的人文，為我翻開一頁頁搖撼性靈的天書，銘烙一方又一方嶄新的生命印記。身軀極度勞苦，心卻從此解放，只願無窮無盡地往前走，不要回頭。引我一步步走去的是無限壯闊的天地，我如痴如醉地追隨，何嘗需要意志支持？脆弱的身軀在這著魔般的追尋中，竟也承負起不可思議的煎熬，整整半年，我的月經都沒有來，雖然省去一件麻煩事，我也嘲笑自己：已經到達「雌雄同體」的境界，心裡卻明白，已經把身體使用到極限了……

然而，經歷過這樣的極限真好，一度彷彿企及身心靈超越合一的至美境界，過往的人世困頓、生命感懷，一時桶底脫落，一絲不掛！

桶底脫落、一絲不掛，這禪家境界，我一直以為是心念的修為，想不到它的途徑也在肉體的修練中。

討山事起，這些筋骨的熬煉，和過程中無為而至的心意純化，都大大幫助我在這未知的旅程中無畏行走。曾經，我無法回答那些披星戴月卻無所事事的浪跡所為何來，如今只笑看它化為取之不盡的資糧；眼下若再問此際的勞神苦形所為何來，心中早已不疑。

有幸主宰一具血肉之軀，時限不長，我終不甘放它在安適中平淡，或為悅目而蒼白。區區一具皮囊，轉眼將與草木同朽，寄託超越或相對恆久的事物，原是古今靈魂共同的想望。凡夫如我，亦不能免。這樣的寄託不干名位，寄寓的本身即已是超越恆久。一棵氣勢足以撼人的巨木需要上百年的成長，我在做一件這輩子看不到的事業。然而即使有坐看功成的那一天，怕也不比這逐夢的時刻來得踏實愉快。

VI 瞻顧

20 中橫沿線農業開發始末

高山，阻隔了人的活動，卻造就了蓬勃珍貴的生態環境；路，則隨著人的足跡無盡延伸，深入未知的領域。六十年來，東西橫貫公路帶來了便利的交通、帶來了高海拔農業的開發，以及日益重要的觀光資源；也造成山林土地沉重的負擔，生態環境遭受到巨大的衝擊。東西橫貫公路於一九六〇年正式通車，沿線土地的開發也於一九七一年前後大致底定。一九九九年九二一大地震之後，這條穿透中央山脈的巨龍柔腸寸斷。西線交通至今癱瘓，有人說：也好，讓梨山休息一下；東段太魯閣，絕世天險，災害意外頻傳，又有人說：封山吧！

臺灣的經濟發展，乃是拜許多「開發性」政策所賜，上一代人用以度過難關的解方，可能必須由下一代付出代價。高海拔山區的開發是那個時代背景下的產物，是歷史的問題、社會發展的過程。

上一代的人用他們的努力，創造了他們想要的奇蹟，如今我們回首來路，也希望這一代的人能釐清這一代社會真正的需要，勇於急流操槳，而不是責備歷史。

開發政策的由來

臺灣高山的農業開發，以中部橫貫公路的開拓為濫觴，從國軍退除役官兵輔導委員會（以下簡稱退輔會）的農場開始。

一九五四年，政府有計畫地開發中橫沿線的山地資源。隨著築路計畫的開展，中橫沿線兩側的資源陸續被勘測計算出來，各項開發計畫也逐一出爐。

當時經濟部及「中國農村復興聯合委員會」根據政府決策，委託臺中農學院（中興大學前身）園藝系師生，組成高山園藝作物調查隊，在兩個暑期之內完成中央山脈中部高山以及中橫主、支線的園藝資源調查。報告書中建議政府在山地發展溫帶性農牧事業。這是臺灣高山農業發展的伊始。

一九五八年，「經濟部橫貫公路資源調查團」的報告完成，估計中橫沿線可供開發的土地面積約為四千公頃上下，行政院根據這個報告，訂出「橫貫公路沿線農業開發方案」，以沿線兩側各十公里之內為開發範圍，除山地保留地及私人土地之外，全部撥交退輔會管理利用。

依據這個方案，公路沿線為完整、大塊面積的土地作為農場，以安置退除役官兵（榮民）就業；零星土地，一公頃以上、十公頃以下者，配予榮民承墾，參加築路有功的榮民，有優先承墾權。而由榮民開墾出來的土地，再由林務局依「租地造林辦法」租予榮民。

農場與溫帶水果

中橫開築之初，民生物資的運補十分困難，米、麵、油、鹽都由挑夫從平地運送，蔬菜供給尤其不易。退輔會響應政府號召，遴選志願從事山地農墾的待退士官兵，揹著乾糧徒步入山，開闢耕地，先為築路工程後援，後為民生農業貢獻。一九五七年，福壽山農場成立，翌年有西寶農場。為安置更多榮民、義胞，一九六一年於霧社支線上又設見晴（今清境）農場，一九六三年宜蘭支線上再添武陵農場。

最初，福壽山農場工作人員見環山部落的日警駐在所附近，幾棵松茂梨長得不錯，認為可以在此試種溫帶水果，於是申請經費，向日本買進蘋果、梨、水蜜桃等苗木共一千棵，一試成功，創下亞熱帶島國種植溫帶水果的農業奇蹟。墾植範圍向農場外逐漸擴張，蔚為今日梨山綿延的果園景觀。

清境農場於日治時即為牧馬場，因而接續發展畜牧業，成為臺灣獨樹一幟的高山畜牧場。武陵農場，主要栽培溫帶水果與高冷蔬菜。西寶農場，因海拔低於一千公尺，較適合栽植水蜜桃，其餘仍以蔬菜為主。總計由退輔會管轄的四大農場面積約二千五百公頃，開發利用約一千二百公頃。

荒山盡成果園

當解甲歸田的榮民以百折不撓的精神開山闢土，成功引進當時價格昂貴的溫帶水果，成效卓著，獲利宏觀，附近原住民腳下的山地保留地也跟著翻了一層皮。佳陽、梨山、環山等部落，一時荒山莽林盡成果園，總計梨山一帶包括佳陽、梨山、松茂、環山、平等等地，開發了一千多公頃。

民生物資匱乏的年代，地盡其利，是因應的法則。一九五〇年，政府頒布「臺灣省國有森林用地出租造林辦法」（以下簡稱「租地造林辦法」），在不變更使用地目的原則之下，權宜規定「果樹」為造林樹種之一，允許民眾開墾。中橫開通，一批退除役軍人受政策鼓勵，上山墾植，林務局依租地造林辦法授予租約。隨著溫帶水果與高冷蔬菜的獲利日豐，濫墾情況日益嚴重。

一九六九年，政府開始有「清理」的動作，依租地造林辦法，將濫墾戶納入管理。以梨山地區為例，到一九六〇年為止，登記有案的國有林地墾植面積總計六百四十七公頃，另加上未申報的濫墾地合法化，總面積約為七百公頃。所謂的清理、納入管理，就是讓無法控制的「非法」合法化。

討山人

歸納起來，中橫沿線上的開發主要來自三方面：退輔會輔導下的農場、原住民開發的保留地，以及榮民向林務局租用墾植的國有林地。數十年來，這三股勢力迭有變遷。

・農場地

農場原本採配耕制，墾員與場員[1]配有一定的耕作面積，一九八九年政府實施放領，陸續將部分農場地授予榮民，場部管理的耕地在人事精簡之後，開始與外界「技術合作」，

①墾員指的是參與農場耕地開墾的榮民，場員則是開墾完成後安置進來的退除役官兵。

其實就是將部分耕地放租給一般農民。

取得土地所有權的老榮民普遍面臨後繼無人的境況——在進口水果大幅衝擊市場之前，這些農場的耕耘者都享受過一段黃金歲月，但深山僻壤的農事，年輕人視為畏途，幾乎全數外流。榮民年老力衰，不是租讓土地，隨子女下山；就是孤單老人帶著財產回中國大陸，或沒有子嗣而認養原住民子女繼承產權，榮民後代固守土地持續耕作者，少之又少。大體上，實際耕作農場土地的，已是平地人與原住民。

・原住民保留地

在已開發的山地中，原住民保留地占相當大的比例，法律也明文規定保留地只能由原住民向公所承租，不得買賣或轉讓。但是，原住民大多不諳經營管理，也較無固守產業的觀念，在物質金錢利誘之下，往往與平地人私下簽訂使用權利讓渡契約②，因此，實際耕作原住民保留地的仍以平地人居多。

・國有林地

農場、原住民保留地，或者國有林地，多數的經營者都是平地人，無論轉租或讓渡③，許多林班地轉移至平地人手中。「轉租」的行為雖於法不合，卻是公開的祕密，在兩造默契下，當局無力查緝。私相訂約，甚至層層轉出的例子比比皆是，至今仍持原始合約耕作的人，少之又少。

在環保意識普遍覺醒之後，林務局已不再出租新的林地，如此更添了投機者的籌碼，轉租金一手高過一手，即使不願再耕作，多簽幾年合約，便可坐收轉租金。這種現象對於後來土地政策之無法貫徹有重大的影響，當林務局以造林地違法種植高冷蔬菜，對原簽約租地的某甲進行訴訟，勝訴之後執行處分，面對的卻是轉承租的某乙，使得勞師動眾的訴訟行動毫無用武之地。

農場的轉型

一九八〇年前後，原本行情最看俏的蘋果，受到美國蘋果進口的影響，許多果園砍除蘋果，換上高冷蔬菜。高海拔地區因氣候關係，可提供平地夏季所缺乏的蔬菜。「逆季栽培」的高冷蔬菜價格高昂。對果樹失去信心的農民趨之若鶩，菜區面積急遽增加。

---

② 「使用權利讓渡契約」是私相轉讓土地使用權的協議書，由於原住民保留地與國有林班地不屬於私人所有，只能向公所或林務局承租。承租人有使用權，但不能買賣過戶。讓渡契約形同買斷，買方雖取得使用權，但不能過戶，沒有法律保障；國有林班地則可經由讓渡契約將承租人改為買方，雖仍是承租，但後者可以依法「讓渡」，原住民保留地則不行，一般民間做法是「借人頭」。

③ 國有林班地可以「讓渡」，但不能「轉租」。所謂讓渡是原承租人將土地租用權賣斷，買方直接面對林務局；「轉租」則是私相授受，原承租人將租來的土地再租出去，租用契約書上的名字還是原承租人，但實際耕作經營者已改變，造成林務局管理上的問題。由於林務局出租國有林地的條件日趨嚴格，許多檯面下自行轉租的行為遂愈加普遍。

蔬菜根淺，又是短期收穫的作物，一年可種植多次，每次栽種需全面除草、翻耕、施肥，水源汙染以及水土流失的問題以菜區最為嚴重。其中又以德基水庫集水區與櫻花鉤吻鮭保育區的生態衝擊特別受到矚目。

太魯閣、雪霸國家公園相繼成立之後，多方協商限制開發，而國家公園以外的地區，也在日益高昂的生態保育呼聲中廣受討論。基本上，退輔會的農場屬政府單位，比較容易作政策上的配合，轉型經營。其中，清境、武陵農場早在一九八七年前後轉向觀光農場發展；福壽山起步較晚，也在一九九一年前後開始。

武陵農場在雪霸國家公園內，是櫻花鉤吻鮭保育區的心臟地帶，備受各方關切，一九八五年開始，此地即逐步配合學術研究及保育計畫的推展，漸次縮減耕地。場部所屬約一百一十五公頃的耕地，廢耕轉型，以雪山和七家灣溪的明媚山水，及珍稀動植物資源作為生態旅遊的資本。

清境農場因臺灣畜牧業不普遍，早期遊客乍見高山上的牧野風光，牛羊漫步於連綿草坡上，忍不住翻園籬、踏園圃，追逐爭看，農場因此規劃步道亭臺等遊賞設施，休閒觀光事業遂興。由於農牧產品獲利不豐，近年來農場已大力輔導轉作花卉、茶葉等高經濟作物。

中橫沿線上成立最早，規模最大，農業發展實力最雄厚的福壽山農場，早年在溫帶果樹栽培方面獨領風騷，後又開高冷蔬菜、高山茶葉栽植之先河。農場本身也在溫帶水果景氣低迷時銳意從事品種更新，農業優勢歷時不衰。在武陵農場因櫻花鉤吻鮭保育計畫而大幅縮減耕地時，許多原本與武陵農場有「技術合作」關係的菜農，轉而競標福壽山農場的蔬菜區，菜地租金扶搖直上！幾年後，同樣的保育呼聲也迫使福壽山農場緊隨武陵農場的步調，轉型觀光，大面積的平緩耕地被收回，種植觀賞用的櫻花，菜農再度轉攻地勢更陡的原住民保留地，形成陡坡種菜，緩坡種花（保育）的怪異現象。

位於天祥附近的西寶農場限於地勢險峻，缺乏大規模的開發腹地，所轄總面積二百餘公頃，開發利用的僅約百來公頃，分散在蓮花池、梅園、竹村、洛韶、華綠溪等處。一九八九年之後大多放領成為私有地，農場產業大幅縮減，目前已併入花蓮農場。

太魯閣國家公園管理處成立以來，基於生態保育的立場，對於「多年未受干擾」的荒廢地限制重墾，任其復原。其他諸如房舍修建、道路整修也納入管理，希望制止開發的腳步，並鼓勵農民將無耕作價值或不願續耕的土地交由國家公園價購，不要轉賣或出租，如今西寶農場大多納入太魯閣國家公園管理。

以上四大農場以外的墾地，大多種植溫帶水果。高冷蔬菜在德基水庫集水區以外的取締較鬆，限制較小，規模較為龐大。宜蘭支線上，南山、四季與思源埡口，栽植面積十分可觀；霧社支線合歡山一帶，以及清境農場，也有大量高冷蔬菜區；中橫東段，慈恩、華綠溪以下有零星栽培。這些地區的高冷蔬菜都有凌駕果樹之勢。間或有改種高山茶者，基本上不離農業。雖然有部分觀光民宿也只是副業，並無顯著轉型的傾向。

水庫

前面提到東西橫貫公路於一九六〇年正式通車，沿線土地開發於一九七一年前後大致底定。一九七四年德基水庫啟用後，水庫的出現與討山人的生計發生了衝突。

根據專家的評估，德基水庫集水區內的開發，影響到水土保持，陡坡農用地（即超限利用土地）更是直接威脅到水庫的壽命。行政院於一九七九年核頒「德基水庫集水區陡坡農用地處理要點」，計畫分期收回影響集水區水土保持的開發地，政策一定，農民群情激憤，認為土地開發在先，水庫成立在後，不應為水庫剝奪他們的工作權。

政府第一波回收行動始於一九七九年至一九八四年，當時溫帶水果景氣正好，回收效果不彰。一九七〇年就已登記在案的濫墾地五十三公頃，林務局只收回已崩坍以及水保問題嚴重的超限利用地約十四公頃。而這期間由山地農牧局（今水土保持局）等單位聯合測定的超限利用地，包括退輔會農場、原住民保留地，以及國有林地共約一千一百七十餘公頃。回收工作，可說並無成效，最後是以「擬定於果樹衰退期再行收回」作交代。預定時間是一九八九年。時間一到，狀況依然膠著，於是有了第二波計畫與行動。

政府方面成立專案研究小組，邀請學者專家進行實地調查研究，除了水庫集水區的土地利用歷年來的變化與水庫淤積以及水質的相關性探討之外，還有果園水土保持處理、先前回收的濫墾地造林狀況的檢討等等；最重要的是，針對農民輿情反映、土地補償等技術及社會層面的問題，責令研究小組做實際調查。根據調查結果，重擬方案。

一九九三年，新的方案出爐，以發給轉業救濟金，鼓勵承租人自動放棄經營，分年限期回收。第一年自願交回的，每公頃補償九十萬元，第二年七十萬，第三年四十萬。公告之後第四年開始，即終止租約，強制收回土地。計一九九五年至一九九八年共收回二百四十四公頃，而一九九八年起依法應強制收回的土地，最後仍不了了之。從表一的數據可以看出原住民保留地是回收最困難的部分。

1995 年至 1997 年間，超限利用地的回收狀況

土地別	超限土地面積（公頃）	回收面積			回收面積合計	回收面積占該土地別比例
		1995 年	1996 年	1997 年		
國有林班地	303	54.46	15.652	4.68	74.792	24.68%
原住民保留地	772	101.0651	16.062	12.729	129.8561	16.82%（最低）
退輔會農場地	96	29.0446	7.9565	1.3175	38.3186	39.92%
總計	1171	184.5697	39.6705	18.7265	242.9667	20.75%
比例	100%	15.76%	3.39%	1.6%		

晚近，原住民的自主意識日益高漲，爭取保留地（傳統領域）權益的呼聲也日益強烈，學界輿論頗有以原住民的傳統智慧為立足點的論述，認為高山農業問題，實是平地漢人所造成，不應由原民承擔。如今任何限制高山農業發展的政策，都將損及原民權益，也形成難以討論的寒蟬效應。實則，平心而論，大梨山地區的發展，是原漢合作的結果，功過也應由兩造公平承擔。

以筆者二十餘年的觀察，在暴利衝擊下，此地所謂部落意識和原民智慧早已渙散不復存在，當年原民為了高昂的土地租金，已將能開發的土地開發殆盡，而且絕大部分出租給平地人，更有完善的「人頭網絡」提供賣斷土地的管道！二代、三代的原住民，依靠豐厚的地租收入，早已習慣都會生活，與平地人並無二致。平地人善於經營，獲利豐厚是事實，原住民作為地主，也坐收了龐大的租金，限制高山農業發展可能造成的傷害，並非止於原民一方。

高山農業的收入可觀，補償金難以填補離農

的損失！然而，補償金的發放對象，是土地所有權人以及原始承租戶（原住民），那些轉租土地的平地農民繳付地租辛勤耕耘，承擔市場風險與天災地變，到頭來土地被收，補償金卻全數落進地主口袋。問題上不了檯面，也只有把反對的聲音拉得更高。

因此，筆者認為，談論高山農業議題，應該超越狹隘的原漢之爭，放諸更大尺度的環境永續層次，才可能有解！環境有價，如果還山於林是整體社會的需求，就應該由整體社會付費。

造林就是王道？

筆者在退耕還林的實作中，經常自問：獎勵造林的政策為何失敗？陡坡耕種不易，多數的下一代不願接手，如果是自有的土地，留一片林木給子孫，多年後也是一筆財富，為何不能成為誘因？

親手撫育樹木十多年，直到有一天讀了日本小說《哪啊哪啊～神去村》才恍然大悟：樹木，不是種下不管就能成材呀！想當初一片熱心向林務局申請苗木，從領苗到種植，年年除草維護，從沒有一位林業專員告訴我，樹該怎麼種、怎麼管理才能堪大用？真的種出成材的樹，又能賣給誰？造林，就是白白放棄可以生財的土地，種出無用的樹而已！

我由此反思臺灣數十年的獎勵造林計畫，似乎沒有產出認真管理、堪用的林木，而臺灣的木材自給率低於一％，木材產業鏈嚴重斷裂，要農民奔赴一個沒有前景的事業，從果農變成林農，確實是異想天開！

放租的國有林班地，如今已幾乎全數收回，或許可以作為國土保安林或生態林，既不砍伐，樹木成不成材便無所謂。但廣大的原住民保留地卻沒有足夠的經濟誘因可以撼動。在碳匯成為舉世注目的環境議題時，恢復本土木材產業，能有多大的希望？二〇一七年欣聞林務局喊出「國產材元年」，計畫重啟臺灣人工林經營，這項計畫，又能否為高山農業帶來轉機？

給他們魚？給他們釣竿？

當年為安置退除役官兵，給予他們山地墾植的機會，也帶動了高山原住民經濟翻轉的奇蹟，這彷彿給了他們一副好釣竿；而今欲縮小山地農業的規模，以金錢作為交換，猶如用魚去換取他們手中的釣竿。放眼這批土地的耕耘者，大多已屆中年，中年轉業的困頓，以及糾葛難解的原住民保留地問題，恐怕不是金錢可以輕鬆解決。

如果讓人下山不是唯一的解方，則引導農業轉型就是必要的策略。然而引導轉型，首先需要的是穩定經營的保障（胡蘿蔔），以及堅定執法的配套（鞭子）；更重要的前提則是：整體高山農業的定位、願景，與發展的共識。這個願景的勾勒，在此國土計畫實施之前，正是千載難逢的契機！

我們期待在國土計畫的擬定過程中，問題與解方能有務實的盤點：高山農業的社會貢獻有多大？除了GDP，還有其他多元價值嗎？這些價值是觀光可以取代的嗎？觀光的正負效應又有哪些？過去的宜農／宜林地的界定是否有檢討的空間？不適合再做農業使用的土地有多少？仍可從事農業生產的面積又有多少？有產業必定有衝擊，合理的緩衝帶應如何劃設？汙染問題如何防範？產業的定位，除了農業，是否也有經濟性林業的規畫？這些規劃是否務實、而非如過去草率無功的造林獎勵？它與土地持有者的利益如何平衡？違法的現狀能否有效管控，以符合公平正義原則？……

有了願景，才能談規劃。如何讓樂山者能夠安居，而讓投機者無機可乘？如何讓山間生計提供社會需求的同時，也護住珍貴的環境？如前所述層層轉租的現象普遍存在，土地使用者無心以山為家，致富後在平地置產，而將山地出租，這種大風吹式的經營管理，使土地耕作者頻頻易主，人人欲盡其所能壓搾土地，不願做「無謂」的投資，諸如坡地的水土保持、垃圾處理，以及周邊環境與生態的關注……因為，「無恆產者無恆心」！

此外，高山農業區沒有相應的地方建設提供世代生根的條件，如：整個大梨山地區僅有梨山及平等兩所小學，所有家庭的子女屆入中學之齡都必須下山；醫療設施匱乏，只有衛生所和幾爿小藥房，家有老弱殘病者都無法在此安居。如果在山上討生活的人，都只能將這裡當成打拚致富的跳板，無心扎根，政府挹注在此的資源，也只會浪擲在無謂的觀光粉飾中！

結語

曾經，有人期望加入WTO之後能打擊高山蔬果的利潤，使這些開發者自行棄耕，然而，山農們昂首走過WTO，在這片土地上持續創造出奇蹟！痛心於國土脆危之餘，也讓人欽敬山農的強韌，同時反思社會的需求——這些逆季蔬菜、溫帶水果，獨特的高山茶葉如果從缺，我們又將增加多少食物里程從境外進口？我們不忍自己的環境遭到破壞，而漂洋過海而來的異國農產，又在當地造成多大的環境傷害，我們卻可能連知道的機會都沒有！

此際，社會能否以新的視角，檢討高山農業的衝擊之餘，也正視高山農業存在的價值，與其正面的貢獻？藉由更細緻的國土規畫，給斯土斯民一個永續安居的未來？這個未來，能否適切融入環境保護者還山於林的期望，以及友善環境的農業經營？

期盼這個以國土保安、環境永續為前提的《國土計畫法》，能一步步導正開發的方向！而《國土計畫法》中，訂有每五年通盤檢討，以及公民參與的機制，也希望能由此提升地方民眾為永續家園深謀遠慮的公民意識！

（原載《東海評論》一四七期，原篇名〈從原始秘境到人間農場〉，二〇〇三年九月第一次修改，二〇二三年十二月第二次修改）

21 積極前瞻的國土願景——農地止血與里山倡議

前言：

一、此文發表於二〇一七年七月《農傳媒》雜誌。這篇文章是在「農地農用」倡議行動的高峰期，以守護宜蘭工作坊的名義發表，宣示與呼籲性質強烈——這恰恰是個人生涯轉折——從隱於山林的女農到積極的社會運動者，過程中一個典型的里程碑。因此，雖然行文風格與全書迥異，仍願在此收錄分享。

二、文章發表時，農委會進行的「農業與農地總盤查」結果尚未公布，有關「三、農地安全總量不足」一段，雖然內文與後來調查結果相去不遠，但為提供更精確的數字，仍加以改寫。

三、行政院農委會此刻已經改組、升格為農業部。文中提及與該單位有關的時間背景，都在改組之前，故仍維持原有的機關名稱——農委會。

二〇二三年十月十五日修訂

過去臺灣土地在缺乏整體計畫，以及地方執法不當的情況下，造成農地大量流失、破碎、汙染。如今農委會將針對違規使用情形銳意整頓，為農地的流失與濫用止血，我們樂觀其成並竭力支持！

無論是農地工廠、違規農舍，或其他非法使用項目，都歷經不當填土，要恢復成原本的優良農地，有其困難，且成本高昂！這些土地，連同周邊有汙染之虞、或過於畸零破碎的農地，全國總計超過七萬公頃，一般皆認為不適合再發展農耕，因而在國土計畫中極有可能被劃為城鄉發展區，讓農地再度流失，也再度重演「先違規使用，造成既定事實，再變更開發」的農地不歸路！

我們強烈建議農委會應在國土計畫中積極捍衛這些土地，將之維持在農業發展區。尚可農用的，則以市民農園、可食地景，或食農、環境教育場域型態利用之。已受汙染或土壤不良的，可投入林業經營。因為長期造林可使土壤生機恢復、提升國內木材自給率、貢獻碳匯、調節氣候、保水減災，更可提升城鄉生活品質，創造全民的宜居環境。

以上倡議的理由如下：

一、地狹人稠的臺灣，農地是珍貴稀有、不可再生、不可恢復，且世世代代共享的生存資源。任何不可逆的改變都必須審慎嚴謹，為未來世代留下應變環境的資產。

二、農林也是經濟產業的一環，而且是維持環境韌性、可持續發展的綠色經濟。農委會身為中央主管機關，有責任在國家產業願景中，積極展現農林業的重要性，包括第五類農地——已劃入都市計畫中的農業用地，及第三類農業用地——山坡地農地，都不能輕易放棄。

三、農地安全總量不足。

據行政院農委會表示，基於非常時期國外農產品輸入受阻時，可種植稻米、甘藷等主要糧食作物以提供國人基本熱量需求之國內農地需求總量面積約七十四萬至八十一萬公頃。這個數字，仍是以依賴農藥化肥（完全進口，且高度仰賴石油）的產糧效率，以及包含三十萬公頃山坡地農業用地的估算結果。

中央研究院在《農業政策建議書2.0》中指出，都市化發展加速優良農地流失，並以內政部國土利用調查資料指出，近四十年來全臺農地面積減半，從一九八二年一百二十六萬公頃，減少至二〇一八年七十四萬公頃。但這裡顯然並未扣除被違規占用的農地數量。因為，農委員會早於前一年二〇一七年九月，即完成農業及農地資源盤查作業，公布結果，實際可供糧食生產的土地面積僅剩六十八萬公頃，比起全國應維護農地的最低總量還少了六萬公頃。這次的盤點也指出：遭占用農地面積四．五萬公頃，以農地工廠最多，達一．三萬公頃，約三一％。遊憩設施、住宅次之，分別占二〇％、一九％。

上述攸關食安（汙染）與國安（占用農地）問題的農地工廠數量究竟有多少？二〇一〇年地球公民基金會計算約七萬家；二〇一七年農委會推估十三萬家，二〇一八年經濟部推估四．二萬家；二〇一九年臺灣環境資訊協會推估一四．五萬家。二〇一九年經濟部耗費七千萬元預算清查未登記工廠，清查報告已結案，卻不公布！而農委會在二〇一六年信誓旦旦承諾要斷水斷電，甚至強制拆除的農地工廠，直到此刻仍然以每年四千～五千間的數量瘋狂增長，而應該負起責任的經濟部，卻始終消極面對這個問題，迴避資訊公開以及後續拆除的責任。

四、在能源、糧食危機發生時，城市周邊農地才是最重要的保命地。

全國已有七成以上人口居住在都市區，無論是環境變遷的調適基礎或糧食安全的後盾，城市周邊的農地都比遠距的農村土地來得重要。古巴的前車之鑑就是最好的例子：在經歷蘇聯解體，美國經濟封鎖的年代，境內運輸因缺乏石油而癱瘓，彼時都市農園與近郊五公里內的農地，成為都市人口最主要的活命依據。

糧食危機不發生便罷，一旦發生，必然伴隨國際能源、政治軍事等多重困境。為提高國家生存韌性而規劃的國土利用，不能不將發生這些危機的可能考量進去。

五、都市環境品質低落。

都市內及周邊的農地，往往被當作城市發展的預備地。然而，不斷開發的結果，讓城市空間擁擠，生活品質惡化。

全國都市普遍都有土地取得不易，公園綠地不足的問題，熱島效應、空氣汙染、災害應變能力脆弱，都是日趨嚴重的問題。保留都市農地不但維持都市綠地空間，還提供降雨入滲、滯洪、空氣濾淨、微氣候調節等功能。若作為市民農園、食用地景或林業經營、環境教育場域，更是農業多功能的展現；在危機發生時，則是城市最重要的維生系統！

農地無論作為農用或商業造林，都有相當、甚至更高於公園綠地的休閒、生態功能。

與其徵收農地闢為公共設施，不如好好規劃、輔導都市農地留做農用。我們主張：「維護城市中的美好田園，就無須綠地公園。」

六、全國都市計畫容積過剩，城鄉發展失衡。

根據內政部營建署在全國區域計畫的盤點，對應現行人口與成長預期，全國都市計畫早已供過於求！①計畫容積過剩，應積極檢討、調整供需，不該再輕易犧牲農地作為都市計畫開發用地。

七、臺灣木材自給率過低。

臺灣的木材自產者不到一％，九九％以上的進口木材，有大約兩成是非法伐採，讓臺灣成為非法砍伐的銷贓國。

山坡地森林砍伐對水土保持與生態衝擊較大，如能善用平地已不易再農用的土地，則無論交通或環境影響，皆遠低於山坡林地。唯目前國內從森林經營、伐木技術到製材，乃至木構建築工藝，技術與人才的流失，整體產業鏈經過數十年的斷層，已讓林農看不到營林的經濟效益。

相較於同樣地狹人稠、人均用地狹小的日本，卻維持旺盛的林產業，並擁有兩百萬戶私有林農，其中九〇％面積小於兩公頃，這是因為在日本農地只能農用，林地也只能林用，除非透過都市計畫才能變更，執法甚嚴，沒有違規的可能。而日本的建築文化，仍很大程度地支持起林業從業人員和木構工匠的生計。留一片森林給子孫，是一筆財富——不怕沒地方賣，不必做什麼，樹木自己會長大。其政策、制度與執行魄力值得借鏡。農委會應責成林務局與林試所，積極恢復木材產製鏈，不再適合耕作的農地，並非只有走向開發一途。

八、政策上確立，並貫徹農地保護精神，才能阻斷利益團體炒作、變更農地的企圖，當前的違規農地整頓，也才有真正的意義。

農地炒作的途徑簡易且利多，農地價格畸形抬升，致土地持有者皆對土地變更或違規使用抱持高度期待，致使劃設生態保育／保留區，或維持農業發展，這些好的政策皆難以貫行。當前國土計畫要想重建國土空間秩序並合理利用，就必須在農地政策上堅持守護的立場，嚴格杜絕違規使用！

①根據《全國國土計畫》第三章〈發展與預測〉第二節〈人口及住宅總量〉第十五頁：貳、住宅總量本計畫以民國一二五年二三一〇萬人作為人口總量、全國戶數為一〇七四萬戶、自然空屋率為五％、住宅容積率為二四〇％及一二〇％、每戶樓地板面積四七．六三坪／戶等假設下，進行計畫目標年之住宅需求推估，民國一二五年之住宅需求量約為一一二八萬戶。然而，目前住宅供給量約為一二六二萬戶，顯示既有都市計畫及非都市土地之住宅存量，仍可滿足計畫目標年（一二五年）之住宅需求。根據第二章〈發展現況與課題〉第五節〈人口、住宅及產業〉壹、人口……貳、發展課題第十頁（一）住宅呈現供過於求的現象，惟都市地區房價所得比較高，而對弱勢族群及青年族群之居住需求產生衝擊，說明住宅資源分配不均及浪費的現象。

九、農林產業是重要的觀光資產。

適切的農、林產業經營所營造的優美地景，以及農村生活文化，不只是全民所共享的資源，更是源源不絕賺取觀光外匯的重要基礎，許多西方國家無須砸錢辦活動，甚至不必設立觀光部門，山野自然和田園地景的優美，就能吸引無數觀光客！農委會絕對有足夠的籌碼在其他產業部門競爭用地時，大聲呼籲多元農林產業的經濟貢獻！過去的蘭陽平原、美濃、花東等地，都具有這樣的優勢，可惜短視近利的農舍炒作，毀去大好的地景資源，損失的，是全民的利益！

十、呼應里山倡議。

聯合國自二〇一〇年與日本攜手推廣里山倡議，認為日本的「里山」精神，才是人類對自然資源最明智的利用方式。

里山倡議正是站在地景的尺度，從山到海的整體流域視野，以鑲嵌式斑塊的多元土地利用方式，結合農、林、社區，生活、經濟與生態共榮的發展。臺灣農地切割破碎的情況嚴重，又以小農小戶為主，以工業化農業大規模生產為競爭目標，自然沒有優勢；但套疊在里山願景中，卻是得天獨厚、前景無限，也是臺灣農地轉劣勢為優勢的一線生機，值得農政單位運籌深思！

因此，我們期待如下的政策配套：

一、重建木材產業。

過去數十年來耗費龐大造林獎勵，所造林木卻不堪使用。要突破此窘境，前端營林需有專業技士輔導與監督。後端製材產業則應化整為零，以地區小型加工廠提供內需為主，並逐步培養木建築、木家具等工藝技師，讓林木從生產管理到製材利用，有完整的技術鏈結，才能從庶民家居生活恢復林產的利用，比如使用本土木材的木造房屋、原木家具等等，常民生活中若擁有木文化，就可進而讓全民支持、自主保護，甚至願意世代經營林地。

重建一個已經斷層的產業鏈，固然需要長遠的時間，但從開始造林到成材可伐，也需數十年時間，兩者同時起步，為時未晚。

這個產業鏈一旦形成，不但平地不宜農耕的土地有解，廣大的高山農業問題也有機會翻轉！

高山農業多年來歷經政府勸導、民間撻伐，都無法讓已開發種植的山坡地恢復造林，原因之一就是林業除了政府微薄的補貼，沒有實質的經濟誘因，社區又缺乏自行伐木製材的能力。一旦經濟因素成熟，私人山坡地、放租的國有林地，甚至原住民保留地，都有希望投入林業，達到國土保育與居民生計兼顧的理想。

二、復興竹材產業——林業除了木材，還有竹！

臺灣盛產竹材，產量高，品質優。竹材輕，管理門檻低，伐採、加工皆相對容易，而且只宜擇伐不能皆伐，對環境的衝擊小，其再生快速，效益回收期短，許多地方的竹林管理技術仍一脈相承，這些都是臺灣發展竹產業的優勢。

唯過去的竹材利用局限在價值低廉的建築輔助鷹架、或臨時性構造；至於器皿加工及藝術創作，內需使用量不大，外銷又缺乏價格競爭，致產業一蹶不振。近年因暖化議題，阻止全球森林面積縮減的問題已經刻不容緩，國際業界也積極尋求再生快速的建材，竹材早已受到西方建築界的重視，在防腐與力學技術上都有驚人的突破，甚至展現在二〇一五年米蘭世界博覽會的會場！

許多原住民部落至今仍以經營竹產業為經濟來源之一，只要在用途上加強研發，便可提升市場價值及穩定的銷售量，可望成為部落經濟主力，取代大量清耕翻土的高山農業。都市近郊的農地營林，當然也很合適，以國人對竹林風光的喜愛，絕對可以為都市增添怡人的生活品質。

三、環境稅法的配合。

林業的利益回收時程甚長，要讓土地持有者放棄短期收益接受長期投資，有其困難。政府一向以造林獎勵的方式補貼，但額度未必足以吸引土地持有人，若加上針對環境的貢獻給予適度給付，或有助於政策的推動。

以都市營林為例，直接受益的是整個城市的居民，故可考慮以地方自治法成立環境稅捐，給付地主；甚至對農地違規使用、汙染者開徵的罰款，專款用於此項給付。

最後，我們希望：

農地是維生系統，愈是鄰近都市，對城市韌性與生活品質的提升愈形重要，不應該一味視為都市發展的預備地。

我們強烈呼籲農委會不要輕易放棄任何一塊農地，更不要再耗費寶貴的財政資源做農地汙染整治，而是止血之後，提振林業，以里山倡議為願景，創造城鄉共好的未來。

國土計畫是百年大計，原需從山到海，以整體地景為宏觀視角；眼前正值國土計畫推動的時刻，許多政策必須從頭檢視，也是諸多國土沉痾浮現與去除的大好時機，這才是國家最重要的前瞻，農委會也正是這項前瞻最重要的擎天柱！

國家圖書館出版品預行編目 (CIP) 資料

女農討山誌 / 阿寶作 . 繪圖 . -- 初版 . -- 新北市 : 野人文化股份有限公司出版 : 遠足文化事業股份有限公司發行 , 2024.03
面； 公分 . -- (beNature ; 7)
二十週年經典版
ISBN 978-626-7428-29-0(平裝)

863.55 113001590

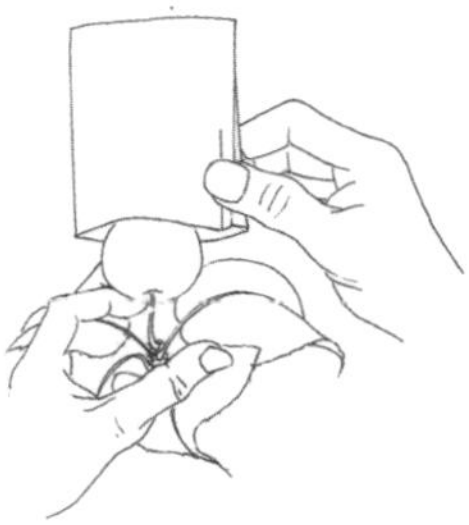

女農討山誌

【二十週年經典版】

beNature 07

（書衣海報特別收錄作者精緻山林繪、題字與雪劍山列圖）

作者、繪圖：阿寶
野人文化股份有限公司 第二編輯部
主　編：王梵
封面設計：廖韡
內頁排版：吳貞儒
校　對：林昌榮

出　版：野人文化股份有限公司
發　行：遠足文化事業股份有限公司
（讀書共和國出版集團）
地　址：231 新北市新店區民權路 108-2 號 9 樓
電　話：(02)2218-1417 傳真：(02)8667-1065
電子信箱：service@bookrep.com.tw
網　址：www.bookrep.com.tw
郵撥帳號：19504465 遠足文化事業股份有限公司
客服專線：0800-221-029
法律顧問：華洋法律事務所 蘇文生律師
印　製：呈靖彩藝有限公司
初版一刷：2024 年 3 月
定　價：460 元
ISBN：978-626-7428-29-0
EISBN(PDF)：978-626-7428320
EISBN(EPUB)：978-626-7428313

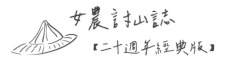